低到尘埃里

张爱玲情事

高 路 / 著

人民文学出版社

图书在版编目(CIP)数据

低到尘埃里:张爱玲情事/高路著.—北京:人民文学出版社,2016
ISBN 978-7-02-011616-4

Ⅰ.①低… Ⅱ.①高… Ⅲ.①传记文学—中国—当代 Ⅳ.①I25

中国版本图书馆 CIP 数据核字(2016)第 096396 号

责任编辑　郭　娟
责任校对　杨益民
装帧设计　李思安
责任印制　王景林

出版发行　人民文学出版社
社　　址　北京市朝内大街 166 号
邮政编码　100705
网　　址　http://www.rw-cn.com

印　　刷　三河市西华印务有限公司
经　　销　全国新华书店等

字　　数　200 千字
开　　本　890 毫米×1290 毫米　1/32
印　　张　9.125 插页 3
印　　数　1—6000
版　　次　2016 年 10 月北京第 1 版
印　　次　2016 年 10 月第 1 次印刷

书　　号　978-7-02-011616-4
定　　价　32.00 元

如有印装质量问题,请与本社图书销售中心调换。电话:01065233595

❧ 献给我的爱人 ❧

目 录

序言……………1

第一篇　从粉丝到知音

第一章　粉丝……………3

  1. 急切的胡兰成……………3

  2. 反常的张爱玲……………7

  3. 惊艳……………12

  4. 小女生……………16

第二章　知音……………21

  1. 公寓生活……………21

  2. 农家子弟……………25

  3. 贵胄之后……………29

  4. 谦虚与慈悲……………33

第二篇　从相知到相亲

第一章　相知……………41

  1. 知己胡兰成……………41

    （1）为写作而生……………42

（2）因个人而活……………46
　　2. 知己张爱玲……………52
　　　（1）理想主义者……………53
　　　（2）爷们儿……………59

第二章　相亲……………64
　　1. 亲本体　……………64
　　2. 相见欢……………68
　　3. 恋父情结……………74

第三篇　从相通到相恋
第一章　相通……………83
　　1. 历史观：天下为先……………84
　　2. 社会观：平民为本……………88
　　3. 艺术观：混沌为始……………95
　　4. 文化观：中学为体……………100

第二章　相恋……………108
　　1. 尘埃……………108
　　2. 崇拜……………115
　　3. 一刻千金……………122

第四篇　从情人到夫妻
第一章　情人……………133
　　1. 阴影……………133
　　2. 金童玉女……………140
　　3. 美文……………149

第二章　夫妻……………160
　　1. 婚约……………160

2. 新生……………168

3. 民国女子……………175

第五篇　从相悖到婚变

第一章　相悖……………187

  1. 性格……………188

  2. 意识……………195

  3. 性取向……………202

第二章　破裂……………211

  1. 变局……………211

  2. 第三者……………218

    （1）周训德……………219

    （2）范秀美……………224

    （3）桑弧……………230

  3. 决绝……………235

第六篇　余续

第一章　胡兰成……………251

第二章　张爱玲……………266

后记……………279

序　言

张爱玲一生有三次恋爱两次婚姻。如果算上青春期的她对表哥的单恋的话，最多也就是四次对异性动情。她的情事中，浓墨重彩的一笔无疑是与胡兰成的纠葛。

张爱玲与胡兰成，一个是中国现代文坛的传奇，另一个还是传奇。

两个传奇相遇——比试、激荡、交融、合一、反叛——又分离，如何？不用说，更大的传奇。于是便有了一个世人瞩目的话题，跌宕起伏，惊心动魄，说不完道不尽。

胡兰成是火，张爱玲是水。不单是性格，也包括作品。水与火在一起，怎样？只能是两个结局。一个是新生：水与火是生命之源，正是水分的滋润加上阳光的照射，生命孕育出来，蓬勃生长。所以有了他们共同的只属于他们两个人的世界，天地间多了一个胡兰成的张爱玲，多了一个张爱玲的胡兰成。另一个是毁灭：不是火烧干水，就是水浇灭火，水火不相容。所以他们的世界破裂了，消失了。然而对方却长在自己生命里，成为永远抹不掉的印记，即便各往前路，过去仍旧固执地活在当下。

那么他们因何走到一起，又因何各自东西？这就是本书要回答的中心问题。其中除了可讲清的原委外,还有更深的因由,人们常常归之于宿命,也就是胡兰成说的"人生聚散是天意","夫妻是姻缘",为理性所达不到,为任何力量不能抵御。对此张爱玲这样写:"于千万人之中遇见你所遇见的人,于千万年之中,时间的无涯的荒野里,没有早一步,也没有晚一步,刚巧赶上了,那也没有别的话可说,唯有轻轻地问一声:'噢,你也在这里吗?'"(张爱玲:《爱》)

第一篇
从粉丝到知音

第一章 粉 丝

1. 急切的胡兰成

胡兰成知道张爱玲是因为一篇小说。

其时胡兰成正走背字,刚刚解除监禁。说来好笑,关押他的是自己人。

胡兰成天生反骨。先是反了国民政府,追随汪精卫做汉奸,当上了汪记国民党中央委员,出任宣传部次长,之后便与汪政府闹分歧。汪精卫一度非常信任和欣赏胡兰成,视其为自己的代言人,胡兰成煞是风光。人一得意便容易忘形,胡兰成的书生脾性急速膨胀,目中无人,口无遮拦,俨然以反对派自居。结果汪精卫不要他继续做喉舌,调他去管法制局,却又放心不下,再把他打发到经济委员会当特派员。实在没什么事可特派他,胡兰成闲了下来。

胡兰成不甘寂寞,转而研究政治军事形势。这一研究可不得了,结论竟是日本必败,汪政权必亡。大难临头,出路何在?胡兰成开出两剂药方,在日本方面是撤兵,在中国方面是各派政治力量坐下来协商国是。胡兰成搞政论起家,便把这意思写成一篇文章。

也是凑巧,一个叫池田笃纪的日本外交官在胡兰成家看到文稿，认为很有见地，译成日文报送日方军政要员。这时日本已经打不下去了，正在研讨对策，胡兰成的文章提供了鲜活材料，在许多中高级军官中传阅，反响很大。汪精卫非常恼火，岂能容忍舆论唱衰他，当即下令逮捕胡兰成，关进一处特务机关，所以他坐的是自己人的班房。

池田很有个性，曾在清华大学留学，日本战败后竟然跑到苏北新四军根据地参加革命。得知胡兰成被捕，池田坐不住了，抄了支手枪直奔南京日军宪兵队，说这事因我而起，我要是装聋作哑就是他妈的失信浑蛋，现在我去劫狱，警卫必定开枪阻止，伤了我这个日本官员，你们就有理由武装干涉，趁机把胡先生抢出来。宪兵课长倒也痛快，说用不着你拿性命去拼，现在我就带兵抄了这个鸟机关。汪精卫见日本人介入，下令释放胡兰成。胡兰成被捕是1943年12月上旬，关押四十八天。

出狱后的胡兰成在南京的官邸休息。这天天气很好。冬日的阳光自有一种娇媚，清澈、淡远、静谧，满天满地的金黄。胡兰成喜欢这样的世界，有一种安身于山河岁月中的静好，便拖了藤椅到院子里看书。手中是一本名为"天地"的文学杂志第二期，上海女作家苏青主办。一页页翻过，翻到一篇小说《封锁》。眼睛扫下去，渐渐慢下来，看了两段，半仰的身子不由坐直，一个字一个字读完。

这也是人们的普遍感觉，后来的许多作家学者都表达过初读张爱玲的震惊。不夸张地说，张爱玲的作品除了有数的几种应命之作外没有一部不好——你可以不喜欢，但不能不承认它不同凡响的品质，而《封锁》恰恰是张著中的精品。

封锁是当时常见的事情，麻绳一拉，出现几个挥舞手枪的人，路就断了，以便军警搜捕可疑分子。小说讲的是一辆有轨电车突遭封锁被迫停在半路而发生的故事。乘客中有两个人：中年男，已婚，银行白领；青年女，未婚，英文教师，都是老实生活老实工作的规矩人。两人由陌生到搭讪，再到交流，进而倾诉衷肠，最后相互看上对方，竟谈婚论嫁。正值高潮，麻绳拿掉，封锁解除，中断的时间突然续上，电车启动，两情在恢复原状中自然终结，各自回家。

小说七千余字，设计精巧，无一处不交代得清清楚楚，叙述平实，没有花头，但十分吸引人。行文俏皮、幽默，有俄国小说家契诃夫风格，意思也是契诃夫式的，饱含讥讽。但不像契氏那样溢于纸面，好看的故事后面还有东西，很是耐读。

胡兰成又读一遍。

其实封锁作为事件只是一个话头，小说意在观照生活，作者的意思很清楚，人生本身才是真正的封锁。就像小说开头描写的电车那样在固定轨道上行驶，日复一日，年复一年，永远一个样，令人厌烦透顶，却又毫无办法。电车当然有停运的时候，但毕竟是暂时的，何况即便是停运也仍旧牢牢锁定在铁轨上。人生就是这般无奈，无论什么样的改变——不管是自己想改变还是别人迫你改变——都没有用，终究要复归原位。这就是隐在故事后面的东西：生活就是封锁，人就是封锁。封锁与生俱来，是本质性的，不能更改，无法逃离。封锁——人的宿命，一个象征，一个寓言。正应了卢梭那句名言："人生来就是自由的，却无往不在枷锁之中。"

封锁也可以具体解释为个人被群体束缚这样一种关系。个人，不管多么有本事多么有才华多么有实力多么有人缘，在群体面前永远是小写的。胡兰成的遭遇就是一个注脚。他只不过发表了一点个人见解，还没闹独立更没叛变，就被他所属的那个集体抓了起来，差点给制裁掉。难怪胡兰成要说"人与人的关系应当是人的展开，而现在却是人与人的关系淹没了人"(胡兰成:《张爱玲与左派》)。人与人的关系就是封锁。

这篇小说太对胡兰成的心思了。

作者才华超绝,别的不说,单就比喻的独特奇异便无人能及,不只抓眼,更可贵的是连成一气,富于层次感。男人眼中的女人,搭讪时,留意的是她的手臂,只是白,像挤出来的牙膏,进而扩充到整个人,全都牙膏一样毫无款式,枯燥乏味。待产生了好感,男人看的是女人的脸,像一朵淡淡几笔的白描牡丹,额角上两三根吹乱的短发便是风中的花蕊。爱上了,女人进入男人的生命,感觉还是白,稀薄,温热,像冬天自己嘴巴里呵出来的一口气:要她,她是你的;不要她,便悄悄飘散了。一个寻常的白,连续演化出三种意象。

还有,作者讽刺世人的庸碌,这样写:乘客中有个老头,手心里转着两只核桃,剃着光头,红黄皮色,满脸浮油,打着皱,脑袋像一颗核桃,里头的脑子想必也像核桃仁,甜的,滋润的,可是毫无思想。一个医科学生为打发时间,拿出本子修改人体骨骼简图,几个人围着看,其中一对夫妻,自以为是的丈夫对妻子低语,表示自己最看不惯的就是这种立体派、印象派。骨骼简图竟被贴上了绘画流派的标签,一样的没思想。

胡兰成被征服了。翻回来,眼睛锁定作者栏,三个字:张爱玲。张爱玲,张爱玲,脑子里搜索一番,没印象。立即写信问苏青,回答只说是一位女子。

女子,正是这个简单而确凿的信息一下子击中了胡兰成的兴奋点。如果说此前吸引他的还只是作者的思想和才华的话,那么现在要加上异性这个要素了。这丝毫不奇怪,上世纪六十年代初,张爱玲风靡台湾,那里的文化人都想结识她,其中男性多一层暗恋。爱玲旅台,住在当时的文学青年后来的作家王祯和家,她模样年轻,举止轻盈,外人误以为两人是一对小情侣,这让王祯和窃喜不已,巴不得是真的,尽管爱玲比他大二十岁。

胡兰成用"傻里傻气的高兴"来概括他此时此刻的状态。什么是傻里傻气?就是完全彻底毫无原则不分青红皂白地倒向偶像一边,只要跟张爱玲有关,不管是什么,都一定是好的。甭跟我谈什么理性,我就是不讲理,谁敢说爱玲半个不字,我跟谁急!现在管这种人叫"张迷"——张爱玲的粉丝。胡兰成可谓老前辈,堪称"张迷一哥"。

尽管嘴硬,"一哥"心里终归有点不踏实,生怕张爱玲只是碰巧写了一篇好东西,当不得超级才女之名。等到《天地》月刊第三期面世,里面又登了一篇张爱玲作品,仍是美文,这才让胡兰成放下心来,又傻里傻气地高兴一回。更令人神往的是里面还附了张爱玲照片,可惜印得模糊,远近左右,怎么瞧都是朦胧一团。

这越发勾起了胡兰成的意愿,一定去上海见张爱玲。

不见不行。现在胡兰成满脑子张爱玲,这个女作家已经成了他生活的一个新鲜内容,推着他往前走。

2. 反常的张爱玲

张爱玲知道胡兰成是因为苏青。

苏青是笔名,本名冯和仪,上海知名女作家,出道比张爱玲早,代表作是长篇小说《结婚十年》,素材是她自己,写得非常真实到位。苏青成名后创办文学杂志《天地》月刊,拉张爱玲写稿。

苏青好事,为人仗义,热心社会活动,泼辣有能力,用张爱玲的话说，苏青是天生的豪爽女，像只红泥小火炉，大家都去围着取暖。苏青与胡兰成相识，胡出过散文集，但最拿手的是政论，常有时评见诸报端，纵横捭阖，刀光剑影。胡兰成被捕的消息传来，苏青很是着急，动了营救念头，又担心势单力孤，便拉上张爱玲壮胆。张爱玲正在上海滩蹿红，有她相伴无疑可以增加分量。也正是这时候，张爱玲才注意到胡兰成这个人。很难说此前她是否看过胡兰成文章，但这时肯定读了，觉得他的文笔刻意模仿鲁迅，而且学得非常像。有了张爱玲加入，她俩立即行动，直插高层，找到汪伪政权实力派人物周佛海说情。结果如何，张爱玲并不关心，时过境迁也就淡忘了。

就在这个时候，胡兰成找来了。

那是1944年的早春二月。胡兰成的家安在上海，位于大西路美丽园，门牌28号，是一幢花园洋房。他太想见张爱玲了，下了火车没有回家，也没有办公务，径直去找苏青，要张爱玲住址。苏青不大乐意，又不好拒绝，迟疑了一下，还是写了给他，但声明道，张爱玲不见人的。张爱玲住在一所名为爱丁顿的公寓里，门号65室。这座公寓位于赫德路，现改为常德路。

拿到地址，胡兰成踏实了些，准备了一下，翌日去见张爱玲。果不其然，吃了闭门羹。

张爱玲的住处离胡家的花园洋房不远。胡兰成揿动门铃，里面应声，说张爱玲小姐不方便。胡兰成一阵失落，但很快镇静下来，从笔记本上撕下一页纸，写了几句话，意思是虽然未能赐见，但还是高兴，仍盼能一叙。后面留有住址和电话，然后从门洞塞进去。

当日没动静，第二天上午仍没动静。胡兰成以为没希望了，正琢磨着换个方式约见，午饭后电话铃响了，张爱玲打来的，说立即上门拜访。

张爱玲不见人的,怎么见了胡兰成？这是一个谜。

张爱玲的不见人,不是刻意做出来的,而是天生的,谁也改变不了,什么情况也改变不了,从无名到成名,从境内到境外,直到去世,始终如一。

张爱玲生性腼腆,在外人跟前总是怯生生的。张爱玲经典化的第一推手、美籍华人学者夏志清,初次见张爱玲是在上世纪四十年代上海的一个聚会上,那时她风头正盛,被众人围着,鹤立鸡群,很不好意思,给人的感觉是缺乏自信。

不光在精英面前,就是面对下层也硬气不起来,总是慌里慌张,手足无措。找裁缝做衣服,只要他扁嘴酸酸一笑,张爱玲马上心虚起来,觉得衣料少买了一尺。她雇三轮车拉印书的白纸,到了家门口付费,忽然害怕起来,一向在钱上算得很清的她,把运费往车夫手中一塞,也不要零头,转身便逃上楼,连对方的脸都不敢瞧。叫外卖,从不跟人照面,把钱从门缝递出,伙计把食物挂在门把上,听脚步声远去,她才开门取进来。爱玲自己说："在待人接物的常识方面,我显露惊人的愚笨。"（张爱玲：《天才梦》）

这就是张爱玲的秉性,拘谨矜持,纤弱羞怯。

张爱玲为人孤绝冷漠,与人相处如坐针毡,只有自己一人时才自在,用她的话说"在没有人与人交接的场合,我充满了生命的欢悦"（《天才梦》）。即使对那些在她最需要帮助时全力以赴的人,她也不愿意多打交道。夏志清与张爱玲识交三十余年,施加自己小说史权威的影响为她在中国现代文坛争得重镇之地,又帮她联系工作和出版事宜,鞍前马后奔波二十多年,终于使她后半辈子生活无忧。这样恩重如山的人,两人见面不超过三次,而且都不是单独的,属于几位朋友小叙,来去匆匆。

上世纪六十年代初,张爱玲因生计从美国到香港编写电影剧本,为她打理的是老友宋淇。为了使剧本能顺利采用,宋淇安排张爱玲与女演员李丽华会晤。李在香港电影界地位很高,有"天皇巨星"之誉,是个"张迷",早就吵着要见才女张爱玲。才女倒是来了,打了个照面,寒暄两句,多半句都没有,便告辞而去,把巨星晾在那里。

1969年,经夏志清奔走,张爱玲终于有了一份固定工作,到美国加州大学柏克莱分校中国研究中心任职,这是她生平第一份也是最后一份社会工作。她非常特殊,别人白天上班,她拣同事们下班后前往办公室,为的就是避免跟大家接触。

这就是张爱玲的为人,拒人千里,能躲就躲,能不见就不见,一定要见,速战速决。

张爱玲惜时如金,有限的时间都集中在写作和用在打理私事上。她没有别的收入来源,完全靠稿费生存。时间就是金钱,为了省时,她的生活简单得不能再简单了,除了与闺蜜上街购物和去剧院听戏看电影,几乎没有别的享受。当时的上海报纸说她是象牙塔里的闺秀,对社会采取孤立主义态度。

如此腼腆的张爱玲,如此孤绝的张爱玲,如此惜时的张爱玲,胡兰成要见她,想都不要想,更不要说主动上门了。

然而张爱玲偏偏来了。太反常了,完全不合逻辑。

她为什么来?

是因为胡兰成有利用价值吗?不错,胡兰成是高官,而且曾经主管宣传,是理想的借势对象。判断这一条能否成立,最好的办法就是看看张爱玲是否需要这个势。

这时的张爱玲,已经有一系列作品面世。她1943年从散文起步,发表《更衣记》《借银灯》《洋人看京戏及其他》《银宫就学记》《中国人的宗教》《公寓生活记趣》；继而以小说跟进，发表《沉香屑：第一炉香》《沉香屑：第二炉香》《心经》《茉莉香片》《倾城之恋》《琉璃瓦》《封锁》《金锁记》；此外还有多篇影评。短短一年时间这么多作品问世，而且篇篇都是重头戏，真是前无古人后无来者。如果再联系年龄，更不得了，这年张爱玲只有二十三岁，放在今天刚刚大学毕业。张爱玲横空出世，几乎一夜间征服上海。朝鲜女舞蹈家崔承禧造访上海，中方安排的一项内容是张爱玲与她会见，这是对张爱玲地位的确认，她已经成为大上海的一张名片。以张爱玲的声望和创作势头，无论是出书还是卖书，都无须借势，况且当时实行的是市场经济，行政力量微乎其微，所以张爱玲根本不需要胡兰成帮忙。

是因为担心胡兰成报复吗？不错，胡兰成在军政两界关系很硬，想对一个人下手不是什么难事。然而这是上海，世界大都市，当局的一举一动都有人盯着，况且对方是名作家。再说惩治总要给个理由，人家不见你，你就抓人，没有这个道理。可以引为佐证的是京剧名旦梅兰芳，他蓄须明志，不给日伪官员演唱，当局亦无可奈何。再说张爱玲小姐除了写作别的一概不关心，笔下内容从不涉及政治，都是小民的衣食住行、悲欢离合。所以报复用不到张爱玲身上。

那么她为什么要来拜访胡兰成？

只有一个理由，很简单，就是好奇。凡是人都有好奇心，作家的好奇心更甚，那是创作的必要条件。张爱玲要看看这个她为之奔走的人到底什么样。

当然这里也有信任。要是对这个人没有底，即使再好奇，张爱玲也不会贸然前往。苏青曾告诉她，胡兰成是条硬汉，而且不要钱。

为官不贪,只凭这一条就足以让人放心。

张爱玲来了。

这一见,不得了,山崩地裂,江河倒流。

3. 惊艳

如果你的梦中情人赫然现身,就站在你面前,你什么感觉?

胡兰成的感觉是惊艳。

这个词张爱玲用过。她有一部小说《小团圆》,公认的自传体高写真作品,于她去世十四年后出版发行。她给小说中的自己起名盛九莉,书中写道,九莉的父亲订正传言,说他家老太爷"不可能在签押房惊艳",在这个衙门重地撞见主人的女儿。九莉在乡下看戏,其中一个情节是书生赶考,遇见一位小姐,"途中惊艳",私定终身。这两处惊艳的意思都是男子惊扰女子,打破生活惯势,撩动芳心。而胡兰成则反过来,他的惊艳是女方的艳震惊男方。

然而这里的惊艳又不是一般意义上的,有特别味道在里面。

胡兰成这样描述:"张爱玲的顶天立地,世界都要起六种震动。"(胡兰成:《今生今世·民国女子之一》)

六种震动出自佛典《华严经》,指动、起、涌、震、吼、觉。动,左右震动;起,上下震动;涌,前后震动;震,声音震动;吼,大声震动;觉,思想震动。这是地震场景,大地摇动,地声轰鸣,魂飞魄散。佛家以此来比拟人在觉悟时思想意识上破旧立新的大起大落。佛祖如来现身,带来的就是这个效果,如万钧雷霆,惊得人分开顶门骨,轰去魂魄。禅宗倡奉的狮子吼和棒喝就属此类。你苦思冥想,千修百炼,就是走不出俗见,摆脱不了无明,突然有人在耳畔猛喝一声,或当头一棒，惊得脑中一片空白，心思一下子进入澄净，突然明白了。

胡兰成明白了什么？

他原来的观念完全不对。他说，他本以为懂得什么是惊艳，然而事到临头，震撼他的艳却不是自己以为的那个艳，震撼他的惊也不是自己以为的那个惊。

对于艳，每个人都有一套标准，胡兰成也不例外。他的要求主要集中在两个方面：一个是健康，用他的话说叫"生命力强"；一个是靓丽，叫"魅惑力"。

这两条张爱玲都不具备。

张爱玲体弱。给人的第一感觉便是瘦。她去台湾，陈若曦等几个文学青年前往迎接，陈的印象是：真瘦，人的整个线条直上直下，没有横向，一副架子。对此爱玲从不避讳。她在台北机场碰到一个人，问她是不是时任美国副总统尼克松的太太，张爱玲觉得太离谱了，想想还真有点影子，因为尼克松太太很瘦，而自己同样的瘦。爱玲有时也拿自己幽默一把，小说中写一些高瘦的女孩儿，如《鸿鸾禧》中的新娘玉清，说她又高又瘦，一身骨头，硬邦邦的。

张爱玲不漂亮，见过她的人都这么认为。爱玲在作品中有时候对自己相貌说上一两句，把这些散落的描写集中起来，再加上接触过她的人的叙述，我们大致可以获得如下印象：头圆，发丝细而不黑。长圆形脸蛋有点扁，瘦削，微黄，上面浮着两个若隐若现的长酒窝。淡淡的眉毛下一对杏眼，外观凝重，目色空蒙（因为近视）。鼻子纤柔，菱形的嘴巴明显凸出。小时候女佣逗她，说这个家是弟弟的，等将来娶了少奶奶，不要你这尖嘴姑子回来。尖嘴姑子的嘴唇粉红色，又喜欢涂桃红唇膏，是身上唯一有丰满感觉的地方。

这样的容颜算不上靓丽。包括"张迷"在内，最高的评价不过是"素净清秀"（王祯和）、"独一无二"（於梨华）而已。张爱玲自己也没有多少信心，借用小说中的替身角色自慰，说她"也有三分男性的俊秀"（见张爱玲：《浮花浪蕊》）。一个女子，不拿女性标准比，却跑到男人堆里去站队，明显底气不足。

所以胡兰成坦言爱玲并不美丽，不属于自己喜欢的类型，但恰恰就是这样一位女子，竟降服了自己，面前满世界都是张爱玲，一种前所未有的美艳感赫然涌现。

由于这种艳非比寻常，胡兰成获得的惊也就不可同日而语了，打动他的不是感官层面上的美感和冲动，而是触及灵魂的六种震动。张爱玲瞬间颠覆了胡兰成的世界。她的出现，仅仅只是站在那里，便粉碎了胡兰成积三十余年之功，包括与诸多女人交往的亲身经历以及世俗文化影响下所形成的根深蒂固的观念，而进入一个新境界。

兴许下面这句话可以为我们理解胡兰成的感觉提供一点帮助。胡兰成说："又如女人的相貌，是要有秀气。虽是平平凡凡的相貌，细看时有一股秀气逼来，她就是美人了。"（胡兰成：《禅是一支花·第三十一则》）

胡兰成此刻的感受被他称为"直见性命"（《今生今世·民国女子之一》）。穿透相貌外表，直奔生命深处。这个深处道家叫本真，佛家叫本性，儒家叫本体，综合起来就是哲学说的本质。直见不是单独的一方对另一方，而是双方契合的互动，所谓心与心的相见，灵魂与灵魂的碰撞，非如此，绝无可能直见性命。正所谓："我见青山多妩媚，料青山见我应如是"；"金风玉露一相逢，便胜却人间无数"。

这意思是说，张爱玲并不拒绝胡兰成，他们第一个照面，爱玲就把自己交了出去，完全不设防。她是敞开的。为什么是这个样子？这里的微妙很难说清，也许只有感应、缘分、一见钟情这类词语才能解释一二。

这样的互动无疑使胡兰成在"张迷"的路上迈进了一大步，他不仅崇拜张爱玲的才，还崇拜她的艳。

当然他也更加不讲理了。

譬如，张爱玲的衣着打扮。面前爱玲的穿着，怎么看怎么别扭。你猜胡兰成怎么说？

他首先认定张爱玲是个非常讲究服饰的人。这完全正确，爱玲好打扮是出了名的。四岁时便立下大志：到了八岁要梳爱司（S）头，到了十岁要穿高跟鞋。爱玲的第一笔稿费是九岁时创作的一幅漫画，收入五块钱，她立即买了一管口红。由于太看重服饰，又要突出个性，常常弄得十分尴尬，一件合用的衣服也没有。胡兰成有个侄女叫青芸，替他管家，提起爱玲的穿戴就忍不住发笑。在她记忆里，张小姐的服装一向跟人两样，衣裳做成古代样式，鞋子双色，半边黑半边黄。于是她的服饰常常成为供人开逗的话题。当时的《东方日报》这样出主意：你要认识张小姐，那你不必经人介绍，便可看出哪位是张小姐，因为她的衣着，很是特别，与众不同，可以称得上奇装异服，十分引人注目。有的像宫装，有的像戏服，有的简直像道袍，五花八门，独一无二。

舆论一边倒。推论张爱玲小姐之所以穿成这样，不是她的审美品位太各色就是为了吸引公众的眼球。

胡兰成不这么看，他认定这根本不是张爱玲的问题，而是社会的问题——爱玲太高贵太独特了，仿佛新角色出场，而舞台根本没准备好，世上现存的所有服装，不管何种款式何种价钱，没有一件适合她，只好将就着上台。胡兰成又打了个比方，说爱玲就像发育中的女孩，身体跟衣服总是相互作对。胡兰成到底是第一流文化人，虽然不讲理，但不是蛮不讲理，这番解释倒也机智。

胡兰成不愧"张迷一哥"。

4. 小女生

惊艳之余，胡兰成又生出一种感觉，坐在对面的这个才女分明是个女生，而且是那种连女生的成熟都没有的小女生。

张爱玲发育不好。《小团圆》写九莉："她一门心思抽长条子，像根竹竿。"将近成年的她有次洗澡，被母亲和姑姑撞见，姑姑扑哧一笑，道："细高细高的——"在国外学过绘画的母亲辩护道："也有一种……没成年的一种，美术俱乐部也有这种模特儿。"

说点题外话。自从美国影星奥黛丽·赫本风靡全球，审美取向开始翻转，性感由玛丽莲·梦露的圆润型朝瘦削型靠拢。到了上世纪六十年代，出来个叫Twiggy的英国女孩，身高一米六七，体重只有四十六公斤，胸部扁平，没有腰线和臀线，走起路来摇摇摆摆。带着这样的形体，Twiggy居然走进世界超级名模的行列，而且站在了头一个，引领西方时尚新潮流，被誉为1966年的英国之脸。要是张爱玲迟生三十年，跟Twiggy有一拼——两人体重差不多，但张爱玲更高，近一米七一，高出将近四厘米（一说张爱玲身高一米六九，如是，则高出二厘米），而且张爱玲爱穿、敢穿。

回到正题。张爱玲不止身体像小女生，神态也像。胡兰成这样说：那是小女孩放学回家，路上一人独行，肚子里在想心事，遇见小同学叫她，她也不理，脸上一本正经。

胡兰成的感觉非常到位，张爱玲始终一副学生样。陈若曦见到的张爱玲已人到中年，陈若曦说她带着羞怯，像是小女孩，一个上世纪三十年代学堂里的女孩，散发出那个时代特有的韵味，遥远却又熟悉。在张爱玲晚年，台湾女记者戴文采前往美国刺探情报，潜伏进她住所的隔壁，蹲守多日，终于趁着张爱玲出门倒垃圾时窥到她一次。张爱玲剪短了的头发烫出大卷，白衬衫扎进蓝裙子里，叫人想起新烫了发的女学生。

面对小女生，胡兰成恢复了自信。他本是个争强好胜的人，对手又是女流，无论如何不能落在下风，便生出了比拼的心思，要与张爱玲斗上一斗，于是便滔滔不绝地说起来。再加上他见爱玲，不是奔着文学去的，而是奔着人来的，所以越发地口若悬河，雄鹿般的拼命炫耀自己。

张爱玲写得好，却不善于说。女人的语言反应一般比男人迅速，说起话来一句接一句，鲜活生动，会说的女人连个磕巴都不打一口气讲完。张爱玲不行，话语常常中断，要想一想才接上。张爱玲去台湾，张的老相识、"美国驻台北领事馆"文化专员麦卡锡设宴接风，台湾大学白先勇、王祯和、陈若曦几个学生陪同。他们发现，张爱玲说话极慢，一个字一个字地咬出来，听者必须全神贯注。经麦卡锡介绍他们才知道，这还算是好的，一个场合，不管什么性质，只要超过五个人，她便会不安，说不出话来。台湾学者殷允芃到美国拜访张爱玲，发现她表达歉意生涩而纯真，又极易脸红，带着瘦瘦的羞怯。再加上爱玲很小心，唯恐受到伤害，沉默寡言可以起到保护作用，言多必失是一个方面，主要是这样做能够避免深交，别人不跟你来往或关系不深，麻烦自然减少。所以张爱玲一向是倾听者。

胡兰成不同，教师出身，爱说并善说，口才极好。汪伪政权开办宣传讲习所,由宣传部高官担任主讲。对别人的讲授学员没有什么兴趣,唯独胡兰成的课,大家听得十分专注,从不放过。胡每周讲两个钟点,下面坐得满满的。《小团圆》中胡兰成名叫邵之雍,书中安插了一个情节,有人找邵之雍演讲,九莉跟了去听,"之雍讲得非常好,她觉得放在哪里都是第一流的,比他写得好"。

张爱玲是说不如写,胡兰成是写不如说,口谈,爱玲不是对手,笔谈,胡兰成肯定处在下风。因为是口谈,所以胡说张听。

这场不对称的谈话进行了整整五个小时。一个说得头头是道精彩纷呈,一个听得孜孜不倦津津有味。这么长的时间,没有别的活动,只是谈话,恐怕在两人各自的经历中都是头一遭。

谈什么?

主要是三个内容:一批评时下流行作品,一分析张爱玲文章好在哪里,一讲述胡兰成在南京的那些事。

这里的斗并不意味此消彼长,东风压倒西风,而是拿出看家本领,尽情发挥,争奇斗艳,互促互进,共同进入更高境界。就像中国古代小说,把男女交合说成"战",比方《金瓶梅词话》第七十八回回目"西门庆两战林太太,吴月娘玩灯请蓝氏"。

胡兰成功力深厚,见识非凡,再加上做足了功课,讲出的意见的确有创意。他告诉张爱玲,她的作品既是希腊式的,也是基督式的。这个说法新鲜,张爱玲头一次听说,特别是用在她的作品上。

所谓希腊式,是指自然明快的风格。古希腊崇尚自然,这从那一时期留下的大量雕塑即可看得清清楚楚,人体自然美极具真实地展示出来,不存夸张,恰到好处。那里濒临爱琴海,阳光明媚,海风清新,特有的环境养成了希腊人喜爱简单明了的习性。在崇尚自然这一点上,中国的道家与其接近,但道家最终是回归自然,竟连人都给自然化掉不见了，变得清绝严冷。从道家发展出来的法家放大这一点，变得连一点爱心都没有了。张爱玲的作品有冷的一面，但那是明快，其中包含着爱，所以又是基督的。比如散文《借银灯》，这个标题来自一出绍兴戏，戏名就叫"借银灯"。张爱玲说这几个字美极了，感动得不得了，这说明了她对生活的挚爱。这种爱反映在创作中，便使人物和故事散发出强烈感染力。不要说一般读者，就是胡兰成本人也被深深打动了。

胡兰成在展现自己深刻的同时，也挖掘了爱玲作品的深刻，所以虽然是斗，但双方的感觉很好。

爱玲的听，特别是小女生般的神态，对胡兰成来说，具有自我确认和价值肯定的意义，"因为在她面前，我才如此分明的有了我自己"（《今生今世·民国女子之一》）。不光是让胡兰成找回了男人和强者的感觉，同时也使他意识到自己的存在——在张爱玲的反应中感受和观照自己。这位听众可是当下中国数一数二的超级才女啊，能把这样一个对手说得服服帖帖，可见他胡兰成是怎样的人物。

胡兰成的反应也使张爱玲意识到自己的存在。作品的挖掘当然是一个方面，这无疑极大增强了她的自信和自豪，让她进一步认识到自己创作的价值以及作品的意义，也就是她张爱玲作为文学的存在。但更重要的一个方面是人的惊艳——这在过去从未发生过，即或收获过异性倾慕的目光，也仅仅属于渴求而已，不是美的征服；而此刻初次相见，只是一个照面，对方已经拜倒于她的艳了。对一个女人来说，特别是不大漂亮而又缺乏性感的女人来说，这尤为可贵，使她获得了极大的心理满足和快意，从中感受到自己作为美的存在。所以张爱玲很欢喜，尽管话不多。这也是为什么张爱玲能坐在胡兰成面前听他一气儿侃上五个小时的原因,她值。

  二月昼尚短,张爱玲告辞,胡兰成送出来。两人走在街上,暮色初起,市声浮动,风一路吹过,撩动着人的衣衫。

第二章 知 音

1. 公寓生活

按照老礼儿是要回拜的。胡兰成迫不及待,第二天便登门拜访。

张爱玲住的爱丁顿公寓是一座西式高档住宅楼,爱玲的居所在公寓的顶层。爱玲与姑姑合住,两个单身女人各居一室,除了一起吃饭,互不干扰。

张爱玲的住处给胡兰成的感觉很棒:"阳台外是全上海在天际云影日色里,底下电车当当的来去。"(《今生今世·民国女子之二》)

当时市民多住平房,城市比现在要矮许多。爱丁顿公寓体量巨大,在人们眼中已经颇为壮观,再加上爱玲住在其中,故而胡兰成感觉越发地高大。他的偶像高高在上,全上海都匍匐在她脚下。这里是胡兰成的圣殿,他是来朝圣的。

虽是头回来,但胡兰成对爱丁顿公寓一点也不陌生。他读过张爱玲描写这座公寓的文章,是篇散文,登在《天地》杂志第三期,标题叫"公寓生活记趣",就是那篇确证爱玲才华从而让他又傻里傻气地高兴一回的作品。"底下电车当当的来去"一句,就出自这里。

这是一篇真正的散文。散得厉害,东拉西扯,忽南忽北。

全文二十个自然段,三千五百余字。除了起头的帽子,记述的内容可大致分为四类:

一类为物品,计有水龙头、飞机。

一类为自然,计有积水、风雨、苍蝇、蚊子。

一类为活动,计有市声、电车运行、买臭豆腐干、煮红米饭、买豆浆、看报、炒菜、国社党的主张、米缸里出虫、香港遇蛇、逃世、换衣、闲话、弹琴、煨牛肉汤、泡焦三仙、管闲事、扫灰尘。

一类为人物,计有电梯工、巡警、用人、钟点工、屋顶溜旱冰的孩子、外国绅士。

区区三千五百字,装了这么多东西,能不散吗?

内容虽杂,但都分布在公寓这个平台上,各就各位,按部就班,所以并不显乱,再加上服务于同一个主题,即记趣,所以更不乱。所谓的形散神不散。

趣属于乐,文章却从苦谈起。抱怨热水龙头,不光放不出热水,还时不时地发出不怀好意的怪叫,把人吓个半死,让在香港挨过日军轰炸的张爱玲重温飞机在头顶盘旋的恐怖感。接着抱怨雨季,屋外大雨屋内小雨,忙得人仰马翻,不光耗力还要花钱——公寓门口积满了水,须雇黄包车摆渡过去。

既然这么不好干吗还住公寓?这就要谈到公寓的好处了。趣味多多。比如,可以听到街上的市声,还有电车在轨道上开动的匀净的声响以及愉快的打铃声。卖臭豆腐干的吆喝声传到楼上,抓起一只碗追下来,小贩已到另一条街上了。最对爱玲心思的是公寓的私密性,你就是站在窗前换衣服也没关系。然而同在一幢楼里,秘密难免流出房间,特别是夏日,家家户户都大敞着门,你可以听到别人家打电话、弹钢琴;抽抽鼻子,就知道谁家煨牛肉汤谁家泡焦三仙。屋顶平台常有孩子们溜旱冰,声音特别难听,烦死人了,一个外国绅士声势浩大地上楼去教训他们,一个回合便败下阵来,原来那里面有美少女,不用开口,单是目光他就敌不过。

还有道德。一家一户独住不存在公德问题,大家生活在同一个空间,就不能光顾自己了。打扫自家阳台上的灰尘,不由想到楼下人家晾晒的东西,一念之慈,人的灵魂便在公德中走了一遭。

这不是简单的从诉苦到唱好,而是一种精心布局,是所谓"参差对照手法"的自觉运用。参差对照是张爱玲提出的,既是一种创作理念也是一种创作方法。凡是创作,一定要进行对照,问题不在于是否对照,而在于如何对照。以往的对照是真与假、善与恶、美与丑的双峰对峙,一种本质性冲突,用色彩形容,叫红配绿。"红配绿,赛狗屁",不好看,太俗气太闹腾。当然也不真实,正如声音,放得过大,必定失真,所以老子说"大音希声",好声音不以震耳取胜。于是张爱玲反其道而行之,跳出红配绿的窠臼,进入绿配绿,也就是两种不同的绿进行对照。红与绿之间的差别是对立,绿与绿之间的差别是参差。张爱玲说,其实不同的绿之间的冲突倾轧是非常显著的,因此丝毫不影响作品的生命力和感染力。

参差对照既发生在不同事物之间,也存在于同一事物内部。总体上,公寓是参差对照,有苦恼有乐子。细节上也几乎处处贯穿着这一现象。比方风雨,它造成诸多麻烦,但也不是单纯的丑,同时也带来美感,出去时忘了关窗,回来一开门,一房的风声雨味。再如人,电梯工极敬业,因为在高档公寓服务,便拿自己当绅士,拒绝给不修边幅的客人开电梯;不管天气多热,按电梯的铃声催得多急,也一定在汗衫背心上加一件熨得溜平的纺绸小褂,方肯出现。形成参差的是巡警(疑似今天的保安),这两个家伙是十足的大懒虫,上班时间通常都是横在藤椅上睡觉，挡住了信箱，以至于每次房客去查看信件，总得殷勤地凑到他面颊前，仿佛要询问：脸上的酒刺好了些罢？虽然讨厌，倒也可乐。如果说电梯工是好人，那么巡警也不是坏蛋。

这篇散文发挥了张爱玲一贯的语言优势，文字漂亮，明丽惬意，又不失幽默。且看这一句："蚊子少许有两个。如果它们富于想象力的话，飞到窗口往下一看，便会晕倒了罢？"这是讲公寓的好处，扯出蚊子来证明。有的足以做警句，如"长的是磨难，短的是人生"。

还有词语，独特而形象。讲到巡警，这样说："看门的巡警倒有两个，虽不是双生子，一样都是翻领里面竖起了木渣渣的黄脸，短裤与长统袜之间露出木渣渣的黄膝盖。"木渣渣，怎么想出来的？那是又硬又干的木头露出的断茬，太生动了，让人立刻生出粗粝的感觉，心里都要起疙瘩。

除了《公寓生活记趣》，跟公寓相关的散文还有几篇。最短的一篇是《夜营的喇叭》，全文录下：

晚上十点钟，我在灯下看书，离家不远的军营里的喇叭吹起了熟悉的调子。几个简单的音阶，缓缓的上去又下来，在这鼎沸的大城市里难得有这样的简单的心。

我说："又吹喇叭了。姑姑可听见？"我姑姑说："没留心。"我怕听每天晚上的喇叭，因为只有我一个人听见。

我说："啊，又吹起来了。"可是这一次不知为什么，声音极低，绝细的一丝，几次断了又连上。这一次我也不问我姑姑听得见听不见了。我疑心根本没有什么喇叭，只是我自己听觉上的回忆罢了。于凄凉之外还感到恐惧。

可是这时候,外面有人响亮地吹起口哨,信手拾起了喇叭的调子。我突然站起身,充满喜悦与同情,奔到窗口去,但也并不想知道那是谁,是公寓楼上或是楼下的住客,还是街上过路的。

胡兰成这样评说这篇散文:"张爱玲的《夜营的喇叭》,在这时代的凄凉与恐怖里像一个熟悉的调子,简单的心奔走着充满喜悦与同情,这里有一种横了心的悲壮。"(《张爱玲与左派》)

这篇的情调与上一篇的明快不同,满纸的惆怅。

无论是喜还是悲,张爱玲笔下的公寓都令人向往,恨不得立马搬进去跟她做邻居,哪怕被狠狠敲一笔房租也在所不惜。

总之,公寓代表着张爱玲的生活方式,私密、个性而又开放。

2. 农家子弟

见是胡兰成,张爱玲真诚地迎他进来。

又是一场马拉松式长谈,胡兰成在张爱玲房间坐了很久,仍旧滔滔不绝,张爱玲仍旧静静地听。谈话范围比昨天小,主要是两个内容,一新一旧。新的是理论,事关政治,爱玲无兴趣。旧的是胡兰成生平,属于上次谈话的延续,爱玲喜欢。

胡兰成是浙江嵊县乡下人,生于1906年2月28日,真正的农家子弟。生养他的村庄叫胡村,听名字就知道是一个同姓宗族集聚地。胡兰成给自己寻来两位祖先:胡铨和胡大海。胡铨是宋朝文臣,曾经上本弹劾奸臣秦桧,敌国金人曾出千金购求这份奏疏。胡大海是明朝开国功臣,帮助朱元璋打天下的猛将,杀人无数。一文一武,倒也齐整。

胡兰成笔下的胡村美得不得了,那是一个远离滚滚红尘的世外桃源,一块传承绵绵农耕文明的现代乐土。

那里有桃花般的女子,大气洒脱的男人,岁月淘洗了一遍又一遍的童谣,糯米粉蒸的豆沙馅大糕,还有溪山月色屋瓦流萤,疏疏铺在阳光上的窗棂的暗影。春天,桑树萌出新芽,金黄娇嫩,太阳照下来,连日色都涤新了。夏天,十里桑地秧田,蜿蜒田间的道路阳光下如黄金铺就。秋天,田稻割了,村口陌上路侧的乌桕树,比枫叶还红得好看。不知何时树叶落净,枝上的桕子比雪还白,把溪山人家都映照着,冬天悄然来临。

这是即时小景,精巧而活泼。大景更具空间性,阔远而静谧。母亲在前面走,男孩跟在后头。母亲走路这样安稳,没有一点夸张,日月丽于天,江河丽于地,而她的人则在天地间。因为去做客,母亲在路边供人歇脚的亭子里买了几只烧饼,放进包裹中提着。到了主人家,被喊作九太婆的妇人迎客扫洒,端出汤年糕,母亲连说罪过,起立又起立,然后方安坐说话。男孩静静地立在母亲膝前,觉得母亲跟九太婆好像火柴盒子上印的采莲人,明清木板书里插画的线条,而纸张和色彩却又分明是民国初年的。虽然只过了一小时,却似人世迢迢已千年。一切都那么随意和谐,淡定自在,理所当然,时间般恒定。那美不光是景,是人,还是礼,是文化。

这里的大城市是绍兴,在山外,走水路乘船去。两岸的田地渐渐开阔,山峰朝天边退却,变得斯文起来。此时绍兴城还望不到,只觉得它就在那里,隐隐浮在水乡上,又像是在云天里。河中的菱角茨叶慢慢多起来,船旁掠过一两只乌篷船,好比从城里流出来的桃花片,它是信使,通知你即将进城了。

胡家本来殷实,传到父亲手上,几年便败光了。胡父是个荡子,然而却有荡子之德,豪迈侠义,倒贴讼费帮人打官司,赢是赢了,却落下事主一堆埋怨。失之东隅,收之桑榆,邻村一个俞姓店主见胡父是条汉子,便主动前来结交,做了胡兰成的义父。俞家是富户,全凭他家资助,胡兰成走出胡村,前往绍兴和杭州读书;还是靠了他家,胡兰成娶上了媳妇;仍旧靠了他家,胡兰成得以安葬早逝的结发妻。

中学基本是在杭州读的,高中没能毕业。起因是一份稿件,当时胡兰成担任校刊英文总编辑,负责校刊的教师不同意发表这份稿子,胡却刊登出来,结果被校方开除。回到胡村后,在小学教书糊口,结婚成家,那是1925年,胡兰成十九岁。两年后的一天突然接到杭州邮政局通知,叫他去做邮务生,那是胡兰成上学时考取的,难得人家还记得。不想这份工作只干了三个月。胡兰成应顾客要求给集邮的邮票盖章,被局长一通斥责,隔日一个英国妇人也来盖章,他没答应,又遭局长谩骂,胡不服,被开除了。

回乡下住了两个月,胡兰成动了北上求学的念头,便只身来到北京,进燕京大学副校长室做文书抄写,每天工作三小时,得空便去听课。胡兰成在燕大没有正式注册,属于旁听生。

一年后也就是1927年北伐军攻克江浙,南方气象一新,胡兰成南归杭州。其后几年,杭州和胡村两头跑,经过长期失业,终于进学校教英文。1932年,二十六岁的胡兰成与人结伴到广西闯荡,先南宁后百色再柳州教书五年。这期间胡兰成在事业上的收获是结识一个人,做了两件事。人叫古泳今,广东人。两件事,一是出了本散文集《西江上》,给鲁迅寄去一本,被先生写进1933年4月1日的日记。另一件事是兼办《柳州日报》时发表言论，反对地方势力武装要挟中央，结果得罪了桂系军阀，关押三十三天后礼送出境，白崇禧送他五百元路费。

回乡路经上海，遇到古泳今。汪精卫是广东人，追随者中有不少同乡，古泳今即是其中一个，如今负责汪派报纸《中华日报》。他知道胡兰成善写，便要他试笔。胡兰成写了两篇经济类文章，发表后由日本《大陆新报》译载，于是被聘为《中华日报》主笔，这时他三十一岁。

1937年日军发动卢沟桥事变，接着又进攻上海，中日战争全面爆发。胡兰成被派往香港，担任同为汪派的《南华日报》总主笔，负责政论时评。1938年底汪精卫出逃，响应日本近卫政府，发表名为艳电的声明，主张放弃抵抗，与日本合作。消息传到香港，胡兰成独自一人登上山顶，在树下一块大石头上坐了好久，终于铁心赌一把，下山便答应参加所谓的"和平运动"，实则汉奸卖国活动，就此走上了一条不归路。

1939年5月汪精卫抵达上海，胡兰成离港与汪会合。1940年3月汪精卫伪政府在南京成立，三十四岁的胡兰成从苦哈哈的教书匠和穷兮兮的小编辑一跃而为宣传部次长，兼《中华日报》总主笔。其后与汪精卫产生分歧，官越做越小，最后被捕关押。

说胡兰成天生反骨一点不冤，他屡屡与上司闹对立，处罚一次比一次凶险。第一次是开除学籍；第二次是解除工职；第三次是军法审判；第四次最重，被汪政府逮捕，差点丢了命。他是一位个性鲜明的反叛者，终身都不安分，无论是在事业上还是在生活上，无论是在做人上还是在做学问上，当然也包括对待女人在内。

3. 贵胄之后

中国人喜欢炫耀自己的祖宗，也喜欢谈论别人的祖宗。胡兰成谈着谈着就从自己谈到张爱玲的家世。这是人们最感兴趣的话题。谁都知道，张爱玲有一个显赫的曾外祖父，有一双缔结传奇姻缘的祖父和祖母，有一本说不完道不尽的家族故事。

张爱玲的祖父叫张佩纶。张氏世居河北丰润，用张爱玲的话说是"北边乡下穷读书人家，又侉又迂"。侉是说话，指唐山一带口音，土而怪，语调曲里拐弯，但又圆润亲切，就是当代艺术家赵丽蓉在小品表演中说话的腔调；迂是处世，死脑筋，转不过弯子，不会变通，就知道书本。张佩纶二十四岁中进士，一路做到都察院左副都御史，相当于今天的监察部副部长。品级不算很高，正三品，但名气很大，与张之洞等新进相互倚重，以清流派自居。1884年中法战争爆发，其时主持外交的是权臣李鸿章，走的是周旋路线，对列强能忍则忍，一让再让。清流派早就憋了一肚子火，纷纷上书抨击李氏外交政策，主张强硬外交。清流意见占了上风，张佩纶意气风发，前往福建马尾前线督办军务，不想大败而逃，被革职充军，解往热河效力，相当于今天的劳改，套用《水浒》中挤对人的话叫"贼配军"。

"贼配军"没有沉沦，服刑中仍笔耕不辍。七年时间，居然成书《管子注》二十四卷、《庄子古义》十卷，还作《涧于集》《涧于日记》多卷。李鸿章翰林出身，做得一手好文章，眼界极高，欣赏张佩纶的才学人品，待其刑满释放，收入帐下协办文书，掌管机要。到底是做大事的人，宰相肚里能撑船。

绝的还在后边。李鸿章做出一个让所有人惊呆的决定——把女儿李菊耦嫁给张佩纶。别的不说，仅就双方年龄，那差距就相当的大。当年张佩纶四十一岁,结过两次婚,李菊耦只有二十二岁,黄花大闺女。不管怎么说,张佩纶,这个昔日的政敌今日的劳改释放犯居然做了国家总理的女婿。正是天下之大无奇不有,最奇不过"贼配军"迎娶宰相女。

李鸿章是晚清名臣,在中国近代史上留下了重重一笔。大清朝晚期靠的是汉人,领头的是两位,一位是曾国藩,一位就是李鸿章。时值太平军席卷半个中国,曾国藩民间起兵讨逆,在湖南老家创建湘军,李鸿章以学生身份进入曾国藩幕府参赞军务,被老师认定为接班人。为形成东西夹击之势,曾国藩安排李鸿章返回原籍安徽组建淮军,进驻上海。学生的见识和能力不亚于老师,很快做大做强,终于配合老师"剿灭"太平天国,又挥师北进铲除捻军。曾国藩去世后,李鸿章成为清朝第一重臣,政事、军队、外交、洋务、中央、地方一把抓,数不清的官衔和职务,权大得不能再大了。

张佩纶与李菊耦生下一双儿女,少爷大名张廷重,小姐芳名张茂渊。张廷重有一女一子,女儿就是后来扫荡中国文坛的张爱玲。李鸿章是张爱玲的曾外祖父。

应该多说几句的是张爱玲的母族,她的另一位曾外祖父。此人有着非凡的传奇经历,是通过自我奋斗走向成功的典范,今天该叫"励志爷"的。他幼年丧父,母亲改嫁,便随继父姓了邓,名翼升。曾国藩组建湘军,邓翼升前往助阵,编入水师。由于治军有方,作战勇猛,很快升为副将。打下安庆后,曾国藩奏明朝廷,请旨为他复姓归宗,遂恢复原姓黄,叫黄翼升。此前李鸿章已从安徽任上前来投奔恩师曾国藩,在幕府参赞,所以他们是湘军战友。后来湘军壮大,水师扩充为淮扬、宁国、太湖三师,黄翼升任淮扬水师统领,品级已经是正二品了。在曾国藩安排下,李鸿章组建淮军,主政江苏,黄翼升率领淮扬水师前往协助，攻克苏州，所以两人有生死之谊。平定太平天国后，湘军裁减，只留下一支长江水师，名将彭玉麟任统领，下辖两名提督，其中之一即为黄翼升，这个职位的品级为从一品。后来彭玉麟调离，统领一职由黄翼升担任，相当于今天的舰队司令，衙门设在南京。

《小团圆》中有对黄翼升的描写。那是一位暴烈的老行伍，打了一辈子仗，老了带不动兵了，解甲归田，便拿家当兵营。"励志爷"自己天不亮就起身，挨个查看，儿媳妇房间也不落下，谁没起床，他上去就是一脚，踢开房门，嘴里骂着脏话。之所以说这么多，是因为他的经历和性格影响了张爱玲的母亲（尽管是间接的），而母亲又影响着女儿。

这位将门之后有许多名字，其中用得最多的是黄逸梵。很洋气，对吧？想必是她留洋时自己起的。黄小姐生得妩媚动人，高鼻深目，嘴唇薄而上翘（这在尖嘴姑子爱玲身上遗传下来），可惜打小裹脚。出嫁后不满毫无进取心的丈夫，一跺脚便出了洋，先到法国，后往英国。洋装洋裙，总不能一双小脚吧，便在皮鞋里塞了棉花，噔噔地走路。一走就是四年。回来后，原先信誓旦旦的丈夫表现还是不好，她一跺脚，提出离婚。尽管丈夫老大地不乐意，但拗不过烈女，婚还是离掉了。这就是爱玲的母亲，刚烈勇健，怎么想就怎么说，怎么说就怎么做，一旦下决心，绝不回头。爱玲继承了这副性子，独立自强，坚决果敢，毫不拖泥带水，韧劲十足。

粗略做个分工，不妨这样说，张爱玲的才华来自父族，性格来自母族。

张爱玲与胡兰成截然不同。她生来就属于城市，而且是大都市。张爱玲1920年9月30日（一说1921年9月19日）生于上海，两岁时举家迁往天津，七岁时又搬回上海。十岁进入小学，直接读五年级，之前跟从家庭教师学习。十一岁升入中学，进上海圣玛丽亚女校，十七岁高中毕业。十九岁以远东考区第一名的成绩考取英国伦敦大学，由于"二战"爆发，转入香港大学。

张爱玲有着过人的聪明和过人的坚韧。套用今天的网络术语，她的生命已经融入学习，不学就会死掉，是学魔；刻苦好学，多才多艺，是学霸；一手漂亮文章，独来独往，是学神。学习外号的前三名她占齐了。为此她包揽了港大文科仅有的两个奖学金，凭此可以直接免费到牛津大学读博士。然而战争改变了她的人生轨迹。1941年底太平洋战争爆发，日军进攻香港。香港沦陷，港大停课，张爱玲于1942年春夏之交返回上海，转考圣约翰大学文学系四年级。没有了奖学金，生活压力骤增，入学两个月即辍学，开始文学创作生涯，自己养活自己，这时她不满二十二岁。这就是认识胡兰成之前张爱玲的经历，一条线走下来，始终没有离开校门，所以胡兰成眼中的她一身的学生气。

下面谈谈贵族的事儿。

人们喜欢叫张爱玲贵族作家，说她是最后的贵族。说说不妨，但真这么认为，就不恰当了。她的先人的确封了爵位，公侯伯子男五等爵中，李鸿章是一等伯爵，黄翼升是三等男爵。但这跟张爱玲没关系，因为爵位由儿子承袭，女儿是没份的，而她的两位出身贵族的先人——祖母和母亲均为女性，所以严格地说张爱玲应该属于贵胄，即权贵之后。在这一点上，夏志清很注意，说"她出身阀阅门第"。

上世纪四十年代有人以真西哲的笔名著文这样说：谈起张爱玲贵族血的成分，就好像两年以前夏威夷左近的太平洋里淹死过一只鸡，于是我们这儿天天使用的自来水也都还在自说自话地认为就是鸡汤一样。话讲得刻薄,但意思是对的。

然而人们仍不能免俗,包括胡兰成在内。他给人介绍张爱玲,一定要强调她的贵族家世,还专门跑到南京的张佩纶老宅寻古,回来跟张爱玲讲,她却没有什么反应。

张爱玲太知道什么叫贵族了,那几乎是人格残废的代名词。据说李鸿章为后人计曾在上海广置房产,说我的子孙总不至于连房租都不会收吧?他忘了,如果房子不在了,还收什么房租!张爱玲父亲名下曾有包括花园洋房在内的八处房产,还有大宗农田,全被他卖掉了,抽大烟逛窑子讨小老婆搞投资,落得只能租房子住,给人家交房租,最后死在出租房里。所以张爱玲很少谈起自己的贵胄血统,那只是一个毫无价值的空洞符号。

现在谈起张爱玲,人们会提示说那是李鸿章的曾外孙女,终归有一天,当人们谈起近代史时会这样介绍:李鸿章,知道吧,就是那个张爱玲的曾外祖父。

4. 谦虚与慈悲

胡兰成本人也是参差对照,本是来朝圣的,却老病复发,憋不住又生出与张爱玲斗一番的心思。

存了这份念头,爱玲的闺房在他眼中竟成了斗场:"三国时东吴最繁华,刘备到孙夫人房里竟然胆怯,张爱玲房里亦像这样的有兵气。"(《今生今世·民国女子之二》)他拿自个当刘备,把张爱玲想象成东吴之主孙权的妹妹,就是人云芳名孙尚香的那位。故事出自《三国演义》第五十四回和五十五回,刘备借住东吴的荆州不还,周瑜撺掇孙权把妹子嫁给刘备,趁这个老赖来吴地迎亲扣为人质,逼迫诸葛亮关云长等用荆州赎回他们的主公。已有多次婚史的刘备明知是圈套,可还是来了。新郎进入孙尚香房间,但见两边刀枪森然排列,丫鬟个个腰上挂着剑,联系荆州的事儿,刘皇叔这才晓得厉害,吓得脸都绿了。后来弄清楚,原来新夫人打小好武,故而房中兵气荡漾。

胡兰成以舞蹈来比拟这种斗。说老屋栏板上雕刻的男女对舞,蛮横泼辣,既要取悦对方,又要以舞姿使对方信服,所以舞即是斗。这议论很精辟,梨园界有所谓的飙戏,棋逢对手,你发一招,我回一式,一定要超过你,互相激荡,演疯了,进入超水平发挥。胡兰成又联系民歌,说两情不是相悦,而是相难。他在广西待过,深有体会。我们都知道,刘三姐式的对歌,就是成心刁难对方。还有评书,客人最喜欢听的故事就是苏小妹三难新郎官。自己夫君不心疼,让他在外面站着,出诗刁难他,对不出不许上床。还有苏小妹的大哥苏东坡跟王安石的故事,他二人虽然属于另一码关系,但交情不是一般的深,那也是斗出来的,曾以黄州菊花和三峡中用于煮茶的水为题比试过一番。

有了这许多根据,胡兰成便理直气壮地上阵了。

他发出的这招对方一定要接,而且不能还手也无法还手,因为这是张爱玲祖父祖母的一段佳话。太阴了。

前面说过,张佩纶迎娶李菊耦,轰动天下。后来好事者将这件事演绎成一部小说《孽海花》,卖得不错,识俩字的人都知道。书中这样讲:

这天张佩纶有事去见李鸿章,来到签押房门口,忽然瞥见屋里立着一位小姐,眉长而略弯,目秀而不媚,鼻梁高且直,一口精致的牙齿贝壳般排列得整整齐齐,美丽而庄重。张佩纶进也不是退也不是,不知所措。李鸿章却招手让他进屋,介绍说这是小女,并命女儿上前相见。女子轻轻转过身子,满腮绯红,打个照面,便回身轻轻去了。这时张佩纶瞥见桌面铺着一张纸,上面写着两首诗,读过,咏的竟是令他身败名裂的马尾之战,诗中充满了对他这个书生的理解和同情。

触动痛处,打翻了心中五味瓶,酸辣悲苦,悔恨委屈,还有说不清道不明的各种情绪一股脑儿发作,张佩纶几乎要大放悲声了。猛地想起这里乃是军机重地,不可失礼,便强迫自己镇静下来。这时耳畔传来李鸿章的声音,告诉他诗是自己女儿写的,就是方才贤弟见过的那一位。说过诗,又托他替女儿物色佳婿。张佩纶请问条件,李鸿章说,跟贤弟你一样便好。

张佩纶自然明白,改日托人上门提亲,李鸿章一口答应下来。不想李夫人大怒,骂丈夫老糊涂,张佩纶又老又穷,还是个"贼配军",亏你这个当爹的想得出!关键时刻,小姐李菊耦说话了,表示既然爹爹已然做主,做女儿的只应从命,万万没有毁约的道理。她说,爹爹阅人无数,断不会走眼,相中的人定然不差。就这样,李菊耦嫁入又穷又侉又迂的张家门。

小说的意思很明白,什么书房偶遇小姐,什么读诗暗示姻缘,统统都是预先策划好了的,是父女合谋给人下套。这越发增加了故事的传奇性,为一段佳话增色不少。

胡兰成好口才,把这段佳话讲得活龙活现,精彩纷呈。看你张爱玲怎么接招。中国人敬祖,有人提到名字,后代都要起身直立的,我说你先人好,你总不能不同意吧,更不能摇头打回来吧,看来张爱玲只能吞下这颗果子了。胡兰成赢定了。

不想,他是真想不到,根本就没出现他要的效果,张爱玲两下就把他的绝招化解了。

她接下招，顺着胡兰成的话头，把祖母李菊耦的诗抄出来，拿给胡兰成。待胡看过，张爱玲突然还招，说其实祖母并不怎么会作诗，这首诗是祖父张佩纶改过的。还有一个真相没有点破，就是前面说到爱玲的出现令胡兰成惊艳时说过的，爱玲父亲跟别人解释，"我们老太爷"也就是他的父亲张佩纶，绝无可能在签押房撞到他的母亲李菊耦。因为那是军机重地，岂容不相干的人随意出入？即便是首长女儿也不成。

瞧瞧，费了半天劲儿，人家张爱玲根本不领情。你夸她先人，奉承她讨好她，可她一句感谢都没有，反而告诉你，那是虚的。也就是说，你胡兰成从书本上看到的从别人处听到的，统统是不实之词，纯属瞎编乱造。

得，什么绝招？银样镴枪头！手持山寨版兵器还斗个什么劲儿。

这就是张爱玲，落地生根般站在自己的原则上，以不变应万变，油盐不进，百毒不侵。

胡兰成悲哀地总结道："但我使尽武器，还不及她的只是素手。"（《今生今世·民国女子之二》）张爱玲不是孙尚香，不舞刀弄枪，手中什么都没拿。她根本就没有斗的意念，正因为如此，她才能赢。这正是老子说的以无胜有，以虚攻实，以柔克刚，以不争而争。胡兰成大败而去。

他离开的时候一定很沮丧。不妨加点想象。胡次长下到门厅，一眼瞥见那两条大懒虫，正仰在藤椅上搓脚丫，惬意得很，气便不打一处来，却故作微笑，目含讥讽，盯住他们的脸一个劲儿地瞧。两个家伙立刻想到自己脸上乱糟糟的酒刺，心里也乱糟糟起来，别提多窝火了。于是双方结了仇，要不后来怎么会打上一架呢。

经过转移，胡兰成的情绪好多了，信步回到家中，心态基本调整了过来。

他想了想，提笔给爱玲写了封信，感谢她的谦虚。张爱玲有教养，知道尊重人，明明对胡兰成那套政治理论毫无兴趣，但还是认真听下去，直到他自己都感到索然无味收住了口才作罢；同样的，对胡兰成卖弄的张佩纶与李菊耦的故事也毫无兴趣，但一样认真地听他讲完，并没有打断他，连些许不屑都未露出。

很快收到爱玲回信，依然那样体谅人，反倒谢他大度，说他"因为懂得，所以慈悲"。

一个夸对方谦虚，一个赞对方慈悲，惺惺相惜。

这就是知音。知音是一种共鸣，在交流中相互接受对方，产生共同的感觉。

其实即便不懂得，只要接受，也能达到知音。他们第一次相见，也就是昨天，已经有过这种感受了。胡兰成当时奇怪：原来"不晓得不懂得亦可以是知音"（《今生今世·民国女子之一》）。

真是不打不相识，斗出了一对知音。

知音比粉丝可要高级得多。粉丝是追星，一头热，偶像并不跟你个人互动；知音不然，是双方的共鸣，一对一的交流。胡兰成升格了。

第二篇
从相知到相亲

第一章　相　知

1. 知己胡兰成

拿到慈悲标签，胡兰成仿佛领到了通行证，又仿佛得了义务，将看望张爱玲程式化下来，隔一日必上门去行慈悲。每次都是坐下不走，一开口就是几个小时。多而长的交流，使双方在相知路上迅速靠拢。

相知与知音虽然都是知，但知的不一样。知音知的是音，这个词的由头就是一段关于音的佳话——俞伯牙与钟子期的故事，一个弹奏，一个倾听，琴声所蕴，不管多么微妙，对方都能领会。然而他们之间的知，即便再默契再深入，始终围绕的只是音这个题材，高度深度都有，但毕竟局促。相知则不然，它知的不仅仅是音，即不只是某一方面，而是诸多方面，是整体；干脆这么说吧，知的是人，所以也叫知己。相知比知音的分量重，是更高层次的交流，更深层次的关系，为此人们常发感慨：人生得一知己足矣。只要交到一个知心朋友，这辈子就没白活。

张爱玲说："一个知己就好像一面镜子，反映出我们天性中最美的部分。"（宋淇：《张爱玲语录》）

胡兰成是张爱玲的知己,可以说这个世界上没有谁比他更知道张爱玲的了。

(1)为写作而生

胡兰成在张爱玲面前大谈她祖父祖母的姻缘佳话,对方却不领情,反倒拿出反面证据。这让胡兰成恍然大悟:"她这样破坏佳话,所以写得好小说。"(《今生今世·民国女子之二》)

他破解了张爱玲创作的秘密,终于认识到原来在她那里,一切都被还原为素材,没有贵贱之分,没有亲疏之别。正因为如此,胡兰成说她的写作具有"理性的清洁"(《今生今世·民国女子之五》)。

生她养她的那个家族,别人看到的是显赫,她看到的是故事,是从李鸿章、张佩纶、张廷重到她的祖母、母亲、姑姑、弟弟,再到舅舅、表叔、七大姑、八大姨、堂兄表妹,几十号上百口子,或平淡或传奇的那些事儿。这就是他们的第一价值。

所以张爱玲在写作时,没有亲人只有素材,一个个活生生的人物和一件件鲜亮亮的事情以及一层层实在在的关系。她只求故事好看,合情合理,真实到服装上的一粒纽扣都要可信,自然要破坏佳话了。

她写曾外祖父李鸿章:

> 他把自己铺排在太师椅上,脚踏棉靴,八字式搁着。疏疏垂着白胡须,因为年老的缘故,脸架子显得迷糊了,反倒柔软起来,有女子的温柔。剃得光光的,没有一点毫发的红油脸上,应当可以闻得见薰薰的油气,他吐痰,咳嗽,把人呼来叱去惯了,嘴里不停地哼儿哈儿的。说话之间"什娘的!"不离口,可是

同女儿没什么可说的,和她只有讲书。……他的一生是拥挤的,如同乡下人的年画,绣像人物扮演故事,有一点空的地方都给填上了花,一朵一朵临空的金圈红梅。(《创世纪》)

叱咤风云纵横天下、集统帅与宰相于一身的李中堂,就这样被做成了一副于心不甘四处找碴儿的糟老头子形象。这叫什么曾外孙女!一点不讲为尊者讳。

再看看她怎么写别人家老爷子:

旧时代的祖父,冬天两脚搁在脚炉上,吸着水烟,为新添的孙儿取名字,叫他什么他就是什么。叫他光楣,他就是努力光大门楣;叫他祖荫,叫他承祖,他就得常常记起祖父;叫他荷生,他的命里就多了一点六月的池塘的颜色。除了小说里的人,很少有人是名副其实的。(往往适得其反,名字代表一种需要,一种缺乏。穷人十有九个叫金贵,阿富,大有。)但是无论如何,名字是与一个人的外貌品性打成一片,造成整个的印象的。因此取名是一种创造。(《必也正名乎》)

多好的祖父,可亲可敬。对照李鸿章的汹汹,真是胳膊肘往外拐。

她把唯一的嫡亲舅舅黄定柱写进小说,称郑先生,是这番尊容:

郑先生长得像广告画上喝乐口福抽香烟的标准上海青年绅士,圆脸,眉目开展,嘴角向上兜兜着,穿上短裤子就变了吃婴儿药片的小男孩,加上两撇八字须就代表了即时进补的老太爷,胡子一白就可以权充圣诞老人。

　　郑先生是个遗少,因为不承认民国,自从民国纪元起他就没长过岁数。虽然也知道醇酒妇人和鸦片,心还是孩子的心。他是酒精缸里泡着的孩尸。(《花凋》)

　　民俗正月不剃头,说"正月剃头,外甥死舅"。她倒好,舅舅人还健在,却提前宣布死了,还泡在酒精里,那不是供医学院学生练手的标本吗?

　　厉害的在后头。父亲张廷重,小说里姓聂,是这副德行:

　　他父亲聂介臣,汗衫外面罩着一件油渍斑斑的雪青软缎小背心,他后母蓬着头,一身黑,面对面躺在烟铺上。他上前呼了"爸爸,妈!"两人都似理非理地哼了一声。传庆心里一块石头方才落了地,猜着今天大约没有事犯到他们手里。他父亲问道:"学费付了?"传庆在烟榻旁边一张沙发椅上坐下,答道:"付了。"他父亲道:"选了几样什么?"传庆道:"英文历史,十九世纪英文散文——"他父亲道:"你那个英文——算了罢!跷脚驴子跟马跑,跑折了腿,也是空的!"他后母笑道:"人家是少爷脾气。大不了,家里请个补课先生,随时给他做枪手。"

　　……传庆把头低了又低,差一点垂到地上去。身子向前伛偻着,一只手握着鞋带的尖端的小铁管,在皮鞋上轻轻刮着。他父亲在烟炕上翻过身来,捏着一卷报纸,在他颈子上刷地敲了一下,喝道:"一双手,闲着没事干,就会糟蹋东西!"(《茉莉香片》)

这算客气的。散文《私语》下笔比这还狠，完全是写实。张廷重对十七岁的张爱玲实施家暴，还关她黑屋子，根本不顾女儿死活，文章都一五一十地抖搂出来，简直是血泪控诉。读者无不恨得牙痒痒的。

张廷重是张爱玲生命里最重要的却又都对不住她的三个男人中的头一个。他对张爱玲的伤害太大了，"我不能够忘记小时候怎样向父亲要钱去付钢琴教师的薪水。我立在烟铺跟前，许久，许久，得不到回答。"（《童言无忌》）台湾学者刘绍铭不屑地称张廷重为"对她诸般折磨虐待的鸦片烟鬼父亲"。

写得最像样的是姑姑张茂渊。她是个海归，曾与爱玲母亲一起出洋留学，单身，外企白领，跟爱玲长期共同生活，充任家长。

这位老小姐独具慧眼，穿透力极强，属于胡兰成说的"直见性命"，但表述又是大白话，听着好像有点意思，一琢磨还真有意思，别有一番效果。张爱玲把她平日的闲言碎语收集起来，写了篇散文，起名"姑姑语录"。起首就说，"我姑姑说话有一种清平的机智见识"。怎么机智法？且听这一句。曾在无线电台诵读社论的姑姑说："我每天说半个钟头没意思的话，可以拿好几万的薪水；我一天到晚说着有意思的话，却拿不到一个钱。"姑姑有过一个年老而喜欢唠叨的朋友，后来不大来往了。她说："生命太短了，费那么些时间和这样的人在一起是太可惜——可能，和她在一起，又使人觉得生命太长了。"

张爱玲为什么单对姑姑另眼相待？开个玩笑，多半是因为这位单身女性也是个破坏佳话的主儿。姑姑自恋，对自己的容颜信心满满，说是得自于美丽庄重的母亲李菊耦，接着便口出不逊，嫌老爸张佩纶生得丑，说两人相貌不般配。

这就是张爱玲,所有一切都是素材,完全以创作需要为转移,无所谓褒还是贬。她要做的似乎就是按照文学的逻辑把这些素材安置在各自的位置上。这里排除了感情,只有理性,而且排除得那样彻底,由此呈现出"理性的清洁"。

不光是对家族对亲人,对社会对他人也是这个态度。张爱玲是所有佳话的破坏者,一个只认理性不认感情的文学造物主,所以胡兰成说她"真真的像天道无亲"(《今生今世·民国女子之七》)。"天道无亲"出自《老子》,讲的是"道"的一种品质。是说演化出世界的道对待万物没有亲近和疏远之分,始终保持同样距离,一律平等。譬如太阳,不管是大树还是小草,不管是人还是蝼蚁,都无一例外地送去光和热,所以我们说阳光普照。这句话用在张爱玲身上,已经不是素材问题,而是态度问题了。这是什么精神?是极度的爱岗敬业精神,达到了佛家"万法皆空"的境界,完全彻底地投入到工作中。毫不夸张地说,她是世界级劳模。正因为如此,她才能成为世界级作家,才能制造出如此出彩的人和事。

总之,她,张爱玲,是一个为写作而生的人。写作是她的生活方式,是她的存在。

(2)因个人而活

张爱玲的做派常常使人把她与自私一词相捆绑,她本人也承认,说"我是个自私的人"(胡兰成:《论张爱玲·之二》)。按胡兰成的说法,这不该叫自私,应叫个人主义。

在胡兰成那里,个人主义是与集团主义相对而言的一种世界观、人生观和价值观。胡兰成不喜欢集团主义,理由是它常常成为少数居心叵测人物的工具,以此绑架个人,驱使他们当炮灰。与集团主义认群体为根本归宿不同，个人主义认个体为世界的本原、人生的本体和价值的最终单位。

胡兰成说，奴隶社会也好，封建社会、资本主义社会也罢，当其没落之际，都是个人被团体淹死，人类被物质淹死。这时候就需要个人主义者大声疾呼，惊醒大众，使他们从群体束缚中走出来，从物质沉迷中走出来。苏格拉底、卢梭和鲁迅就是这样的人物。

在胡兰成看来，今天的社会没有变，仍在末世挣扎，这就需要个人主义来引领，于是便出来个张爱玲。胡兰成以郭沫若诗歌《女神再生》来设计场景：黄帝（应为颛顼）与共工大战，之后战场归于沉寂，这时女神徐徐而至，以她的抚爱柔化世界，使其重生，迎来新的和谐。张爱玲就是在这样的背景下发现人发现物的，并以一支神笔将其展现在她的作品中。

张爱玲与鲁迅一样，对现实几近绝望。胡兰成说，她用"壅塞的忧伤"和"雾数"来表达自己的不满与厌恶。雾数是上海话，也写作"污数"，用来表达湿热天里人们的感觉。空气浊滞、憋闷，暑气蒸腾，汗怎么也出不透，虽然不住地冲洗，但就是洗不净，身上总是腻腻的。在张爱玲那里，人也雾数，物也雾数，一切都脏兮兮乌涂涂黏糊糊湿漉漉的，就没有清爽的时候，让人堵得慌。这种感觉反映在她的作品中，胡兰成总结道，便有了《封锁》表现的无聊，《倾城之恋》表现的哀伤，《连环套》表现的悲惨，《沉香屑》展示的欺骗，《金锁记》展示的麻木，《年轻的时候》展示的庸俗，《花凋》展示的倾轧。张爱玲试图把人和物都从雾数中拖出来，一件件洗干净，还其赏心悦目的本色。

然而张爱玲与鲁迅又不一样。鲁迅寻求的是战场上受伤斗士的凄厉呼唤，从文学走向政治；而张爱玲追求的则是天地之间的阳光与空气，从文学走向人间，进入自由而安稳的人生。张爱玲的个人主义是柔和的、明净的。

什么是自由而安稳的人生？胡兰成的如下说法或许可窥一斑。他说："革命是要使无产阶级归于人的生活，小资产阶级与农民归于人的生活，资产阶级归于人的生活，不是归于无产阶级。是人类审判无产阶级，不是无产阶级审判人类。"（胡兰成：《张爱玲与左派》）

胡兰成上述主要观点反映的其实是五四新文化运动的根本成果，即个体意识的觉醒和个性解放。几千年来，中国文化中只有家族、国家、族群，它们是社会的本原、人生的本体和价值的最终单位。其中没有个体的独立位置，每个人，包括皇帝在内，都是群体链条上的一个环节。五四新文化运动的锋芒指向这个链条，推翻群体的最高也是唯一权威的地位，将个体解救出来，形成另一个权威。这是一次伟大的还原。科学的一个根本任务包括科学的方法，就是发现最后单位，细胞、原子就属于这类要素；这也是哲学的目标，所谓的本原、本体、第一性就是这样的初始者。好了，现在明确了，个体才是人类社会的原子和第一性，是价值的基本单位。不妨做个简单假设，像做科学实验一样地分解社会：国家可以分，组织可以分，家族可以分，其构成部分还可以分，一桩桩分下去，分到个人就无法再分了，他就是最终单位。个体地位的确立理所当然。

个人主义并不坏。胡兰成说："个人主义是旧时代的抗议者，新时代的立法者。"（《论张爱玲·之二》）

那么，张爱玲的个人主义是如何表现的？下面我们就具体看一下胡兰成笔下的个人主义者张爱玲。

创作上的表现上文已经说过，在张爱玲那里，一切都以她的需要为转移，没有什么亲疏远近，只有素材。

这种无情不仅表现在写作上，也反映在实际生活中。胡兰成说张爱玲从来不牵愁惹恨。

她可以跟《金瓶梅》里的潘金莲、李瓶儿知心，但绝不同情她们；跟《红楼梦》里的林妹妹、宝姐姐甚至赵姨娘知心，但绝不拿自己去比其中的任何一位。对里头的男人更是这样，绝不希望穿越到哪位帅哥或多情种子跟前浪漫一番。包括自己作品中的人物，写出来就完了，绝不用情。

张爱玲不买书，胡兰成带书来，她看过立即归还。她爱看画，胡兰成从池田（就是要去特务机关劫狱的那位）那里借来许多画册，见她喜欢，池田说那么就送给张小姐吧，她死活不要。这种态度当然没有恶意，她是不落人情。

她把报纸杂志上评论她的文章都剪下来，读者来信也都收好。夸奖的话，即使过头或者跑偏，她都高兴；诋毁的话，她也不生气，只是诧异，不理解怎么会有这种莫名其妙的想法。无论是赞是毁，好像都跟她本人无关，似乎说的是另一个什么人。即便是对唯一的闺蜜炎樱也是这样。每每跟姑姑或者胡兰成说起，总是一通笑骂，很好玩的样子，似乎那是别人的朋友。

苏州灵岩寺挂一幅印光法师的字：极乐世界，无有女人，女人到此，化童男身。苏青见了很生气，张爱玲却没有丝毫反感，似乎她不是女人。

这就是张爱玲，一副没心没肺的样子，有关的人和事都被她弄成无关，就不要说无关的人和事了。不管对方多真挚多诚恳，都别指望从她那里收到感情上的回应。

这不是无我，而是固守自我，生怕一不留神，自己被谁收了去。她的自我太牢固了，像一座钢筋混凝土的碉堡。

张爱玲为人处世有自己的原则，全然不在乎外界怎么看怎么说。

胡兰成写道："她认真地工作，从不占人便宜，人也休想占她的，要使她在稿费上头吃亏，用怎样高尚的话也打不动她。她的生活里有世俗的清洁。在香港时，路上一个瘪三抢她的钱袋，夺来夺去好一会，还是没给抢去。一次是在上海，瘪三抢她手里的点心，连纸包一把抓去了一半，另一半还是给她攥得紧紧的拿了回来了。对任何人，她都不会慷慨大量，或者心一软，或者感到恐怖而退让。现代人的道德是建在占便宜上，从这里生出种种不同身份的做人风格。张爱玲没有一点这种禁忌，她要的东西定规要，不要的定规不要，什么时候都是理直气壮的。"（《张爱玲与左派》）

因为有原则打底，张爱玲但凡做什么都好像在承当一件大事，就连走路的神情都非同小可，哪怕拈一枚针，都一脸的正大光明。

她抠门儿。跟姑姑一起生活，两人锱铢必较。姑姑骂她财迷，她学给胡兰成，居然笑得出来，开心得不得了。跟闺蜜炎樱去咖啡店吃点心，一定要先说定谁付账，陪炎樱回家，返还的车费一定要炎樱出。钱上的事她一直算得很清，来往两讫，绝不欠别人也不允许别人欠自己，刀切般分明，从来不拖泥带水。

她冷酷。社会上没有谁能让她怜悯和同情，慈善、捐助、布施等跟她无关。她走的是"天道无亲"路线。胡兰成说，张爱玲的世界里没有一个夸张的，也没有一个委屈的。一律的冷冰冰。

她洁癖。用胡兰成的话说叫"清洁到好像不染红尘"。因为洁癖，她非常敏感，极为苛刻。两人闲聊，说起共同熟悉的几个文化人，她一眼就看出某人不够格，说他不干净而且还不聪明。听得胡兰成胆战心惊，心说可要小心了。她目光很毒，明察秋毫，即使对方是日神，她也能在哪怕是极细微之处将他瞧得清清楚楚。

因为太苛刻了，已经到了极限，反而达到了一种公正，无论贵贱反正是这把尺子。张爱玲面前人人平等。

张爱玲不喜欢禁忌，外来的规矩、约束、纪律统统与她格格不入。大的不谈，只说举止。母亲从小训练她做淑女，教她如何巧笑。费了老大劲儿，女儿没有丝毫长进，不笑则已，笑则必张嘴大笑，将舌头和牙齿全部暴露在光天化日之下。母亲彻底灰了心。张爱玲有时想起什么，面现笑容，喜滋滋的，但自己却忘了是在笑。

傻气吧。这个形象比她照片上那些酷酷的样子更真实更动人。闭上眼想一想，一个张大嘴巴哈哈傻笑的张爱玲是多么的可爱。

还有她的服装，前面说过，外界一致裁定为奇装异服。张爱玲不管这些，照穿不误，或短衣长裤，或古典绣花长袍，上街招摇，全然无视行人的注目。她自个儿感觉好极了，有一种戏中人书中人出场的陶醉，一位公主款款走过的自信。胡兰成说："自我恋是伤感的，执着的，而她却是跋扈的。倘要比方，则基督在人群中走过，有一个声音说道：'看哪，人主来了'，她的爱悦自己是和这相似的。"（《论张爱玲·之一》）

总之，张爱玲牢牢地站在自己的立场上，寸步不离寸步不让。胡兰成说："张爱玲是使人初看她诸般不顺眼，她决不迎合你，你要迎合她更休想。"（《今生今世·民国女子之五》）又说，"她完全是理性的，理性到得如同数学……她的横绝四海，便像数学的理直。"（《今生今世·民国女子之七》）

张爱玲秉持人格独立，无论在什么时候什么地方，她都是一个鲜明的个体。

比如工作。张爱玲答记者问，谈到一些女人以爱为职业（性工作者)。记者说这样的女子恐怕只是少数吧？张爱玲答："并不少……家庭妇女有些只知道打扮的，跟妓女其实也没有什么不同。"(《苏青张爱玲对谈记》)一定要自己打拼，否则就会混同于性工作者，自立意识如此强烈，竟到了不近情理的地步。

类似的不说了，只说她跟胡兰成。

那是婚后蜜月，张爱玲对胡兰成崇拜得不得了，百依百顺。胡兰成高谈阔论，发表过意见后，想想又觉不妥，便提醒爱玲不要受他影响。爱玲笑着叫他放心，说自己不依的还是不依，虽然不依，但还是爱听。张爱玲是依顺和独立两不误，表面上依，骨子里不依，主意大得很。

新婚小别，胡兰成去南京办公，张爱玲没有离愁，对回到单身的时光很高兴，反而有一种新意的快感。即便是住，也喜欢自己的小屋窄床，尽管两个人很挤。胡兰成在上海的花园洋房她倒是去过几次，但只住过一夜。

这就是个人主义者张爱玲。一个固守自我的张爱玲，一个遵循原则的张爱玲，一个秉持独立的张爱玲。用胡兰成的话说，"是一个人在佳节良辰上了大场面，自己的存在分外分明"(《今生今世·民国女子之三》)，"她自身就是生命的泉源"(《论张爱玲·之一》)。

总之，她，张爱玲，是一个因个人而活的人。个人是她的本体，是她的最高价值。

2. 知己张爱玲

胡兰成隔一天去张爱玲家一次，有三四次吧，张爱玲突然烦恼起来，还有几分凄凉。胡兰成知道，张小姐动了感情了。随后便收到爱玲一张字条，叫他别再来了。这个男人深信世界上还没有什么能够挡住他胡兰成，权当没这回事，索性立即上门一试。果然，女人没有嫌他，反而一脸的欢喜。

胡兰成心里有了底，得寸进尺，由隔日一去改成一日一去。姑姑张茂渊"直见性命"，皱着眉半笑着轻声说："天天来——"

还是那样，胡兰成一开口就没完，坐很久，并且关着门。

两人的交流就这样深入下去。张爱玲终于成了胡兰成的知己，可以说这个世界上没有谁比她更知道胡兰成的了。

（1）理想主义者

胡兰成喜欢谈理论，张爱玲听得最多的是礼乐文化。

奇怪得很，作为深受"五四"影响的学人胡兰成竟然对礼乐一往情深，要知道新文化的第一个讨伐对象就是礼教，定性为"吃人"，也就是吞噬个性，而胡兰成恰恰是这场运动所造就的个人主义的受益者和拥趸。或许是他发现了新文化的偏激（胡兰成列出的五四运动三大失误中，首当其冲的即是否定礼教。见胡兰成：《中国文学史话·中国文学的气运之二》），以断裂传统的方式来标榜彻底，从而失去了自己的本土文脉，因了这种担心，便以礼乐弥补之？或许他根本没有这些理性的考量，就是对从小浸染于其中的礼乐不离不弃，而本能地讴歌？

在胡兰成那里，礼乐对中国文化以及中国社会具有本体意义，他说："中国文明的人世称为礼乐之治。"（《中国文学史话·礼乐文章》）什么是礼乐？胡兰成结合《易经》的两句话解释道："'先天而天弗违'便是乐，'后天而奉天时'便是礼。"（胡兰成：《读张爱玲的"相见欢"》）

先天即自然，这里可以理解为欲望，出于欲望而又不违背天就是乐。后天即社会，这里可以理解为行为，自由行动而又遵循天就是礼。

那么天又是什么呢？胡兰成认为不能脱离人来讲天，那没有意义，在他看来，天是因人而存在的。这就把天与人一体化了，从道理上说天就是人。不妨加上规则的含义，可以这样表述，天就是天的规则（古人叫天道），也就是人的规则（古人叫人道）。由此可以把乐和礼解释为，出于欲望而又不违背规则就是乐，自由行动而又遵循规则就是礼。

举个例子。小孩子喜欢蹦跳打闹，这是天性，让他很快乐。但不能打人，不能虐待小动物，不能打人家玻璃，如果他试着做这些事就会不快乐，因为会遭到大人和社会的责骂，弄不好还会挨扁。这说明小孩子的乐取决于天性与游戏规则的统一。这同时也是礼的体现，小孩子渐渐养成了遵守游戏规则的习性，习惯成自然，他这样玩的时候一点也不觉得受束缚，自由自在，反之则不知道怎么玩，礼是自由行动与游戏规则的统一。

这样看，乐和礼是互通的，所以二者形成一个词组，称礼乐，也叫礼乐文化。

以上是从道理上讲礼乐。具体到文化门类，经岁月淘洗而积淀下来的诗文、歌曲、音乐、声调、舞蹈、戏剧等属于乐，礼节、仪式、规矩、风俗等属于礼。它们都是具体形式，体现着"先天而天弗违"，"后天而奉天时"。这些形式是个人获得快乐和安然的源泉。

比方女人，来到世界上要有自己的位置。这个位置是什么？人妻。她生来是要做妻子的，这是诗歌、戏剧等一再告诉人们的，也是礼的规定，合天道合人道。为此胡兰成称其为法妻。法，法定，即由天确立的位置，由礼确立的位置。女人终于出嫁了，做了人妻，便有了定位，可以松一口气了，安心地走以后的路，踏实、高兴。

这就是礼的实质：定位。父子、君臣、夫妇、兄弟、朋友之五伦，就是这样的定位。胡兰成说，有了位置，人们的身心才有安放之处，而天地万物也才是信实的，你才可以站在自己的位置上以应有的态度对待人和物。这套位置不动摇，大家各就各位，天下就清平了。

位置指明责任，告诉你干什么。比如夫妇，要义是有别，丈夫妻子各有自己的分内事情，一个养家，一个管家，分工明确，互相体谅，"因为懂得，所以慈悲"，日子才能过得安稳快乐，即便苦一些也不打紧。

胡兰成把礼乐抬得很高，认为它集真善美于一身。

说礼乐为真，是由于它是文明的总根子，最为贵重。西方不讲礼乐只讲事务，不讲位置只讲权力，所以不得安宁，不是你打我就是我打你，要不就是竞争倾轧。说礼乐为善，是因为它是治平之根本，大家都安于自己的位置，做自己分内的事，皇帝坐龙庭，用不着干什么，天下就可以运转得很好，无为而治。西方的民主走的是另一条路子，品位不高，现在虽然得势，不过是有产业撑着，终有过气的一天。

胡兰成谈得最多的是礼乐之美。前面讲胡兰成身世时曾提过，他跟随母亲去看望九太婆，主客礼尚往来，让他看到了一幅弥久却又真实的美景。

是的，胡村乡间的礼乐给他留下的印记太深了，以至于足以使他抵挡摧枯拉朽的"五四"新风，足以驱策他一辈子都在为礼乐的宣扬和复兴殚思竭虑。

在胡兰成笔下，胡村是礼乐世界，从孩童到老人，从家庭到村社,无时无处不有礼乐。

胡村的人这样待客：

但凡我家里来了人客,便邻妇亦说话含笑,帮我在檐头剥笋,母亲在厨下,煎炒之声,响连四壁。炊烟袅到庭前,亮蓝动人心,此即村落人家亦有现世的华丽。娘舅或表哥,他们乃耕田樵采之辈,来做人客却是慷慨有礼,宾主之际只觉人世有这样好。又有经商的亲友,不如此亲热,倒是条达洒脱,他们是来去杭州上海路过胡村,进来望望我们,这样的人客来时,是外面的天下世界也都来到堂前了。(《今生今世·韶华胜极》)

乡民识大体,心怀敬畏：

从城里来的少年郎,不免要调笑溪边洗衣洗菜的妇女,但她们对于外客皆有敬重,一敬重就主客的心思都静了,有调笑的话亦只像溪水的阳光浅浪,用不着羞傍人。(《今生今世·韶华胜极》)

这样的环境,养就了温良和谐的人性与人际关系：

郑家美称叔与我父亲最相好,两人是全始全终之交。我父亲出门,家里没有饭米,去和他说,总挑得谷子来,人家说有借有还,我们那时却总还不起,可是借了又借,后来等我做官才一笔还清。美称叔家里有己田四十亩,外加茔田轮值,父子三人耕作,只雇一名看牛老,邻近要算他家最殷实,他亦不放债取利,亦不兼做生意,亦不添田添屋,他拿出来使用的银元多是藏久了生有乌花。他就是做人看得开,他的慷慨且是干净得连游侠气亦不沾带。他亦不像是泥土气很重的人,却极有胆识,说话很直,活泼明快,大然风趣。我常见他身穿土布青袱裤,赤脚戴笠,肩背一把锄头在桥头走过,实在大气。他叫我父亲秀铭哥。郑家亦是一村,与胡村隔条溪水,两人无事亦不多来往,先辈结交即是这样的不甜腻。(《今生今世·韶华胜极》)

在这里,礼乐已经不再是外在形式,不再是强制性规矩,而是人的自觉自愿的活动。生活于其中的个人不只有尊严,还有乐趣。

这么好的礼乐,你猜张爱玲怎么说?一句话:"愿望性质的思想。"说得客气点,叫愿景;说得直白些,叫空想。在张爱玲看来,这是一厢情愿地把事实硬塞进一个框框里,制造出理想化的中国乡村。

对于胡兰成的礼乐文化,张爱玲觉得其底色不过是怀旧,没有多大价值,所以并不去认真听。当然,听还是要听的。这时虽然还不是恋人、夫妻,但却是相知的朋友,要尽朋友之道。朋友有信,要信任他、维护他,让他愉快。

除了礼乐,还有一件事是一定要谈的,那就是胡兰成本人陷身于其中的"和平运动"。

"和平运动"是汪精卫、胡兰成他们的叫法,国人称汉奸卖国活动。为什么冠以"和平"二字?照胡兰成的解释,"和平"一词出自抗日战略。日本侵华,中国唯有抵抗,途径是两个,一为战,一为和。国民党及国民政府的领袖蒋介石选择了战,主张焦土抗战;另一领袖汪精卫则选择和,主张和平建国。和的好处是牺牲少,而且有益于对付共产党。胡兰成说,无论是战还是和,都是抵抗,都属于中华民国,"和平运动"绝非异类。

胡兰成强调,"和平运动"不是投敌,而是忍隐,以曲折的路线来复兴国家,或者干脆说是重新开国——中华民国太弱了,需要重建。他打了比方,说自己就像千里送京娘的赵匡胤,民国就是京娘,千里走下去,路上有汪精卫的人、蒋介石的人、毛泽东的人,甚至日本人,大家都掺和进来,一起演这出戏,所以大家都不是外人。

这不是说说而已,是有历史先例的,胡兰成举出南北朝为证。时当五胡乱华,天下危机,文明危机,这时就不能固守国家和民族了,而应当把挽救、维护天下文明放在第一位。于是王猛、崔浩、高允、冯皇后(号文明皇后)这四位汉家最杰出的儿女便舍弃汉人的南朝,去帮助胡人的北魏政权,融合汉胡,弘扬文明。正是在这个基础上,后来才开辟出隋唐,从而将中华推上一个发展高峰。讲罢历史,胡兰成表示,这条路就是他要走的,自诩为汉魏六朝荡子。

史实清楚,没有问题。但胡兰成忘了最根本的一条,匈奴、羯、鲜卑、氐、羌等胡人是要汇入中华的,唯汉家文化和制度为举,而日本则不然,它要脱亚入欧,以列强的身份灭亡中华,用如此广大丰饶的国土扩展它那狭小贫瘠的生存空间,所以这个史证不成立。

当然胡兰成也有疑惑。最大的问题是"和平运动"的性质,胡兰成认为应该是革命的,汪精卫也是这个意思。然而革命在哪里呢?胡兰成看到的只有和平、反共,而没有一点革命的影子。于是他开始自己单独行动,去跟日本人和汪政府中居心叵测的人较劲儿,还没革谁的命呢,就被自己人下了狱。

别看胡兰成说起来头头是道,其实内心悲哀得很。他是荡子,失去了根基,所以"生涯在成败死生的危险边沿,过的日子是今日不知明日,没有得可以依傍"(胡兰成:《中国文学史话·评鹿桥的"人子"》)。因为自己没底,他没有主动劝过一个人参加汪政府。跟张爱玲谈这些,也不是动员她去为"和平运动"出力,而是交代清楚自己的事情,取得对方的理解和同情。

那么张爱玲怎么看呢?两个字:拗理。拗,两个读音,一为ào,意思是别扭;一为niù,意思是固执。这里的拗理两个意思都有,固执己见,讲不通硬讲。张爱玲说,胡兰成没法联系现实,因为大量的事实都说明日本并不跟你和平。由于无法得到来自实际的支持,胡兰成只好讲拗理。

因为是拗理,张爱玲自然不会认真去听。当然,跟礼乐文化一样,听还是要听的,朋友嘛。

(2)爷们儿

张爱玲印象中的胡兰成,眉眼俊秀,荡漾着一股英气,平日穿一件黑色旧大衣。也许是因为教师出身,操一口国语,也就是民国时期的普通话。浙江人说国语,又走南闯北,听上去有点像湖南话。英气、旧黑大衣、湖南口音,叠加一处,胡兰成给张爱玲的感觉是像个职业志士——湖南是近现代中国政治风云际会之地,出了许多慷慨悲歌之士,曾国藩、左宗棠、谭嗣同、毛泽东、彭德怀都是湖南人。张爱玲的母族也来自那里,湖南话她听着亲切。

实际上,给张爱玲造成职业志士感觉的还有胡兰成的作风和态度。他喜欢谈革命,谈建国,谈理想乡村,对政府中和社会上的阴暗面愤慨不平,意欲扫之而后快,很忧国忧民的样子。这些都属于志。所以张爱玲把胡兰成与左派相挂钩。

左派的中坚是共产党。别说,据胡兰成在《今生今世》中自己讲,他还真跟共产党发生过纠葛。

第一次是1926年胡兰成在燕京大学做文书的时候。在这个江浙才子眼中，北京跟江南全然不同，天高野迥，望去黄土无际，风日星月坦坦荡荡，一无遮蔽，构成了人世的壮阔。胡兰成也加入了壮阔中。其时北伐军已出广东，兵指长沙，但劲风却吹到了北京，胡兰成暗中响应，参加了革命组织，直接领导人是大四学生卿汝楫。当时国共合作，这个组织可以说是国民党的也可以说是共产党的。正是在这里，他接触到了《共产主义ＡＢＣ》以及《共产党宣言》，尽管未深读，毕竟知道了其主张。后来就发生了组织的领导人李大钊等被军阀张作霖逮捕的事件，七个委员中只走脱了一个卿汝楫。担心军阀下手，每当他出门，胡兰成必定陪同，准备如有不测，以身相代。李大钊等人被张作霖绞杀，激发了胡兰成的热血，看到张作霖去西山，他的汽车和卫队总是从燕大校园门前路过，再三思量，决定趁机刺杀张作霖。他把这个想法向卿汝楫汇报，得到的回答是"那可用不着"。胡兰成一向敬佩卿汝楫，便放弃了牺牲性命的打算。

第二次是1932年到1936年在广西。这五年期间胡兰成十分苦闷，便下功夫把马克思主义研究了一番。他发现这种理论对强大国家和扫荡一切不实思想大有裨益，提供了一种全新的认识方法，可以激发民国一代人的大志，可是到底下不了狠心加入共产党。有一次决心很大，那是初到广西，工作没有着落，人又病倒了。胡兰成发热说胡话，清醒时两眼望着天花板，心中只有一念头，等能够起床便去江西加入朱毛红军。他说此刻他很平静很清醒，不是因为愤恨才冒出这个念头的。

第三次是1938年在香港。胡兰成已经从汪精卫那里领钱了。他找到共产党，不过是其中的托派，硬要提供赞助。人家不要，胡兰成说你们权当在路上捡到的好了,这才收下,两次共五百元港币。不想后来汇报上去,上级又命令如数退还,令胡兰成敬佩不已。

胡兰成说,他之所以没有加入共产党,纯属个人原因,他生性自由,受不了纪律约束,而共产党又是铁的纪律,他怕今后会"弄到对不起这样崇高伟大的党"(《今生今世·渔樵闲话》)。

总之,胡兰成是思大于行,他的左派始终是口头上的,难有实际行动。

这其实也是张爱玲的想法。被统治者视为洪水猛兽的共产主义,在张爱玲看来还真没有什么,近代思想的趋势本来就应当是人人有饭吃,然而实践又是另一回事,至于个人自由,更是不可出让。

胡兰成喜谈革命,然而革命的对象是谁,这个问题在他那里从来就没有真正明确过。没有革命对象,还革什么命!实在是一笔糊涂账。所以与其说是革命,还不如说是叛逆。前面讲胡兰成天生反骨,他自己也这么认为:"我生来是个叛逆之人。"(《今生今世·瀛海三浅》)他批评宋代儒家学者,说他们只知道顺,不知道反。其实人们顺从礼(理),顺的并非是礼(理),而是上天,所以如果只是讲顺,那就迂了。胡兰成是想说,上天才是最高权威,礼(理)只是其表征,如果上天变了,就不应该再顺应礼(理),而应该反叛,这才是正确的选择。胡兰成不光是荡子,也是逆子。

然而他有荡子之德、逆子之德。这也是他的志士形象的一个来路。

最接近志士的是游侠,胡兰成有侠义之气。

张爱玲投稿的杂志中有一家名"万象",主编叫柯灵,是上海作家,横跨文学与电影两个领域,左翼人士,解放后曾在文化单位当领导。《小团圆》中有这样一个情节,张爱玲前去送稿,得知柯灵被日本宪兵抓走，回家后谈起这件事。胡兰成说胡闹，便给宪兵队大队长写了封信，让爱玲拿给柯灵家人。胡兰成在日本人那里有面子，柯灵得以安全释放。

胡兰成在伪政府任高官，据《今生今世》说，有些文化人生活无着，向他求助，他都安排在自己主管的单位里，尽朋友之责。胡村人听说胡兰成发迹，前来投奔，这些人多不识字，胡兰成四处奔忙，介绍他们当事务员或充杂役，实在安排不下的，贴一笔路费送他们回去。有时一来就是一伙，都住在胡家，弄得地板上睡的都是人，但胡兰成并未露出嫌弃之意。

其中有两个人，一个是胡兰成养父母的女儿，一个是旧交的儿子。养父母的女儿不善，胡兰成小时受尽了她的凌辱。那位旧交更是无情，他放债为业，胡兰成无钱葬妻，找他借钱，遭到拒绝，胡母去世，胡兰成在外，侄女青芸求他帮助，他也不肯。这两个人都对不住胡兰成，于情于理都是可以不管的，但胡兰成还是出手相援。前者两口子安排进宣传部当小职员，后者的儿子长期住在胡家，照应他读书，又介绍工作。能做到这一步，够意思了。

值得一说的是下面这件事。那时胡兰成叫胡积蕊，在绍兴读高小，结识了一个叫熊俊的小兵，两人挺投合。两年后胡兰成在杭州读中学，熊俊找到他，说去上海没有路费。胡兰成只有两块银元，是一个学期的杂费，宝贝似的藏在牙粉盒子里压在箱底，便取出都给了他。二十年后两人相遇，发现对方竟都在汪政府做事，因为改了名，竟然不知道。如今的熊俊叫熊剑东，手握兵权，在湖北当司令，后经胡兰成活动，调到南京当税警总团长，说是警，其实是正规军，实力颇强。熊剑东会打仗，地位迅速蹿升。

汪伪高官窝里斗，胡兰成的好友、负责治安和特勤的七十六号机关的头子吴四宝被另一个头子李士群借日本人之手害死，而胡兰成与李士群又明里暗里争斗不休，熊剑东的出现正好派上用场。胡李矛盾不全是争权夺利，也有思想意识上的分立。一次胡兰成和李士群同坐一部汽车，路上见市民领配给米，拥挤不堪。江南盛产稻米，却弄到这步田地，胡兰成不由心中恻然。李士群却说这是优胜劣败，像你我就不用排队。胡兰成答：这话排队的人或许可以说，但你如今是江苏省主席，不应该这样说。

熊剑东势力的扩张引起了李士群的嫉恨，双方水火不容，都想除掉对方。胡兰成便给熊剑东出谋划策，让他去策动日本人。最后日本宪兵以调停矛盾的名义设宴毒杀了李士群。

胡兰成当年仗义疏财，绝对想不到二十年后的事，他那样做纯粹是性格使然。

胡兰成不光有侠气，还有侠技，是能够上阵的，尽管没有机会实践。

那天，《小团圆》中讲述的是，胡兰成从张爱玲家出来，已经很晚了，公寓大门上了锁。喊人开门，守门的那个大懒虫嫌打扰了他的好睡，心里来气，一边把手里的钥匙晃得山响，嘴里一边嘟囔，不干不净。胡兰成大怒，上去就是一掌，门卫一个跟头飞了出去，双手捂脸躺在地上，半天爬不起来。

过后胡兰成跟张爱玲提起，仰着头吸了口香烟，一脸的轻蔑，道：那么大的个子，不中用。还说自己练太极拳，又解释道，其实自己平日待他们不薄，尤其是开电梯的那个，没少给钱。电梯工见到姑姑张茂渊，心有余悸，说，那位先生个子不高，力气倒蛮大，把看门的打得脸上青了一块，这两天不好意思来上班。

用今天的话说，胡兰成够爷们儿。

第二章 相 亲

1. 亲本体

俗话说相亲相爱，相亲了才能相爱，胡兰成就是这么看的。他说："中国人是亲比恋先，往往只觉得亲热，起了敬重和思慕，还不知自己已在恋爱了，有一种糊涂的好。"（胡兰成：《中国文学史话·中国文学的作者》）

这话听上去朴素而老辣。朴素，是因为通俗地道出了一个事实，一个真理。老辣，是因为联系胡兰成与张爱玲的关系进展，有一种老谋深算的味道在里面，似乎一切尽在胡兰成掌握中。其实并没有这么可怕。设计肯定有一点，但事情的进行和发展还有自然而然的一面，谋事在人成事在天，决定成败的恰恰是这一面。可以这样说，胡兰成有意识地朝着由亲到爱这个方向努力，频繁地出入张爱玲家，而他与张爱玲的互动，没完没了日益深入的交谈，渐渐地形成了常态和习惯，结果两人关系不知不觉间发生了变化。这么看，他们之间的相知便是一种铺垫，一种积累，走向的是相亲。

亲不仅是恋的先声，也是恋的归宿。胡兰成发妻玉凤，两人生活七年，过成了亲人，属于胡兰成说的"夫妻有亲"。玉凤病危，大小便都是胡兰成侍候,扶她坐起吃药,她说:"死不得的呀!"胡兰成心中震动,知道她放不下丈夫这个亲人。胡兰成哭着说:你若不好了,我是今生不再娶妻的了。玉凤说:不可,你应当续娶的。像是姐姐对弟弟说的话,却分明是妻子的心。这就是亲。古人意识中,妻子如衣服,兄弟似手足。衣服旧了可以换新的,手足断了不能更替。胡兰成说终身不娶,是把玉凤视为至亲,是无法替代的,所以胡兰成说"我的妻至终是玉凤"。

亲是恋的基础,不只恋,整个人生都因为亲而有了活头、奔头。唐朝小说《非烟传》中的步非烟与人私通,被拷打至死,书中只说了八个字:"生得相亲,死亦无恨。"张爱玲对胡兰成说,当然是这样的,而且只可以这样。

亲是人生的最大牵挂和希望,是生命存续的最大理由和支撑。

中国当代哲学家李泽厚提出"情本体"说,认为中国文化中,情感被视为人生的根本和最终实在。这也是胡兰成的看法,而且更具体,他把情感还原为亲情。为此我们称之为"亲本体"。正是在这里,中西方一开始便有了分别,在胡兰成看来,中国人追求的是亲、是情,西方人追求的是知、是识,前者比后者更好。胡兰成这个说法很有道理,比如我们常听到的培根的名言"知识就是力量"即为一例,西方哲学喜欢谈认识论,是从世界观高度为知识的统治提供哲学证明。中国传统不是这样,看重的是仁爱,特别是亲人之爱,所谓的亲亲,仿照培根的模式,可以说"亲情就是力量"。

这使我们可以进一步理解胡兰成倡导的礼乐文化。前面说过,在胡兰成那里,礼乐对中国文化以及中国社会具有本体意义。这里我们看到,起本体作用的是其中含蕴的亲情。所以胡兰成说,礼仪"是情意的无保留与制约为一的自然秩序"(胡兰成:《中国文学史话·文学的使命》)。礼本来是一种制约,但却化为了情感,胡母与九太婆礼尚往来,遵循的不只是多年传下来的规矩,同时也是真情的完全抒发,已经自然而然了。

本体具有源发意义。不仅各种爱,诸如恋人之爱、夫妻之爱、朋友之爱、国人之爱以亲情为先导,就是怨恨也出自亲。胡兰成引用《孟子·告子下》中的话说:"'小弁'之怨,亲亲也。"小弁,《诗经·小雅》中的一篇,申诉委屈感慨不平,属哀怨之作。在孟子看来,这怨这恨恰恰出于亲人之爱。他举例说,如果有人张弓搭箭射你,要是这个人是外乡人,你会笑着当故事讲,要是这个人是你哥哥,你就笑不出来了,一定是流着眼泪诉说心中委屈。不只家人,朋友圈子或者再大些的领域也一样。连怨恨也是亲,胡兰成说这只在中国地界才有,为此称意中人为冤家。

连怨恨都发源于亲,别的更不用说了。

比如恩。胡兰成举出韩信。这位协助刘邦败亡天下第一好汉项羽的统帅,年轻时无业,在河边钓鱼充饥。人称漂母的洗衣妇可怜他,拿饭给他吃,没有什么大不了的,比不上救命和解难,但足以使韩信感到亲切了,成事后回来报恩,叫一饭之恩。如果没有这种感情,恐怕便不了了之了。胡兰成还引用"一夜夫妻百世恩"这句俗话,人们由肌肤接触而生出亲情,继而再生出感激。胡兰成说这话西洋人听了简直不能想象,他们感谢的是上帝,账不会记在世人身上,所以不会像中国人那样牵肠挂肚,有生之年非回报对方不可。

再比如信。这里的信比"言必信行必果"要大,是一种处世原则,表现为遵守、责任和担当,如同冬去春来一样铁板钉钉。上面的一饭之恩即属此类,不报这个恩,亲情不答应,推着你走。胡兰成举出治政。中国古代是"亲亲自仁民",由亲人之间的亲推广到爱民,所以治政的要害在亲民、在敬民。这种意识形成为官为政之信念，一定要这么做，否则就是背信违规。秦朝拿人民当贼寇，加之以严刑苛法，伤害了人世的亲与敬，结果弄得认识都颠倒了，指鹿为马，政治和军事错误百出，一塌糊涂，不灭亡还等什么？没有了亲没有了情，还谈什么知什么识！那么强大的秦朝，只存在了区区十五年，是历史上最短命的大一统国家，太应该了。所以情在识先，情才是本体。

回到生活。那么亲情是怎样形成的呢？

是处出来的，所谓亲戚越走越近。

春天的早晨，张爱玲走过街市，路旁树影重重，车声阵阵。张爱玲非常欢喜，说："这些树种在铺子面前，种在意大利饭店门口，都是人工的东西，看着它发芽抽叶，特别感到亲切。"（胡兰成：《张爱玲与左派》）又说，"现代的东西纵有千般不是，它到底是我们的，与我们亲。"（《今生今世·民国女子之八》）张爱玲表示，她不想出洋留学，喜欢住在上海，这个地方她亲。

人接触最多走得最近的是日常事物，越是寻常越让人放不下。凡·高的画《向日葵》，胡兰成不喜欢，它的光色太强烈了，近于服食迷幻药者的幻觉，不足为贵。生命的光辉是自然的，像玉和白瓷，静静地从里面透出来。广西那边的凤凰花盛开如火，但有着生命的静意，家常得很。桂林的七星岩是名胜，胡兰成前去探幽，洞穴奇险深邃，他进去便急于出来，回来的路上见女人在河边洗衣裳，他立在那里看了半天。这就是寻常的力量。

当然，要达成亲，光是经常走动是不够的，还必须具备一种心态，胡兰成叫"无隔"。张爱玲曾对胡兰成说："西洋人有一种阻隔，像月光下一只蝴蝶停在戴有白手套的手背上，真是隔得叫人难受。"

(《今生今世·民国女子之八》)胡兰成发挥道,他们那里,人与世界至少有两重阻隔,一个是上帝耶和华;一个是一系列使徒,他们横亘在人与上帝之间。中国人不同,与现世之间什么都没有,零距离,所以亲得起来。为此胡兰成说"亲是无隔"(《今生今世·天涯道路》)。

这就是胡兰成的认识。因为亲是本体,所以在发展与张爱玲的关系上,他要从亲入手;因为亲靠的是经常走动,所以他天天上门;因为亲来自于日常,所以他的表现很普通;因为亲取决于无隔,所以他随意而大胆。

胡兰成说"亲则有人"(《今生今世·汉皋解佩》)。他要让张爱玲把他当作自己人。

2. 相见欢

胡兰成大打亲情牌,然而问题在于,张爱玲需要亲情吗?

前面说过,张爱玲斩断六根,走"天道无亲"路线,似乎弃绝感情。这说的是写作精神,非如此不能全身心地进入创作之道,跟实际生活是两码事。

说到现实,张爱玲对家人的薄情寡义是出了名的,除了姑姑张茂渊,包括母亲在内的其他亲人,她一概采取疏离态度。

按理说母亲是最亲近的人了,但在张爱玲的生活中母亲没有多少分量。张家长房没有子女,便把张爱玲过继给伯父,她只能管自己的父母叫二叔二婶,却管伯父伯母叫大爷大妈,所以这辈子就没有喊过妈。爱玲四岁时,母亲便与姑姑一起出国留学,回来时爱玲已经八岁。到了她十一岁时,母亲又出国了,从此便断断续续。偶尔回国,也各忙各的事,母女相处总是匆匆,百样无味。爱玲说:"最

初的家里没有我母亲这个人,也不感到任何缺陷,因为她很早就不在那里了。"(《私语》)

母亲与父亲离婚,爱玲十岁。心情自然沉重,但又觉得挺新奇,跟家里出了个科学家一样有种现代感。母亲第二次出国,爱玲住校,临行前母亲去看望女儿,母亲很高兴的样子,女儿也没有一点惜别的表示。母亲走了,女儿望着关闭了的红铁门,依旧漠然。渐渐地觉得应该哭了,眼泪便来了,在寒风中大声抽噎着,哭给自己看。

爱玲在香港读大学,一个老师赞助她八百港元,母亲拿去打牌,输掉了。这件事发生后,爱玲对母亲越发冷漠,尽量不去想她。母亲爱穿,女儿印象中,"她的衣服是秋天的落叶的淡赭,肩上垂着淡赭的花球,永远有飘堕的姿势"(《谈音乐》)。母亲临终前从欧洲给身在美国的女儿写信说:"现在就只想再见你一面。"爱玲没去。

同辈至亲中,爱玲只有一个弟弟,小她一岁。弟弟随母亲,生得很美。小时候爱玲拿他当玩意儿,有时在他腮上亲一口。可这个弟弟越长越没出息,逃学、忤逆、胸无大志。因为一点小事,弟弟被父亲打了一耳光,姐姐又难过又愤怒,继母却在一旁冷嘲热讽,姐姐发誓定报此仇。回头的工夫,弟弟已经玩上了球,姐姐心中顿时涌起一阵悲哀。最让姐姐震动的,是看见弟弟倚在烟铺上——父亲与继母抽大烟的地方——小猫一样偎在继母身后,脸上有一种心安理得的神气,仿佛终于找到了一个安身立命的角落。

张爱玲小说《茉莉香片》中的主角聂传庆,身上就有弟弟的影子,自私、懦弱、怪异。出于畸形的自尊,为了证明自己是个强者,竟然对一个接近他的女孩施暴,残忍程度令人发指。这样的艺术形象和性格设计是张爱玲对弟弟这类人的生命轨迹的揭示,真实而符合逻辑,她不仅失望,而且厌恶。

母亲与弟弟是张爱玲在世上最近的亲人，尚且如此，就不要说其他亲人了。即使生活在一起的姑姑，她在经济上也分得一清二楚，锱铢必较。

张爱玲也有爱，但那是对根本没有见过面的祖父张佩纶和祖母李菊耦。为什么爱他们？张爱玲给出的理由是，他们跟她的生活无涉，只是静静地躺在她血液里，在她死的时候再死一次。无奈而自嘲，带点幽默，却透着荒寒和悲苦。

张爱玲不相信亲情，这从她的作品中可以看得清清楚楚。她的第一篇正式小说《沉香屑：第一炉香》，便充满了这种情绪。姑妈梁太太收留侄女薇龙，给她大把花钱，不是出于亲情，而是因为这个年轻貌美的女孩大可利用，可以通过她吸引那些老的少的男人，或者获得经济利益，或者借机物色中意的对象以满足自己的色欲，至少也可以使日渐冷落的门庭重新红火起来。《半生缘》中的曼璐，为了笼络下三滥丈夫祝鸿才，竟然夫妇合谋奸污了妹妹曼桢，逼她就范，做祝鸿才发泄色欲的工具与接宗传代的工具。《金锁记》中的曹七巧更过分，见不得女儿幸福，为了迫使女儿陪伴她走自己那条苦涩阴暗的人生道路，竟然引诱她吸食鸦片，断绝了她建立自己生活的可能。

可以说，除极个别例外，张爱玲小说中几乎都贯穿了对亲情的冷嘲热讽。她通过一个个故事反复证明，家庭是斗场，亲情是陷阱，个人的幸福和希望常常是亲人毁掉的，不害你算是幸运了，最轻的也是记恨，让你心里不痛快。总之，亲情是一种负能量，如果一定要说有价值的话，那也是充当达到某种目的的工具，它就在手头，而且对方难以拒绝，既实用又方便还高效。

然而，据此能说张爱玲不需要亲情吗？正好相反，这种状况恰恰为她渴求亲情提供了前提和动因，因为越是缺乏的便越是需要的，缺乏得越多追求得也就越强烈。

母亲病危，爱玲未去见最后一面。然而母亲的离世把她击倒了，大病一场，两个月后才有勇气整理母亲的遗物。这是张爱玲需要亲情的一个证明。

更有力的证明来自她与朋友的关系，以友情之亲填补亲人之亲的缺位。

这个朋友就是前面提过的炎樱，她的死党、闺蜜。

炎樱的父亲是来自印度（一说锡兰）的珠宝商，在上海开店，母亲据说是天津华人。炎樱本名莫黛，莫是她的姓的音译，黛是因为皮肤黑。后来这姑娘接触了一位日籍教授，听说日本传说中有一种怪兽叫"獏"，专门吃梦，便改莫为獏。意思不错，但读音容易闹误会，常常让人听成"麻袋"，便换成獏梦。非常有诗意是吧，但不知为什么，爱玲给她改名炎樱，也许是觉得她像颗红得发黑的大樱桃，圆润透亮，新鲜甜蜜。炎樱矮胖，跟细高的爱玲站在一处很有喜感。炎樱这个名字也不合这个印度女孩的意，于是又改了回来，小女生的把戏，好玩呗。她对爱玲的名字也不满意，觉得俗，便叫"张爱"。

张爱张爱地叫着，像是闹同性恋。这正是爱玲母亲担心的。炎樱跟爱玲是英文补习班的同学，在上海就认识了，后来一起乘船去香港念大学，一起度过了两年多学生生活，又共同经历了日军侵港的战乱，感情日渐深厚。母亲的提醒搞得爱玲有了心障，生怕一不留神跟这个女孩真弄出点什么事。爱玲清理了一下自己的感觉，她身高腿长，对炎樱的小短腿挺反感，这才踏实下来。而炎樱也挺反感她的，常常伸出一根指头在张爱的小腿上戳一下，用蹩脚的国语说：死人肉！爱玲瘦，肌肤发白，泛着青紫。

炎樱擅于设计，经常拿张爱实践。我们今天见到的张爱玲照片，看上去挺美，有几张够得上惊艳了，其实这大多是炎樱的杰作。爱玲喜欢上高档影楼，炎樱充当导演，可劲儿地摆弄她的演员：一会儿让张爱头发当中挑，蓬蓬地披下来，露出肩膀，脸不笑眼笑，说是拍维多利亚时代的情调；一会儿让对着镜头做媚眼，张爱做不到位，弄得一脸的自负，或者像跟人赌气，甚至竟是藐视群小的样子。当然也有成功的，比如垂着眼睛思想着的形象。一次炎樱启发她拍照时默念心中的英雄，底片冲出来，目光远大辽阔，有"卷帘梳洗望黄河"的感觉。还有衣服，不少也是炎樱设计的，结果弄得张爱没法出门。

胡兰成在张爱玲家见过几次炎樱，感觉颇佳。他说炎樱像敦煌壁画中的天女，还说她淘气胜过爱玲。炎樱只会说几句汉语，对认识的几个汉字非常有兴趣，曾设计过这样一个场景：她跟张爱两人各做一套新装（情侣装？），衣服前面各写一句联语（文化衫？），各自走到街上，然后突然站在一处（快闪？），将联语合成一副对联（行为艺术？）。胡兰成喜欢跟炎樱说话，说那完全是小女孩的逻辑，闻得见香气。

炎樱与爱玲从香港回到上海后，来往频繁，经常一起逛街，买鞋看布料进电影院什么的，而总是以吃收尾。吃什么呢？炎樱照例要问。张爱每次都要想一想，想到后来还是和上次一样：软的，容易消化的，奶油的。于是两人选一家咖啡店，每人一块奶油蛋糕，另外要一份奶油；一杯热巧克力加奶油，另外再要一份奶油。然后便开始神聊，当下时髦的爱情游戏啦，各国的恋爱风俗啦，三角恋啦，然后你看看我，我望望你，突然担心起来，要是以后自己的先生爱上了对方怎么办？接着就各表各的观点。之后话题又转到服装、风景、绘画、民族性……最后就是各付各的账。

从咖啡店出来已经是黑夜,细细的蛾眉月印在天边,周围散落着一些星星。

炎樱坚持要张爱送她回家。张爱虽然不愿意,但也没办法,边走边发牢骚,揭露对方自私。炎樱岔开话头,谈起文学。张爱突然想起等会儿自己独自回家要叫三轮车,多出来的送炎樱的这段车费怎么算?最后达成一致,费用炎樱出一半。张爱带的钱不够,借了炎樱两百块。坐在三轮上的张爱开始算账,坐车用去一百七十,炎樱应该负担八十五,下次要记着还她一百一十五元。她们之间的钱向来是还来还去的,很少有互不相欠的时候。

炎樱说话风趣,而且"直见性命",这方面与姑姑张茂渊有得一比。张爱玲也拿来当素材,把她的话整理成一篇散文,叫《炎樱语录》。其中一段说:中国有句老话"三个臭皮匠,凑成一个诸葛亮",西方相应的谚语是"两个头总比一个好"。炎樱接道:"两个头总比一个好——在枕上。"张爱玲与炎樱过马路,张爱玲说:我真喜欢红绿灯。炎樱答:带回去插在头发上吧。

张爱玲有篇小说,标题"相见欢",属于上面说的描写亲情的例外。它写的是一对表亲老姐妹伍太太与荀太太,另外加了伍太太的女儿和荀太太的丈夫跟着掺和。这篇小说与张爱玲前期作品不同,没有传奇,甚至连故事也没有,从头到尾就是老姐妹见面。见面也没什么事,就是聊天。聊天也没什么正经话题,就是回忆过去,要不就是儿女和家里过日子那点事,絮絮叨叨,没完没了。聊着聊着就忘了,再从头来一遍,让旁边的人看着都难受。可人家老姐俩喜欢、上瘾。这就是亲情之乐,没法子。

张爱玲与炎樱也是相见欢,不做别的,见面就高兴。

张爱玲太需要亲情了，炎樱能给她一点。

3. 恋父情结

为什么说炎樱的情谊不能满足张爱玲？因为她需要一个父亲，一个感情上的父亲。

爱玲的父亲张廷重对不起她，抽大烟讨小妾搞投机撑门面大把撒钱，却连她的学费都舍不得出。对她施暴不是打一记耳光，而是拳脚交加下死手，还用大瓷瓶砸她，扬言拿手枪打死她。爱玲被关进黑屋，染上痢疾，父亲不请医生也不给吃药，差一点死掉。少年时代往往使人留恋，舍不得长大，爱玲不，她是痛，是恨，是出逃。

其实留在爱玲记忆中的并不全是阴沉，偶尔也闪现出几抹亮色。上海有家叫飞达的咖啡馆，父亲带她去买小蛋糕，喜欢什么由女儿任意挑选，而父亲总是要香肠卷。多年后爱玲在多伦多街头忽然发现了久违的香肠卷，怀旧之情骤然笼上心头，虽然跟当年父亲的不一样，里面塞的是肉而非香肠，但还是一口气买了四只，回来后吃了一只，权当吃父亲的香肠卷。

父亲的东西唤起的不是旧事，而是心中的暧昧气息。爱玲有一本萧伯纳的《心碎的屋》，父亲买的，上头留有他的英文题识：天津，华北。一九二六。三十二号路六十一号。提摩太·C.张。爱玲一向认为，在书上郑重留下姓氏，注明年月、地址，啰唆而无聊，但新近发现父亲的这几行题字，却很喜欢，因为有一种春日迟迟的空气，像她和父亲在天津的家。父亲买这本书的时候爱玲六岁，正是无忧无虑的年龄。

父亲给过爱玲爱，特别是在他寂寞的时候，跟她聊家长里短，带她坐汽车兜风，听她读作文，一道商量着改文章，在她的团扇上题字。父亲对女儿的作文很是得意，鼓励她学作诗。爱玲十三岁时模仿鸳鸯蝴蝶派创作章回体小说《摩登红楼梦》，回目父亲代拟，颇为像样，共计五回。父亲叫爱玲替他剪手指甲，说：嗯，剪得不错，再圆点就好了。爱玲看见他细长的方头手指跟自己一模一样，有点震动。爱玲知道，一旦父亲不寂寞，比方有了女人，就不会这样待她了。所以当女儿得知父亲要再婚的消息，哭了，恨不得把那个女人从阳台上推下去，一了百了。

现实中夺不过来父亲，就在小说中夺——父爱的欠缺以及父亲的虐待更加激发了这种心态。于是爱玲创作了《心经》，一部记述恋父情结心路历程的小说，于1943年7月发表。

小说一开始，就是二十岁的姑娘许小寒向同学炫耀父亲，内容和口吻都很暧昧。同学们见到许父，小寒挽住他的胳膊提醒："这是我爸爸。我要你们把他认清楚了，免得……"她咯咯一笑接下去道，"免得下次你们看见他跟我在一起，又要发生误会。"误会还加又，巴不得大家误认为他们父女是一对情人。

两人也确实不正常，对话如同情人私语，动作就像恋人爱抚。小寒竟拿母亲当对手，对父亲挑明："我是一生一世不打算离开你的。"父亲明明白白，因为他也爱恋女儿，正如小寒当面揭露的那样，"我不放弃你，你是不会放弃我的！"但他们毕竟是父女，要满足爱欲而又不乱伦，父亲便秘密找了外室，女方正是小寒的同学段绫卿。她与小寒同年，更重要的是两人生得"七八分相像"。而小寒的报复手段就是跟段绫卿的前男友订婚，希望以此激起父亲的嫉妒从而回心转意。结局如何，小说没交代——根本没法交代。

张爱玲谈过一本名著《洛丽塔》，这样介绍："写一个中年男子与一个十二岁的女孩互相引诱成奸。在心理学上，小女孩会不自觉地诱惑自己父亲。"（张爱玲：《国语本"海上花"译后记》）恋父情结是弗洛伊德精神分析学的一个命题，发生在女性身上。希腊神话中有一位叫阿伽门农的大英雄，曾担任希腊盟军统帅，征战特洛伊期间，妻子有了外遇。十年后阿伽门农凯旋，被妻子和情夫合谋杀害。阿伽门农有个女儿叫俄勒克特拉，怀着对父亲的爱和对母亲的恨，策动弟弟杀死了母亲和她的情夫。据此恋父情结又叫俄勒克特拉情结，与恋母的俄狄浦斯情结相对应。

作为俄勒克特拉现代样本的是化名杜拉的少女，她是弗洛伊德的一名患者。女孩本来就恋父，杜拉六岁那年父亲患上了肺结核，深切的关注使她更加恋父，这增加了她对母亲的敌视。后来杜拉的父亲有了情人，她是克先生的妻子，杜拉把她视为情敌。对于这个情敌，杜拉是羡慕得要死，嫉恨得要命，她暗地里模仿克太太，企图迎合父亲口味把他再夺回来。由于没有效果，杜拉采取了极端行动，投入克先生怀抱，以此来报复父亲。比较一下《心经》，不仅故事比杜拉更精彩，而且理论上也更彻底。《心经》的爱恋是双向的，女儿恋父，父亲恋女，找的情人都是女儿的翻版。

恋父情结具有普遍性，用现在时髦话说"女儿是父亲的前世情人"。要说父女之间一定产生恋情那是夸张，但要说女性的意中人通常伴随着父亲的影子则是一定的。不讲别的，退一万步，仅就女性的依赖性而言，就是父女关系的续接。张爱玲有部中篇《多少恨》，与她大多数描写充满了利害、算计的爱情小说不同，这个中篇的爱情很干净很本真很到位。里面的女主角叫虞家茵，男主角叫夏宗豫，男方比女方大十岁，带着个女儿。宗豫对家茵说："不知道为什么，我总是觉得你比她大不了多少。倒好像一个是我的大女儿，一个是我的小女儿。"

总之，张爱玲意识深处始终回荡着恋父之情，因为父爱过早缺位，她比一般人来得更强烈更明显。这里有一个问题，父亲那么对不起她，那么不上进，做女儿的怎么还能产生这样的情感？其实这里的秘密跟恋人之间是一样的，爱恨交加，而恨往往成为爱的助推器。有句话是怎么说的？对了，恨得越深爱得越切，反过来说也成立，爱得越深恨得越切。人的心理就这么复杂就这么奇特。

小说毕竟是虚的，写得再好再解恨也是过干瘾。而现实……现在好了，机会终于来了，上天送来了老爸的替身，足以让她好好靠靠了，这人就是胡兰成。他闯入爱玲生活的时候，将近三十八岁，而爱玲刚过二十三岁，两个人相差十四岁多。她的第二任丈夫赖雅更大，年长二十九岁。张爱玲喜欢年龄大的男人，认为理想丈夫应当比妻子大十岁或十岁以上。年龄不单意味阅历，它还代表一种优先地位，女人往往习惯于接受领导。

胡兰成深知亲情的意义，一开始走的就是亲情路线，这在《今生今世》中有所交代。

第一次见面，望着小女生样的张爱玲，胡兰成思谋她的日子一定挺窘迫。时值日本侵华，战争期间文化人谋生不容易，况且她那样年轻，便问每月卖稿收入。胡兰成真拿自己不当外人，倚老卖老，一下子跑过了头。话一出口，立即意识到不合适，初次见面，人家又是小姐，哪有这么问的？奇怪得很，对于这般失礼问题，张爱玲毫不介意，老老实实回答了。

还是第一次见面，胡兰成送爱玲出来，两人肩并肩，靠得很近。胡兰成仰脸望望比自己还高的张爱玲，随口道："你身材这样高，这怎么可以？"如此亲近的口气让张爱玲很是诧异，眼看着就要流露出反感了。然而奇怪得很,张爱玲突然打住了,没有不快,直觉告诉胡兰成,她心底感受非常好。

第二次见面在张爱玲家。胡兰成打量房间,发现吃睡工作都在这里,笑着说,你还是过的学生生活。对于胡兰成的亲近,张爱玲似乎已经习惯了,只是微笑。

张爱玲为什么能够接受这些不合时宜的话语,因为它们太像父亲的口吻了。

那么,胡兰成的什么地方触动了张爱玲?

也许是相貌。照片上的中年胡兰成,宽额,三角眼,单眼皮,目光外泄,直鼻梁,两片薄嘴唇抿得紧紧的,典型的江南男子相,一脸精悍之气。爱玲很少议论父亲相貌,《小团圆》中只是说他高个子,长得不难看,架一副六角金丝眼镜,浅灰直罗长衫飘飘然。两个人对不上号。相貌这东西很奇怪,相像是一种微妙感觉,可以是外形,可以是神情,甚至是一条皱纹、一道目光、一个微笑中包含的东西,只有当事人才能领会。

也许是习惯。《小团圆》中的父亲喜欢踱步,不论在自己家里还是在别处,总在屋子里一遍一遍地兜圈子。胡兰成也有这个爱好,背着双手在房间里来回走,侄女青芸立在一边汇报家事,他听着,有时会冒出一句:不要啰唆,简短点!不知道与张爱玲交谈时是不是也走来走去。

也许是时事。《小团圆》中的父亲热衷于国家和世界大事,拿一份报纸翻来覆去地研究,只要有客人上门,便给人家分析讲解。客人也不插嘴,因为他们的兴趣不在这上头,而是奔着他的鸦片烟来的,为了过口烟瘾,只好委屈耳朵了。这方面胡兰成更有优势,他吃的就是这碗饭,而政论时评正是他跟张爱玲谈话的一个内容。

也许是了解。胡兰成在爱玲面前分析她的小说,见人之所未见。爱玲很是钦佩,说别人看的是故事,而胡先生读的则是人。知女莫若父。

也许是背诵。那时张爱玲的父母刚离婚,女儿跟随父亲。父亲心有不甘,成天在他房里转悠,像笼中的走兽,一面不断地背书,滔滔不绝一泻千里,背到末了大声吟哦起来,尾字拖长腔拖得奇长,殿以"噢……"中气极足。只要是念过几本线装书的人都知道这该费多少时间精力,爱玲替他痛心。胡兰成旧学底子极好,说话著文喜欢引述经典和诗赋,不知道这是否使爱玲依稀回到父亲身旁。

也许都是,也许都不是。

不管怎么着,胡兰成的亲情路线收到了成效,正中张爱玲下怀。两人很快由相知到相亲,发展成为有亲切感的好朋友。

第三篇
从相通到相恋

第一章　相　通

　　张爱玲已经相当熟悉胡兰成了。《小团圆》中这样写：在爱玲那间不大的屋里，他总是背着亮坐在斜对面的沙发椅上，展示的永远是半侧面。瘦削的面颊，眼窝里略有些憔悴的阴影，弓形的嘴唇，边上有棱。望过来的时候，目光炯炯。姑姑说他的眼睛倒是非常亮。果真，确实亮。他沉默下来的时候，便用手去捻扶手上的一根线头，带着一丝微笑，目光下垂，像捧着一满杯水，小心不泼出来。

　　沉默片刻，胡兰成望过来，眼睛发亮，于是湖南腔调的国语又响起来，时而平缓时而激越。中间夹杂着上海腔调的国语，柔慢而清晰，那是张爱玲的声音。她个子高，目光仍旧从上面投下来。

　　棋逢对手。思想的相互交叉，观点的相互碰撞，不只使他们各自的旨趣越来越清晰，也使各自的认识得到迅速提升。两人常常讶异，原来自己竟是这样看的，而从前竟不知道。每当其中一人有了这种感觉，便望对方一眼，惊奇中带着感激。突然有一天他们发现，两人之间有那么多的共同点，那么的一致。用俗话来套，他们的心是相通的。

　　这种相通，不是简单的观念重合，借用佛家术语，属于极相顺。那是生命过程的交合，彼此的经历、教育、吸收乃至遗传，一切先天和后天的力量驱动的人生轨迹所表现出来的相互顺应，故而称极，叫极相顺。其程度之深力度之大，非寻常的一致、相同、顺应可比拟。

胡兰成与张爱玲的生命是相通的。

这种相通在思想意识上的主要表现是，历史观上的天下为先，社会观上的平民为本，艺术观上的混沌为始，文化观上的中学为体。

1. 历史观：天下为先

天下为先是就国家与天下相比较而言，天下的地位更优先。

国家主要是政权、国民和界域。天下要大得多，文化、文明、人心、人世（社会）、江湖、地域等都属于天下，可以简要概括为文化与生活。说得诗意一点，借用胡兰成的话叫"山河岁月"，借用张爱玲的话叫"中国的太阳底下"。

天下何以为先？

谈这个问题的时候，胡兰成援引志士型学者顾炎武为支持，说他把这个意思讲得很清楚。顾炎武怎么讲的他没说，其实大家都明白，他指的是顾炎武的一句名言："有亡国，有亡天下。亡国与亡天下奚辩？曰：易姓改号，谓之亡国；仁义充塞，而至于率兽食人，人将相食，谓之亡天下……是故知保天下，然后知保其国。"（顾炎武：《日知录》）大意是，有国家政权的灭亡，有天下的灭亡。那么如何区分二者呢？回答是，政权改变国号更换，叫作国家政权灭亡；仁爱弃绝道义阻塞，以至于当政者任由人们向禽兽堕落，坐视由此必将导致的人与人互相残杀，叫作天下灭亡。时逢清朝取代明朝，故顾炎武以灭亡说事，其意义当然不限于其时，而涵盖整个历史。他的意思很明确，改朝换代叫亡国，仁爱崩塌叫亡天下。

是改朝换代事大还是文化溃亡事大？显然是后者。文化都灭亡了，国家必然变质——那一定是异质国家。所以保天下是第一位的，然后才轮得上保国家。天下重于国家。

胡兰成还从历史与现实来证明这一点。历史方面，他举出春秋、战国、南北朝、唐末藩镇、南宋，说这时尽管局面分裂，政权对峙，但仍生存在中华文明这个共同的天空下（见胡兰成：《山河岁月·辛亥革命》）。现实方面，他举出当时沦陷区，说这里的文化与人心并没有变，生活也没有变，尽管艰苦，但百姓不露贫寒相，对现世十分珍惜。看看他们的衣着穿戴，仿佛永世不变，再看看他们的从容态度，让人感到好像自古以来天下就是他们的，连朝代都不曾换过。胡兰成的结论是："中国人是能有天下，而从来亦没有过亡天下的。"（胡兰成：《山河岁月·抗战岁月》）政权暂时，文化长久。

胡兰成认为，中国的根本在民间。他引用古诗"汝南雄鸡登坛唤，万户千门天下旦"，说诗中讲的虽是帝京王气，但唯有里巷的普通人家才显出一派蓬勃。又引刘禹锡《竹枝词》"山上层层桃李花，云中烟火有人家"以及宋词"横江一抹是平沙，沙上几千家"，说风光都在寻常人家。又讲桃花源，说桃源仙境也是世俗人家。

天下优先的观念与前面说过的个人主义相重合。个人主义打破了个体附属国家、家族的传统和秩序，以个人为价值单位。胡兰成说张爱玲是个人主义者，说自己也是个人主义者（见《论张爱玲·之二》）。张爱玲有张照片，登在一本名为"杂志"的刊物上。她坐在池塘边，惊惶的眼睛望着前面，又怕后头有什么东西追上来。张爱玲笑着说自己看着都可怜，像是挨了一棒。还说有个朋友讲，像个奴隶，而且是世代为奴。胡兰成建议：这张照片就叫"逃走的女奴"好了。过后胡兰成想了想，这个题名还真是对张爱玲很好的说明。她的出逃是全方位的，其中自然包括对国家的依附。

如果说胡兰成与政权还有着剪不断理还乱的关系的话，那么张爱玲则断绝得干干净净。她头脑中压根儿就没有政治观念。胡兰成是汉奸，她不在意；她的第二任丈夫赖雅是共产主义者，她也不在意。她本能地反感左派，但也绝不跟右派汉奸合作。1945年日本策划在上海召开"大东亚文学者大会"，邀请她出席，她寄去辞函，回绝了。总之她离政权和政治远远的，看都不看一眼，权当没这回事。她是纯粹的文化人。

张爱玲的创作也是超政治的。她不写阶级也不写阶级斗争，除了作为背景，她的主要作品也不涉及重大历史性事件，写的只是人，那些在日常生活中挣扎、浮沉的人。当代文学评论家刘再复谈到张爱玲时曾引述王国维的说法，也就是把中国文学分为两种基本类型，一种以《桃花扇》为代表，是政治的、国民的、历史的；一种以《红楼梦》为代表，是哲学的、宇宙的、文学的。张爱玲的创作属于后者（张爱玲是个《红楼梦》迷，几乎不谈《桃花扇》，仅此即可证明这个划分有道理），在这里，就是天下优先，生活第一。

人们都知道张爱玲那句话："香港的陷落成全了她。但是在这不可理喻的世界里，谁知道什么是因，什么是果？谁知道呢？也许就因为要成全她，一个大都市倾覆了。"这说的是《倾城之恋》中的白流苏——一个不被日渐衰败的大家庭相容的离婚女子。为了生存，也为了逃离这个压抑的绝望的家庭环境，她接受了别人的安排。那纯粹是一单生意，这人为了笼络商业伙伴范柳原，出钱把白流苏带到香港，提供食宿，要她做范柳原的情妇。白流苏知道范柳原是个不靠谱的人，心里除了自己没别人，然而她白流苏也不高尚，同样是利己主义者，目的就是为自己找到一个生存依靠。说白了，一个买色，一个卖身。也许还有第四方，也就是排挤白流苏的那个大家庭,亲人们无不想趁机揩点油水。

经过一系列真真假假的博弈,两个人的目的都达到了。范柳原租下一座房子,安置好白流苏,便动身前往英国。不想战争来了,日军进攻香港,把周围炸得乱七八糟。正在绝望之际,范柳原回来了,因为港口被袭,没能成行。共同的灾难一下子把他们连接在一起,炮弹飞来,两人不仅为自己担心,也为对方担心,因为要是自己受伤,必定连累另一方,如果被打死,对方也会难过。"在这一刹那,她只有他,他也只有她。"

停战了,满目疮痍。晚上,没有灯,没有人声,只有莽莽的寒风。白流苏拥被坐起,"在这动荡的世界里,钱财、地产、天长地久的一切,全不可靠了。靠得住的只有她腔子里的这口气,还有睡在她身边的这个人。她突然爬到柳原身边,隔着他的棉被,拥抱着他。他从被窝里伸出手来握住她的手"。两个自私的人"彻底地谅解"了。于是他们结婚了,真的恋爱起来。于是张爱玲写下了前头那句话:一个传奇故事两个传奇人物。

港英政权垮了,国土毁了,秩序乱了,但人们还要生活下去,该结婚的结婚,该做饭的做饭,该会朋友的会朋友——一切依照生活的逻辑自然运转。

这逻辑说到底是文化,因为人的愿望、选择、行为等无不打上文化的印记。就是胡兰成说的,沦陷区人们的生活无论是从衣食住行看还是从生活态度看,都是从前的延续,沿着固有模式走。

天下优先明确了知识分子的基本职责,用胡兰成的话说,就是"志在于天下"(胡兰成:《中国文学史话·中国文学的气运之二》)。这也是从顾炎武那里来的。继续上面引述的顾炎武那句话,接下来是:"保国者其君其臣,肉食者谋之;保天下者,匹夫之贱与有责焉耳矣。"意即保天下为第一位，然后才是保政权。政权自有他们君臣操心，而保天下则是每一个庶民的责任。梁启超将此归纳为八个字："天下兴亡，匹夫有责。"

清末太平军席卷半个中国，曾国藩民间起兵，亲拟讨伐檄文，历数洪杨罪状，核心是以所谓耶稣之说《新约》取代数千年礼仪人伦，也就是以西方文化取代中华文化。此言一出，读书人坐不住了，纷纷聚众响应，这就是湘淮军骨干何以大多出身于知识阶层的原因。他们走的是先保天下而后保政权的道路。

胡兰成认为，正是中国的"士"和"民"肩负起保天下或者说保文化的职责，中华文明才能绵绵不断地延续到今天。譬如礼，胡兰成说："周以前皆入于周礼，周以来直到今天只须是周礼的翻新。"（《今生今世·雁荡兵气》）其他古文明则不然，都先后解体了消融了作古了，越发凸显中华一枝独秀，其中的奥秘就在于此。尽管同样遭受天灾人祸、外族入侵，帝王来来去去，朝代上上下下，但士没有变，民没有变，文化内核始终如一，所以换汤不换药，灾变不过是将中华文明淘洗一遍罢了。

天下意识造就了责任的高度自觉，这在胡兰成身上表现得很明显，尽管他在政治上失节，在民族大义上有亏，但在文化上则异常坚定，以至于过了头。张爱玲也是自觉的，她的作品引导的是对人生、命运、生活的思考，而且非常严肃认真，一丝不苟。

他们是独立自主的知识分子。

2. 社会观：平民为本

平民，古时民间叫草民。这大约来自孔子那个著名比喻，他把官员视为风,把民众视为草,风吹草动,官员做榜样,民众跟着走。今天草民一词有发展,叫草根。可作两解:一是草的根部,也就是平头百姓的下层,低得不能再低了。一是草的根子扎在泥地里,有根揪着,这辈子就别想逃离,铁定了的民。

天下为先必定导致平民为本,因为平民是天下的主体。

平民为本主要可以归纳为四条,即平民是文化文明之本,是社会历史之本,是国家政权之本,是文学创作之本。

先看第一条,平民是文化文明之本。

对这一点胡兰成说得很干脆:"中国文明便是在于寻常巷陌人家。"(《今生今世·汉皋解佩》)正如他一再谈到的礼乐,其根子就扎在民间,扎在普通人家,士与民才是中华文化的主体。当然,上层也尊奉礼乐,但中国的贵族上层与西方不同,不是独立稳定的社会体系,而是一朝天子一朝臣,成者王败者寇,帝王将相、达官贵人都出自民间。还有诸如诗歌、文章等所谓士的文学,这种文学与民间文学并不隔绝,而是相通的。它们有着共同的题材,前者有采桑、采莲、采菱、捣衣诗,描写平民的生活风景;后者如民谣、童谣、平话、戏剧,也喜欢讲述政局时势、英雄豪杰,二者在旨趣上很是接近,有着共同的情调和见识,特别是在关于女人的情调和见识上,差不多完全一致。

接着看第二条,平民是社会历史之本。

历史发展和社会生活中,是英雄分量重还是平民分量重?胡兰成倾向于平民。他说:"几千年来,无数平凡的人失败了,破灭了,委弃在尘埃里,但也是他们培养了人类的存在与前进。他们并不是浪费的,他们是以失败与破灭证明了人生爱。他们虽败于小敌,但和英雄之败于强敌,其生死搏斗是同样可敬的。"(《论张爱玲·之一》)

与胡兰成一样,张爱玲的回答也是平民分量重。她说:"他们虽然不过是软弱的凡人,不及英雄的有力,但正是这些凡人比英雄更能代表这时代的总量。"(张爱玲:《自己的文章》)

这种平民社会历史观表现在情感上,就是平民情结。胡兰成和张爱玲的心中始终系着一个这样的结。

同样的少爷小姐,放在大户人家,胡兰成听着心里就犯别扭;要是换了小家小户,拿他家的女人当小姐少奶奶待,效果便大不一样,胡兰成说能闻到女体的香气,本来明眸皓齿就多出在寻常百姓家,她们没有沾染富贵所伴生的不洁。胡兰成逃亡东南,这里人杰地灵。他说自己不看重王谢世家的风流,只喜欢五代时期的吴越王钱镠。此人贩私盐出身,做成大事,衣锦还乡,父老乡亲觉得他是自己人,王妃回娘家,村妇也拿她当平辈人看待。胡兰成不喜欢蒋介石、东条英机、麦克阿瑟那样咋咋呼呼的显赫人物,也不喜欢《白蛇传》中具有超自然力的法海,说看见这些人塌台,他比谁都开心。世家和地主,他看着也不顺眼,说即便他们没做过太坏的事情,也应该来一次大扫荡,让这些没出息的人见见天日。仅此他就拥护革命,巴不得来一次改天换地的大翻转,所以刚开始见到解放军时非常高兴,尽管他是新政权清扫的对象。

胡兰成跟哥哥去杭州法相寺,寺院很小,只有三个和尚,留在寺中吃饭,不过是蒸萝卜干、扁豆和青菜,但感觉非常真实,不由想起小时候每见村落人家升起炊烟,总要感动,那里有着太多的东西,有人世的忧喜,还有古今历史上的离乱承平。胡兰成还谈到号——别号与绰号。别号是文人给自己起的,如"××主人",属于上流社会;绰号是别人起的,如《水浒》中"及时雨"之类,属于下流社会,说听人叫"王麻子"比听人叫"××主人",心里要舒坦得多。

张爱玲也认为平民可靠。她的小说《半生缘》中的曼桢在小贩金芳夫妇的帮助下出逃，并藏进她家。"曼桢觉得非常不过意。她不知道穷人在危难中互相照顾是不算什么的，他们永远生活在风雨飘摇中，所以对于遭难的人特别能够同情，而他们的同情心也不像有钱的人一样地为种种顾忌所钳制着。这是她后来慢慢地才感觉到的，当时她只是私自庆幸，刚巧被她碰见霖生和金芳这一对特别义气的夫妻。"

张爱玲常常庆幸自己没有走为权贵服务的道路。她说："苦虽苦一点，我喜欢我的职业。'学成文武艺，卖与帝王家'；从前的文人是靠着统治阶级吃饭的，现在情形略有不同，我很高兴我的衣食父母不是'帝王家'而是买杂志的大众。不是拍大众的马屁的话——大众实在是最可爱的顾主，不那么反复无常，'天威莫测'；不搭架子，真心待人，为了你的一点好处会记得你到五年十年之久。"（张爱玲：《童言无忌》）

胡兰成发现，张爱玲的西洋文化知识相当丰富，然而并不喜欢那些诸如壁画、交响乐之类隆重的东西，其实她真正上心的只有一点，就是其中的平民精神。

再看第三条，平民是国家政权之本。

胡兰成爱说一个词：民间起兵。《今生今世》几次谈这一点。胡兰成认为，历史上的改朝换代离不开民间起兵。有人振臂一呼，群起响应，天下皆反；先是庶民行动，然后是知识分子被激发，与之结合，指导庶民。汉高祖刘邦、明太祖朱元璋走的都是这条路。胡兰成幼时最喜欢看的戏叫《渔樵会》，就是描写朱元璋起兵的事。这出戏过瘾，合老百姓的口味，原来所谓的真命天子与将相不过是跟他们一路的渔人樵夫。这也启发了胡兰成的豪气，认定一代兵气和王气就出在像他家这样无数的民国普通人家，包括张爱玲小说《相见欢》里荀太太伍太太那号人物，别以为他们是俯首帖耳的顺民，一旦时机到来，他们就会加入天下皆反的队伍，推翻旧政权建立新政权。

民间起兵几乎成了胡兰成衡量时事的标准。他对汪精卫政权不抱希望，一个重大原因就是缺少民间起兵这一环，看好毛泽东，就是因为他民间起兵，人气高扬。抗战也是这样，因为具有民间起兵的气运，取胜是一定的。

胡兰成认为，没有一个国家的人比中国老百姓与政治的渊源更深了。西方的庶民是农奴，依附于贵族地主，中国实行的是官与民共治，庶民是独立的，每个家庭、村落自己管理自己，所以中国庶民天生就与政治亲近。仅以童谣而言，即可清楚地看到民间对朝堂的关切和干涉。譬如西汉景帝时期的童谣"一斗粟，尚可舂，一尺布，尚可缝，兄弟二人不相容"，表达的就是对景帝杀淮南王的责难。《说唐》、《岳传》、《水浒》、《西游记》这些小说话本也都有童谣之风，喜反，高兴天下大乱。

庶民虽是社会底层，但一点也不自卑，从来都理直气壮地拿自己当人物。小时候胡兰成母亲教育儿子，告诉他小孩子要听大人的话，"话"用的是"谏训"，"小人要听大人的谏训"。臣子劝导君王叫谏，而今民间却拿来用在父母对儿子上面。胡兰成惊讶地说："中国民间教小孩的竟是帝王之学。"（《今生今世·韶华胜极》）民间娶亲，新妇凤冠霞帔，这是宫中后妃冠服，寻常女子照样穿戴；之后又拜天地，这也是庙堂上帝王祭祀的大礼，平民百姓照样使用。

帝王将相宁有种乎？中国的平民天生就是潜在的帝王将相。胡兰成坚信："必定是这班耕夫村女与大都市里的小市民来开创天

下。"(《今生今世·天涯道路》)

最后看第四条,平民是文学创作之本。

胡兰成评论张爱玲,说她作品中的人物之所以能够感动人,就在于这些人是平凡的人(见《论张爱玲·之一》)。也许正是基于张爱玲的成功,胡兰成才说:"一般人的生活是文学的基调。"(胡兰成:《中国文学史话·随笔六则》)

一般人的生活是怎样的?可以概括为八个字:小奸小坏,奋争失败。胡兰成和张爱玲看画册,张爱玲给他讲塞尚的几幅画,面对画中人物小奸小坏的模样,张爱玲笑了起来。胡兰成说,她张爱玲自己就是一个描写民国世界小奸小坏市民的人。譬如《倾城之恋》中的那些男女,个个漂亮机警,作张作致,带着几分玩世不恭,这就是小奸小坏。然而这种表象的背面则是对人生的执着追求,希望奇迹的出现;然而最后等到的却只是平淡,是人人都过着的一般生活,这就是奋争失败。

张爱玲大致也这样看。她说因为要写小说,便把人生的来龙去脉研究了一番,发现主要是两种人:一种是坏,坏得鬼鬼祟祟;一种说不上坏,只是没出息不干净不愉快。她的作品中大多是这两种人,他们最能够代表眼下社会的空气。

小奸小坏意味着不高尚,奋争失败意味着不成功,这就是说,普通人不是英雄,一般人的生活也不是英雄节奏,而是寻常人、寻常事。

这就决定了文学创作的题材、对象、主旨以及方式。胡兰成说,中国文学走的是浪漫与平实为一的道路,比如《红楼梦》,就是以高情去跟日常现实相结合。别小瞧平实,正是这种家常境地才满蓄着风雷(见胡兰成:《中国文学史话·论建立中国的现代文学》)。

在张爱玲看来,社会人生有飞扬的一面,也有安稳的一面。前者属于超人，后者属于平民。前者产生于某一个时代，是暂时的；后者存在于一切时代，是永恒的。以往的文学歌咏的是人生的飞扬，是英雄，好了，那么她就来关注人生的安稳，写一写平民百姓。她说自己就是"从柴米油盐、肥皂、水与太阳之中去找寻实际的人生"（张爱玲：《必也正名乎》）。

所以她的作品是从平民角度讲故事讲人物命运。《色戒》就是这样一部极具代表性的佳作。沦陷区的热血女青年王佳芝，与同样一群热血同学一道，自觉参与反日锄奸秘密行动，决定以色相作为接近汉奸特务头子易先生而后趁机下手的本钱。这姑娘没有性经验，而要以色相迷住敌手是需要一套技巧的，于是便与同学尝试。经过一段反复，王佳芝终于搞定了易先生，两人迅速发展成情人。就在王佳芝把易先生引到事先设下的埋伏圈里，锄奸组织即将出手的时候，这女人突然反悔了，向自以为爱她的易先生示警，导致行动失败，最后自己也死在易先生一伙的枪口下。

这是一个反英雄故事，或者说是还原平民的故事。王佳芝想当英雄——那个时期产生了许多为民族独立而献身的英雄人物，人民永远铭记他们的精神和功业——而且离英雄就差那么一点点，然而她终究是常人，平凡的血平凡的气质平凡的意识注定了她在最后关头没能站住脚，出溜下来，滑回本色。她当然爱国，也有血性，这一点比她的大多数同胞强得多。然而也有小市民心理，她失身于同学，觉得如果不把锄奸继续进行下去，自己就亏大了。基于这种意识，她才不依不饶地往下走。她的行为自有她的逻辑，一环套一环。在她那里，国事与个人事纠缠在一起，以至于到了最后再也分不清孰重孰轻。这就是寻常人，做到这一步已经是传奇了，我们不能要求她更多。

说到传奇，这是张爱玲创作所制造的一种效果，也可以说是一种结构。她把十篇小说集结出版，题名"传奇"。扉页题词这样说："书名叫传奇，目的是在传奇里面寻找普通人，在普通人里寻找传奇。"

　　传奇，那是一个普通人的奋力一跃。跃不了多高，他是草根，泥土拽着，而且一定要落回来。这也是小说《封锁》告诉人们的。普通才是常态，才是你的家、你的存在、你的归宿。当传奇结束时，张爱玲告诉你：你不过是"打了个盹，做了个不近情理的梦"(《封锁》)。消极是吧，然而真实。生活本来就是这个样子，明白这一点可以让你清醒一些平衡一些踏实一些，本分安心地过普通日子。

　　平常是福。

3. 艺术观：混沌为始

　　《庄子》中有则寓言：

　　南海之帝叫儵(shū)，北海之帝叫忽，中央之帝叫浑沌。儵和忽经常到浑沌那里去聚会，浑沌招待他们很周到。儵与忽总想报答浑沌，他俩商量说：人身上都长着七个孔，用来看、听、吃和呼吸，唯独浑沌没有，我们不妨试试给他凿出孔来。于是他俩每天给浑沌凿一个孔，到了第七天头上，浑沌死了。(《应帝王》)

　　混沌出自《老子》讲的"有物混成，先天地生"("第二十五章")。有这样一个东西，他浑然一体，在天地形成之前就已经存在着了。它是事物的前状态，哲学称之为原初，这时只是存在，没有质，可叫纯存在。按老子的意思，它就是那么一团模模糊糊的东西，无法区别开来，故而只能叫它混沌。说句题外话，我们吃的馄饨，据说原名就叫混沌，各种食材混在一块儿，分不出彼此；包馅部分是圆形，象征宇宙之初,无馅的部分为片状,合起来就是混沌一片。回到正题。也可以把混沌理解为自然而然的状态,这种状态最本真。如果一定要把人为加于其上,改变其自然进程,就像儵和忽做的那样,那么势必破坏本真,自然事物便死掉了,得到的只能是第二性的东西。

胡兰成十分欣赏老庄的这个说法,称之为"混沌哲学"。照他的理解,所有事物都要经历混沌状态,是事物将要开始却未开始的一个含蓄,这时各种趋势都搅在一处,无所谓是也无所谓非。

这里要说的是,混沌作为原初和本真不仅是哲学的,也是文学的,它是主导胡兰成和张爱玲文艺思想的美学观念基石。

上面我们说了,在胡兰成和张爱玲那里,平民是文学创作之本。下面我们就来看看,平民或者一般人的生活是怎样的。

按照类型划分,张爱玲把普通人归在"不彻底"的范围里,说:"我的小说里,除了《金锁记》里的曹七巧,全是些不彻底的人物。他们不是英雄,他们可是这时代的广大的负荷者。因为他们虽然不彻底,但究竟是认真的。"(张爱玲:《自己的文章》)

不彻底也叫不完全,是说普通人没有那种泾渭分明的全然区分。你无法用好人坏人、善良邪恶、悲剧喜剧这些标尺来衡量他们,对其中的成员定性划界,因为他们从来就不在好与坏、善与恶之间站队,按胡兰成的话,叫不那么廉价地"走到感情的尖端"(《张爱玲与左派》),也就是张爱玲说的"极端病态与极端觉悟的人究竟不多"(《自己的文章》)。所以他们生活里没有悲剧与喜剧的截然分界。

胡兰成甚至把这种无分视为中华文化的一个特点,说:"本来善恶二字在西洋人便成罪福,在中国民间却只有是非,而且人可以对它调笑。是非分明,而亦可以相忘。是非分明是人世有限的面,是非相忘则是无限的面,人世有限而亦无限。"(《今生今世·瀛海

三浅》)

不知道这是否就是我们常说的和稀泥。

如果像第一篇"公寓生活"中以色彩作比喻,那么界限分明就是红与绿,无分则是绿与绿,是同一种色彩的差异。

这就是混沌。

事物是混沌的,比如张爱玲的父亲。张爱玲说她曾经认定,属于父亲这边的东西是不好的,然而有时候她又喜欢这些。父亲抽大烟看报纸,于是她喜欢鸦片的云雾,雾一样的阳光,屋里乱摊着的小报。直到现在,大叠的小报仍然给她一种回家的感觉(张爱玲:《私语》)。

人物性格是混沌的。比如小说《半生缘》中的曼桢。张爱玲写道:"曼桢有些地方很奇怪,羞涩起来很羞涩,天真起来又很天真——而她并不是一个一味天真的人,也并不是一个怕羞的人。她这种矛盾的地方,实在是很费解。"还有《倾城之恋》中的范柳原。胡兰成分析说,这个人物满嘴的俏皮话,一副玩世不恭的做派,但正是在这些下面,隐藏着尽力抑制的烦恼,而这烦恼恰恰是诚意证明。范柳原也是个矛盾体,既不真诚又真诚。张爱玲说她小说里的人物有着一种"不明不白"的屈服。

经典也是混沌的。胡兰成幼年读《尚书》,得到的是"混茫之感"。其中的"尧典"和"虞书"是政治之学,但同时又把大自然放了进去,只觉得它处在文学与非文学之间。西方经典也一样,张爱玲说,托尔斯泰的《战争与和平》的主题很模糊,但仍然是更伟大的作品,至今我们读它,一寸寸还都是活的。

甚至就连张爱玲也是混沌的。胡兰成论张爱玲,说她"谦虚而放恣"(《中国文学史话·张爱玲之一》)。说要是拿颜色比,她的散文和小说是双色的,明亮的一面是银紫色,阴暗的一面是月光下的青灰色。还说读她的作品,有一种悲哀,同时又是欢喜的,因为你跟作者一块儿饶恕了书中人,并且去抚爱其中那些受委屈的角色。

总之一切都是混沌。混沌是原生态,是初始是本真。如果非要打破混沌,改变自然结构和自然运行,人为地搞好配坏、善配恶,把故事和人物硬塞进这个框架里面,弄不好效果就会像前面说的"红配绿,赛狗屁",失于概念化,落入俗套,用现在的话说就是生编乱造,假大空。张爱玲把概念化称为"清坚决绝的宇宙观",说它"不论是政治上的还是哲学上的,总未免使人嫌烦。人生的所谓'生趣'全在那些不相干的事"(张爱玲:《烬余录》)。所以唯有回到混沌才是文学艺术的出路,才有望走得更高更远,更贴近普通人以及一般生活。这条路更艰难,"从前人说'画鬼怪易,画人物难',似乎倒是圣贤豪杰恶魔妖妇之类的奇迹比较普通人容易表现"(张爱玲:《我看苏青》)。

混沌具有真善美的品质。

真,我们说过,混沌是初始存在,是自然原生态,是自然而然运行,是第一性,没有什么比它更真实可靠的了。善,混沌是普通人的生存状态和生活样式,对他们最有价值;同时也是文艺创作的对象和依据,对作家最有价值。美,混沌是生活原型,也是文艺作品的形象,人物、故事、生活都不是红与绿的对立,而是绿与绿的混成。这些混搭人物、故事、生活能够打动无数读者,让他们同情、谅解、深思,给人以美的享受。

具体到作品而言,混沌的东西也有着巨大的诱惑力和感染力。文艺复兴时期意大利艺术大师米开朗琪罗有件题名"黎明"的石雕,未完工,只是一个粗糙的人形,面目都不清楚。张爱玲细细看一回图片,说：大气磅礴,象征一个将要到来的新时代。

南京博物院的六朝石刻中有件作品,是两尊上身赤膊的立佛,下面蹲着两只犬,一律胖墩墩的,集神圣与灵异于一身,给胡兰成的印象非常深。

我们都知道齐白石那句名言："画妙在似与不似之间,太似则媚俗,不似则欺世。"这讲的其实就是混沌之美。胡兰成也说中国的美"在美与不美之际"(《中国文学史话·评鹿桥的"人子"》)。二爨(cuàn)碑,上面的字是隶书向楷书的过渡,圆方兼备,康有为说它"混美"。丰子恺评论清末民初的书法大家,说李叔同的字气质最好,是"无态而备万态"。

总之,在胡兰成和张爱玲那里,普通人是混沌的,一般生活是混沌的,作为文学创作当然也就应该而且必须以混沌为始。张爱玲说："我的本意很简单：既然有这样的事情,我就来描写它。"(《自己的文章》)

混沌不只决定着写什么,还决定如何写。

例如,第一篇"公寓生活"中说的"参差对照",张爱玲之所以选择这种表现方法,就在于事物的混沌性。她说："我不把虚伪与真实写成强烈的对照,却是用参差的对照的手法写出现代人的虚伪之中有真实,浮华之中有素朴。"(《自己的文章》)在现实的人身上以及他们的生活中,虚伪与真实、浮华与朴素绝非势不两立,而是相互渗透、包含、共存,是混沌的,所以具体写法也就不能采用是非分明的红配绿,而应该是模糊性的绿配绿。所以张爱玲说："我喜欢参差的对照的写法,因为它是较近事实的。"(《自己的文章》)

她以《倾城之恋》中的白流苏和范柳原为例,说："从腐旧的家庭里走出来的流苏,香港之战的洗礼并不曾将她感化成为革命女性；香港之战影响范柳原，使他转向平实的生活，终于结婚了，但结婚并不使他变为圣人，完全放弃往日的生活习惯与作风。因之柳原与流苏的结局，虽然多少是健康的，仍旧是庸俗；就事论事，他们也只能如此。"(《自己的文章》)革命女性、圣人代表英雄，属于大红或大绿，即极端现象；平实、庸俗则代表普通人，走不了极致，属于红配红或绿配绿。

还有白描。关于白描，张爱玲这样解释："全靠一个人的对白动作与意见来表达个性与意向。"说自己"实在向往传统的白描手法"（张爱玲：《表姨细姨及其他》）。不是说一说，而是努力实践，这在张爱玲中后期创作中有不俗的表现，《相见欢》就是这方面的代表作，当然她本人比较中意的是长篇小说《秧歌》。张爱玲为什么喜欢白描？因为"平淡而近自然"（张爱玲：《忆胡适之》）。这与参差对照手法是一脉相承的，体现的都是对事物自然状态的尊重。

由于混沌决定着写什么、如何写，我们说它是主导胡兰成和张爱玲文艺思想的美学观念基石。

4. 文化观：中学为体

一般人眼中，张爱玲是个西化人物。

1944年《杂志》刊物召开的关于张爱玲作品的社评茶会（座谈会）上，一个叫班公的人发言说："张爱玲是一位从西洋来的旅客，观察并描绘着她喜爱的中国。尽管她的笔法在模仿《红楼梦》和《金瓶梅》。"

1945年的一期《光华日报》发表黄次郎的《女作家点描》一文，有这样的句子："每读张爱玲的大作，不期然而然的总会想到：

她有西洋人的血液——洋里洋气。"

张爱玲对西方文学非常熟悉,跟胡兰成一起时,常常讲给他听。似乎她有"十八只抽屉",里面装满了西方作家,莎士比亚、歌德、萧伯纳、劳伦斯……信手拈来。

确实,张爱玲作品中经常可以见到西式术语,像意识流、下意识、无意识、弗洛伊德式的等等。譬如,"关于他的下意识的活动,似乎谁都知道得比他多!"(《沉香屑:第二炉香》)"以上是昨天晚上写的,写上这么些无意识。"(《半生缘》)"生旦只顾一唱一和,这床帐是个弗洛伊德的象征,老在他们背后右方徘徊不去。"(《小团圆》)

她也时不时地引用西方文艺理论来做论证。譬如,"在西方近人有这句话:'一切好的文艺都是传记性的。'当然实事不过是原料,我是对创作苛求,而对原料非常爱好,并不是'尊重事实',是偏嗜它特有的一种韵味,其实也就是人生味。"(《谈看书》)

她的一些句子也是西式的。譬如这一句:"起先,我们看见罗杰安白登在开汽车。也许那是个晴天,也许是阴的;对于罗杰,那是个淡色的,高音的世界,到处是光与音乐。"(《沉香屑:第二炉香》)很西洋,是吧,英国小说的惯用笔法。

然而这里要指出的是,所谓西式只是表面,按照传统的体用之分仅仅属于"用",也就是工具。

其实即便是在"用"的层面,也是中国式居多。下面以中篇小说《沉香屑:第一炉香》为例看看为什么这样讲。

这篇故事上来就说:"请您寻出家传的霉绿斑斓的铜香炉,点上一炉沉香屑,听我说一支战前香港的故事。您这一炉沉香屑点完了,我的故事也该完了。"听着耳熟,中国味,评书式开头,不过是从茶馆移到了家里。

　　故事的叙述采用的也是传统技法，主角梁太太不是直接露面，而是通过仆人的对话间接出场，说半句留半句，含蓄而客观，吸引人往下看，自己去对照比较，不光是对梁太太其人，也包括仆人在内。

　　还有句式，且看其中几段。

　　"睇睇赶着她便打，只听得一阵噼啪，那一个尖声叫道：'君子动口，小人动手！'睇睇也嗳唷连声道：'动手的是小人，动脚的是浪蹄子！……你这蹄子，真踢起人来了！真踢起人来了！'"

　　"睇睇耸了耸肩冷笑道：芝麻大的事，也值得这样舍命忘身的，抢着去拔个头筹！一般是奴才，我却看不惯那种下贱相！"

　　"宝蓝瓷盘里一棵仙人掌，正是含苞欲放，那苍绿的厚叶子，四下里探着头，像一窠青蛇，那枝头的一捻红，便像吐出的蛇信子。"

　　"薇龙正待揿铃，陈妈在背后说道：'姑娘仔细有狗！'一语未完，真的有一群狗齐打伙儿一递一声叫了起来。"

　　"她穿着一件雪青紧身袄子，翠蓝窄脚裤，两手抄在白地平金马甲里面，还是《红楼梦》时代的丫鬟的打扮。唯有那一张扁扁的脸儿，却是粉黛不施，单抹了一层清油，紫铜皮色，自有妩媚处。"

　　"梁太太道：'你又拉扯上旁人做什么？嘴里不干不净的！我本来打算跟你慢慢地算账，现在我可太累了，没这精神跟你歪缠。你给我滚！'"

　　"睨儿正在楼下的浴室里洗东西，小手绢子贴满了一墙，苹果绿，琥珀色，烟蓝，桃红，竹青，一方块一方块的，有齐齐整整的，也有歪歪斜斜的，倒很有些画意。"

　　《沉香屑：第一炉香》展现的是香港故事，属于张爱玲小说中比较洋气的一篇。但就是在这样的作品里，上述类似句子比比皆是，古香古色地满篇满纸，使人疑心走进了《红楼梦》和《金瓶梅》的世界。

说到这两本书，正是张爱玲的至爱。她说她八岁时开始读《红楼梦》，以后每隔三四年便读一次，逐渐体会到了人物和故事的轮廓、风格、笔触，每次印象都不同，回回都有收获，"《红楼梦》永远是'要一奉十'"（《论写作》）。《金瓶梅》也是每隔几年看一遍。张爱玲说："这两部书在我是一切的泉源，尤其《红楼梦》。"（张爱玲：《"红楼梦魇"自序》）

张爱玲十三岁创作《摩登红楼梦》，让《红楼梦》中的人物穿越到现代，活泼有趣。开端写宝玉收到名媛傅秋芳寄来的一张照片："宝玉笑道：'袭人你倒放出眼光来批评一下子，是她漂亮呢还是——还是林妹妹漂亮？'袭人向他重重地瞅了一下道：'哼！我去告诉林姑娘去！拿她同外头不相干的人打比喻……别忘记了，昨天太太嘱咐过，今儿晚上老爷乘专车从南京回上海，叫你去应一应卯儿呢，可千万别忘记了，又惹老爷生气。'"《红楼梦》的底子现代气氛，有时代感却又不失"红味儿"。

张爱玲一直有一个梦，就是考据《红楼梦》。把大纲寄给好友宋淇看，宋淇戏称她患上了"红楼梦魇"，隔一段时间便问她红楼梦魇做得怎样了。经过不懈努力，好梦成真，大纲终于变成了书，索性就叫《红楼梦魇》。这年张爱玲五十七岁，这本书是她后期最重要的著作。胡适是运用现代方法考据《红楼梦》的开创者，张爱玲与胡适有过接触，但在胡兰成看来，张爱玲比胡适更懂得《红楼梦》的文学性。

讲这些是想说，中式的东西在张爱玲那里绝非仅仅是工具，而比"用"更深，是体，即根基和主干。

张爱玲给胡兰成讲西方文学家的作品，最后一定强调"可是他们的好处到底有限制"，给胡兰成的感觉是，生怕玷污了他的耳朵似的（见《今生今世·民国女子之七》）。在胡兰成的记忆中，张爱玲对西洋古典文学并不怎么喜欢。托尔斯泰的《战争与和平》中的重大场面，陀思妥耶夫斯基小说里天主教式的、斯拉夫民族的深沉严肃的热情，张爱玲都不以为好，德国、法国、英国的浪漫主义也不能使她感动。她不喜欢拜伦，倒是看好萧伯纳的理性的、平明的讽刺作品。（《中国文学史话·论建立中国的现代文学》）一次两人闲聊，胡兰成壮起胆子说《红楼梦》、《西游记》胜过托尔斯泰的《战争与和平》以及歌德的《浮士德》，张爱玲回答当然是《红楼梦》、《西游记》好。口气很平淡，似乎这是一个常识，早已盖棺论定。扩大到文明亦如此。用张爱玲自己的话说："像我们都是在英美的思想空气里面长大的，有很多的机会看出他们的破绽。"（张爱玲：《双声》）

相反，张爱玲从中国文学获得的益处几乎是无限的。除了上面有关中国式的那些，还可以从文学表现手法和小说类型来举证。文学表现手法上，张爱玲欣赏白描；小说类型上，钟情社会小说。人们印象中这两种东西是西方制造，张爱玲更正过来，贴上中国标签。白描是让对象自己表现，含蓄而自然，这本来就是中国小说的传统和技巧，从前的作家一直都是这样做的。社会小说属于纪录体。张爱玲从小就喜欢看这类小说，原因嘛是由于它保留了旧小说的体裁，令人感到亲切，而且长见识，翻开书页你便来到了大门外的世界。社会小说在上世纪二十年代才最后形成，但溯其源流则是从《儒林外史》到《官场现形记》一脉相传下来。到了美国，张爱玲仍旧保留这个爱好，喜读内幕小说，也叫行业小说，纪实性质，为避免破坏名誉的麻烦必须改头换面，所以远不如中国的社会小说好看。

胡兰成承认西方文学有好的地方，应该学习，但一定要接受得自然，特别是要以我为主。这方面有两个好典型：一个是日本人夏目漱石，另一个就是中国的张爱玲。他们接受了西方的影响，但始终不失自己这个主体（《中国文学史话·论建立中国的现代文学》）。

在中学为体上面，胡兰成比张爱玲走得更远。

胡兰成在《中国文学史话》中说，他读初中时，跟同学借了几十种西方小说，从侦探类到言情类无所不包，读后只觉心情黯淡，乱麻一般。后来读孟浩然诗集，倍感亲切、安舒、踏实，像仰天睡在草地上。西方的名诗他也读过，譬如雪莱的《西风》和《夜莺》，感觉不过如此。要讲西风，单是范仲淹的"塞上秋来风景异"一句，就好过雪莱不知多少倍；要讲夜莺，怎么也比不上《牡丹亭》中的"遍青山啼红了杜鹃"。他逃亡时，张爱玲托人带来一本厚厚的英文书，是近二十五年欧洲戏剧选，读罢，给出的评价是：怪力乱神，于身不亲。

这是文学。说到文明，胡兰成的意见更大。

在他那里，每谈一个问题，相涉的西方文明都不好。总之可以概括为两大缺陷：一个是没有人世，一个是没有自然。

所谓没有人世，不是说西方人不讲助人与互助，而是因为他们是竞争社会，生活规则过于单调。看似简，其实是陋，看似明快，其实是粗，远不如中国的人世，真诚、厚重，充满人情味。比方情人关系，西人一上来就是欲就是做爱，中国人是亲在恋先，有了亲近感才进一步发展成情爱。欲是动物性，而亲则是人性。这也体现在对待物质的态度上。比方吃，在西人那里就是单纯的食欲，而中国人则寄予深情厚意，珍重爱惜，诚如佛祖言"一切有情，衣食而住"。吃成了一种修行，是表达和提升情操的一种行为。即便敲钟这样简单的事情，也反映着中西差异，西洋的钟声只是召集的通知，而中国的钟声则是提醒人们思省，一早一晚，在晨辉与暮霭里。这就是人世，把人和事物都装进人的世界中。

所谓没有自然，也不是说西方人不讲人与自然的关系，而是因为他们抱着利用的观念，只把自然视为对象和工具。中国人当然也利用自然，但除了利用还有别的，像亲近、尊重等等。比如立春时节的迎春，迎的是自然而不是神，届时普天同庆，爆竹声声，家家喝红豆汤，户户吃汤圆。胡兰成说，让人觉得庭树房栊，堂前灶下，连人的眉梢，连衣柜角隅，都是春来到了，如同亲人，处处都是它。自然进入了人世。更深的进入表现在礼上，就是我们前面讲过的礼这种人为的东西经过世代传承，化为一种自然而然的生活方式。这就是自然，把人和事物都装进自然的世界里。

总之，西方文明中，人与人、人与自然是相隔的。为此胡兰成一再引用张爱玲的那个月光下一只蝴蝶停在戴白手套的手背上的比喻，尽管挨着，但隔了层东西，怎么也亲近不起来。具体一点，就是胡兰成比喻的，从味精了解味道，从化学颜料了解色彩，也就是我们今天常说的从电视播报上、从手机上、从平面媒体上，而不是通过自己与大自然的亲身接触，了解天气。

说到自然，不能不谈胡兰成的一个观点，即中国文化的核心思想问题。他认为："中国民族的精神是黄老，而以此精神走儒家的路。"(《中国文学史话·评鹿桥的"人子"》)黄老，黄帝与老子，其实就是老庄哲学，其宗旨是自然。儒家道路，主要是推行道德和礼乐。把自然精神贯彻于儒家道路，就是使道德和礼乐自然化，成为人们自觉自愿的行为，即一种自由美好的生活方式，就像胡兰成记忆中的母亲与九太婆那样。

胡兰成认定，西方文明固有的两大缺陷决定了它是没有前途的，要不西人怎么总念叨世界末日以及末日审判呢,《圣经》也记载耶和华一次又一次地以洪水、火与剑毁灭人类。中国人则相反,以乐观的态度看世界,他们眼中的历史是由小康到大同,将来有朝一日实现天下为公。所以唯有中国文明才代表人类的前途,"是世界的正统"(《中国文学史话·中国文学的作者》)。

第二章 相 恋

我们说过,胡兰成与张爱玲的相通是一种极相顺,极相顺在佛家视界中属于流转。所谓流转,说的是生灭过程,极相顺就是以顺应的方式实现由灭到生的转化。具体到他们两人身上,就是各自经过向对方靠拢而放弃原先的旧我,在建成的同一观念中达成现在的新我。胡兰成与张爱玲拥有一个共同的我。

异性之间相顺到这种地步,不发生恋情才怪!或许张爱玲的这句话可以提供一个注脚:"也许爱不是热情,也不是怀念,不过是岁月,年深月久成了生活的一部分。"(张爱玲:《半生缘》)

1. 尘埃

大的黄叶子朝下掉;
慢慢的,它经过风,
经过淡青的天,
经过天的刀光,
黄灰楼房的尘梦。
下来到半路上,

看得出它是要,

去吻它的影子。

地上它的影子,

迎上来迎上来,

又像是往斜里飘。

叶子尽着慢着,

装出中年的漠然,

但是,一到地,

金焦的手掌

小心覆着个小黑影

如同捉蟋蟀——

"唔,在这儿了!"

秋阳里的

水门汀地上,

静静睡在一起,

它和它的爱。

    这首诗名"落叶的爱",作者张爱玲(见张爱玲:《中国的日夜》)。树叶高高站在枝头,远离尘嚣,与夕阳晨露守在一起,冰清玉洁。金黄悄悄浸染青萌的绿,她成熟了,望见下面自己的影子。身体跟影子两两相连,怎么可以分离?于是奋力跃下,投向大地。风儿捣乱,一会儿把她推向左边,一会儿又把她拉到右边,一会儿把她托起,一会儿又把她压下。她荡来荡去,不断调整姿态,始终那样轻盈。落地非常准确,就听咔的一声,像谁发出一声叹息,身体跟影子紧紧相拥,完全重合,静静地睡在一起。

张爱玲很少写诗，能见到的几首都很一般，可读而已。这首诗秉承了张爱玲作品的一贯风格，主旨清晰，意象奇特。这是一首爱情咏叹调，套用现在语言，歌咏的是对另一半的追求。另一半的说法来自古希腊哲人柏拉图讲述的一个古老传说：起先人是男女合一的整体，他们非常强大，想开辟一条天路与诸神决战。神界胆寒，先发制人，办法是把每个人都劈成两半，使人成为弱者。于是人被分开，变成现在的男人和女人。然而人们并不甘心，这一半总是思念着追求着那一半，这就是爱情。爱情是人永远摆脱不开的宿命。

张爱玲没有落入俗套，而是采用身体与影子的意象来表达爱情。这个意象是中国式的，最早见于《庄子·齐物论》中的一则寓言。影子被责备没有自主性，因为它永远随着身体动。影子答，我是影子，当然得跟身体在一起，他站立我也就站立，他坐下我也就坐下，事情本来就这个样子，有什么好讲的！这个意象比另一半的意象更彻底，后者是两个一半的拼合，而前者是整体的重合，全身心地无缝对接；一半意味着可合可分，而身体跟影子则不可分离。

身体和影子的意象体现着张爱玲的爱情观，两个词：纯粹、彻底。所谓纯粹就是真诚，不含一丝一毫的杂质，没有一点一滴的勉强。所谓彻底就是完全，竭尽全力，毫无保留，心甘情愿，全部付出。张爱玲把这种爱情观称为"无目的的爱"（《小团圆》），说这样的爱才是真爱。胡兰成持同样观点，曾用"寻求圣杯"来比喻这种追求。这是基督教术语，中世纪十字军东征时期最为盛行，宣示的是目的的纯正性。用在爱情上，意在突出其信念的成分和神圣的一面，如同宗教追求般的坚定与执着。

这样的爱力量太大了，足以让一个人生也足以让一个人死。《色戒》中的王佳芝最后关头改变主意，就是因为爱。在设伏的珠宝店中王佳芝看见,"他(易先生)的侧影迎着台灯,目光下视,睫毛像米色的蛾翅,歇落在瘦瘦的面颊上,在她看来是一种温柔怜惜的神气。这个人是真爱我的,她突然想,心下轰然一声,若有所失。"王佳芝的心理防线一瞬间崩塌了,这时候站在她面前的这个人不是汉奸特务头子,而是她的爱人,于是告诉他"快走",用自己的命换他的命。

如今张爱玲正经历着同样的场景,当然不是在珠宝店而是在自己家中。《小团圆》中,张爱玲对胡兰成的描写简直是易先生的翻版。一样的侧影——胡兰成的侧影,也是瘦削的面颊,眼窝里散布着憔悴,但眼睛很亮,弓形的嘴唇,边上有棱,挂着一丝微笑;也是目光下垂,像捧着一满杯水,小心不泼出来。这个侧影给她的印象太深了,睁开眼是它,闭上眼还是它,现在是它,多少年后还是它,仿佛是自己的影子,紧紧缠绕着她。

胡兰成刚刚离去。张爱玲坐在姑姑房里俯身向着小电炉,几乎支持不住了。她的身体实在应对不了这种一口气几个小时的长谈,劳心又劳力,而且天天如此。每当送走这个男人,她都累得发抖,整个人淘空了一般。姑姑也不大说话,像大祸临头一样,悄声悄气,仿佛家里有病人。张爱玲抱紧胳膊望着烧得红红的电炉丝,眼前满是胡兰成的侧影。她知道自己恋爱了。痛,并快乐着。所以尽管累成这样,第二天照常上阵,精神抖擞。

进攻是胡兰成发起的,但他并不急着主动示爱。有句西方谚语是怎么说的来着?对了,雌性不发出信息,雄性不会贸然行事——张爱玲引用过类似的说法:"男子夸耀他的胜利——女子夸耀她的退避。可是敌方之所以进攻,往往全是她自己招惹出来的。"(张爱玲:《谈女人》)——更何况对方是非凡的雌性,更要分外小心。所以他的战术是步步深入，稳扎稳打，制造条件，让对方自己站出来说话。

女方终于发出了信息。一天，胡兰成起身告辞，张爱玲随手拉开书桌抽屉，取出一个信封送到他面前。其中装的是什么？当然是信。什么内容，示爱？询问？告白？要求？都不是。难道是别的意思？也不是。因为猜错了，里面根本不是信，而是烟蒂！许多，都是胡兰成抽过的，散发出一股浓烈的烟味。原来这位痴心女子竟然把烟灰缸里的烟蒂一颗颗捡出来，宝贝似的藏好，它们是他走后留在房间里唯一的东西，她舍不得倒掉，让它们陪伴她，好像人仍在那里一样。

张爱玲有洁癖。不光是精神上不染红尘，物质上也非常计较。胡兰成说她像一件新衣服，对不洁特别触目，稍微一点不干净立刻就会引起她的不良反应。然而现在却保存了一包肮脏的烟蒂，就像对待鸦片烟一样，因为是父亲的，她便也喜欢起来。爱情就是这样奇怪，同一样东西，属于别人的便片刻都不能容忍；属于爱人的，腐朽也化为神奇。

爱在于女人就是不断放弃自己，包括洁净。张爱玲像诗中的那片树叶，从清静的高空投向布满尘土的地面。

胡兰成感动了，但没有表现出来，也没有说话，只是笑了笑。女方的信息虽然发出了，但男方仍然感到不够明确。他需要一个明白无误确凿无疑的信息，如同白纸黑字那样，方可最后出手。他慎重到了家。因为对方是——张爱玲。

接到了信息就要回应。第二天胡兰成提到一张相片，就是出现在本书开头处《天地》月刊第三期上张爱玲的玉照。这张照片胡兰成见过，但印制太差，怎么瞧也瞧不清楚。

翌日张爱玲便给了他一张自己的相片。翻过来，背面写着字：

"见了他,她变得很低很低,低到尘埃里,但她心里是欢喜的,从尘埃里开出花来。"

典型的张爱玲语句,典型的张爱玲意象。字字有生命,朴素中跳跃着华美,厚重中挥洒着灵动;意象独一无二,弥漫着诡异之美,堪为绝唱,再也没人写得出来。

这是黄叶从高空的坠落,扑向它的影子,义无反顾,无怨无悔。不光是公主,任何女人都是下嫁。爱在于女人就是放下架子,放下再放下;就是降低身段,降低再降低,直到落在男人之下,恨不得落到尘埃里。这跟男女平等无关,属于爱情心理,是彻底服从的需要,是完全依赖的信念,是无私奉献的冲动,就像影子追随身体一样的天经地义,没什么道理可讲。在张爱玲看来,这是一种美,叫"低卑的美"(见张爱玲:《关于倾城之恋的老实话》)。所以这种坠落不是悲情,而是喜悦,从尘埃里开出花来。傻吧? 有点,但更可爱,因为真实。

白纸黑字,信息明确。但胡兰成却相当冷静,没有神魂颠倒。他不是少男,稍有斩获便忘乎所以。他以中年男子的沉稳,情场常客的淡定,哲人的随性,智者的觉见,端然接受了这个事实。事情往往这样,开始时急切、狂热,追求中殚思竭虑、奋力拼搏,成功了却见不到似应出现的欣喜若狂,只是觉得挺踏实、挺满足。这也就是胡兰成当时的感觉,他用的是"好"字,说"各种感情与思想可以只是一个好"。他解释道,这个好字其实一直存在着,两人交往过程他始终感觉好,即便张爱玲不写这行字,他也感到好,如今张爱玲表达了爱意,于他也仍旧是好(《今生今世·民国女子之二》)。

冷静不等于不行动。

这天晚上胡兰成告辞,张爱玲起身相送。经过男人身边,他按灭烟蒂，双手一下子按在她手臂上，笑着说：眼镜拿掉它好不好？

女人身着宝蓝绸袄裤，戴了副嫩黄边框的眼镜，越发显得脸儿像月亮。她也笑着，听话地摘下眼镜。

他吻她，很动情。女人感觉到了自己手臂上传来的男人冲动，一阵强有力的痉挛从他粗壮的胳膊流下去。这个人是真爱我的，女人想。她觉得应该多表示一些，便把方方的舌尖伸进对方嘴唇里。太干了，一个劲儿地说话，像干燥的软木塞，没有一点水分。男人马上觉察到了对方的别扭，微笑着放开了手。

第二天胡兰成没来。

第三天他来了。张爱玲泡了杯茶放在他面前，一股酒气，有人请客，刚喝过酒。说了一会儿话，胡兰成坐到张爱玲身边。我们永远在一起好不好？胡兰成说。

胡兰成家里放着两个女人，都是他的妻子。

昏黄的灯下，张爱玲从沙发靠背上别过头来微笑地望着他说，你喝醉了。

胡兰成答，我醉了也只有觉得好的东西更好，憎恶的更憎恶。他拿起女人的一只手，翻过来看掌心的纹路，再看另一只，找话道，这样无聊，看起手相来了。又重复道，我们永远在一起好吗？

你太太怎么办？张爱玲问。

我可以离婚。胡兰成张口便答，想都没想，可见他已经考虑过了。

张爱玲知道，这要花上一大笔钱，胡兰成未必出得起。苏青早就给她介绍过，胡兰成不爱钱。想到这儿，张爱玲说，我现在不想结婚。过几年我会去找你。她是想说等到战争结束后再谈这件事。

胡兰成微笑着没作声。

次日胡兰成没来，隔日仍没来，过了一个多星期还是没来。姑姑突然说，胡兰成好些日子没来了。张爱玲"嗳"了一声，笑了笑。她拒绝了胡兰成的求婚，伤了他的自尊，不好意思登门了。她是不是绝情了些？不，自己并没有表示不跟他保持恋情啊！这个人，把恋爱跟婚姻当成一回事，不能结婚索性连恋爱也不能了。

过了早春，马路两旁的法国梧桐抽出了叶子，树冠好像碗，每一棵树都高擎着一只染着嫩绿点子的碗。时不时有春寒袭来，冷得有些湿腻。张爱玲走在路上，心情非常轻快。一件事情圆满结束了，她想。似乎卸下了一个负担，用不着卷进那些麻烦里，但又有一丝怅惘。

不料，他，胡兰成，又出现了。

张爱玲什么都没问，继续从前的关系，好像中间什么都没有发生过。事后胡兰成解释道，他当时想的是，如果爱玲真的不想跟自己结婚，那么两人就只好算了。胡兰成认为这是张爱玲犯傻，因为她很难找到喜欢她的人。

张爱玲确实有点恨嫁女，她心底埋着一个恐惧，那是她的经历留下的黑洞，父母的关系以及大家族其他人的表现让她对婚姻和家庭大失所望，弄得自己一点信心也没有。她曾经对炎樱说过：我害怕未来。这就是为什么胡兰成不在的那些日子里她反而感到轻松的原因。她在意胡兰成，但同时又躲避婚恋。

不管怎样，胡兰成与张爱玲，现代中国文坛的一对奇才，结成了情侣。

2. 崇拜

爱，意味着崇拜。反过来说也成，崇拜，是爱的开始。

胡兰成是以粉丝的身份登堂入室的，走的是一条由崇拜到爱的道路。张爱玲也是这样。她冷漠孤傲,胡兰成曾拿古诗中的罗敷和胡姬来比她。这两位都是美貌高贵的少妇,位高权重的太守想结交罗敷,英俊豪爽的羽林郎想结交胡姬,均碰了一鼻子灰,而女方却不失礼。胡兰成说,不管对方怎样动人,张爱玲只是好意,从不用情。然而这样一位冰清玉洁的超级才女却降低再降低,一直低到尘埃里,就是由于上了崇拜的贼船。

崇拜是女人的天性。张爱玲说:"如果男女的知识程度一样高(如果是纯正的而不是清教徒式的知识),女人在男人之前还是会有谦虚,因为那是女性的本质,因为女人要崇拜才快乐。"(《苏青张爱玲对谈记》)她还通过小说《心经》中许小寒之口表达这个见解,"男人对于女人的怜悯,也许是近于爱。一个女人决不会爱上一个她认为楚楚可怜的男人。女人对于男人的爱,总得带点崇拜性。"我们说过,张爱玲有强烈的恋父情结,恋父实际上即是一种崇拜,父亲永远是女孩的第一个偶像。

那么,张爱玲崇拜胡兰成什么?

要回答这个问题,我们首先应该清楚张爱玲最看重的或者最需要的是什么。

排在第一位的无疑是爱。"对于大多数的女人,'爱'的意思就是'被爱。'"(《谈女人》)来自对方的爱——当然发于自己的爱也一样——必须是上面说的纯粹的爱,是把爱作为信仰来对待。张爱玲说:"爱就是不问值得不值得。"(张爱玲:《惘然记》)真正的爱是无法计算得失的,因为除了爱没有任何其他目的,它不是手段,更不是投资,只是爱。

其次是智力。张爱玲是知性女子,而且高智商,当然也同样看重对方的智力,张爱玲把它归结为聪明。张爱玲本人就是一个极聪明的人,胡兰成说:"爱玲是其人如天,所以她的格物致知我终难及。爱玲的聪明真像水晶心肝玻璃人儿。"(《今生今世·民国女子之八》)聪明成为张爱玲衡量人的一把尺子,"爱玲论人,总是把聪明放在第一,与《大学》的把格物致知放在诚其意之先,正好偶合。"(《今生今世·民国女子之八》)一个人被断定为不聪明,跟被断定为不干净一样,在张爱玲那里等于判处了死刑,是不会同他往来的。

聪明之下还有经验。张爱玲始终坚持一个标准,就是男方年龄至少应比女方大十岁。说:"我总觉得女人应当天真一点,男人应当有经验一点。"(《苏青张爱玲对谈记》)

还有健康谈吐之类。张爱玲认为这恰恰是男女在选择对象方面的一大区别。男子择妻,以貌取人,女子没那么偏颇,"同时也注意到智慧健康谈吐风度自给的力量等项,相貌倒列在次要。"(《谈女人》)

这不等于说女人可以不顾对方长相,没有谁不喜欢帅哥俊男的。"'姐儿爱俏'每每过于'爱钞'。"(张爱玲:《洋人看京戏及其他》)张爱玲举出《水浒》中的黑三郎宋江,靓女阎婆惜就偏偏不喜爱这个世人视为英雄的矮黑胖子,而看上了另一个风度男。相貌和体格不是一般问题,它涉及优生学,关系到下一代,不可以不讲究。

那么,胡兰成符合这些条件吗?

太符合了。

首先,胡兰成的爱是纯正的爱,恰如他自表的那样,是"寻求圣杯"。不是说一说,而是事实如此。这里我们不妨从反面证明,假设他另有目的,看看这个目的能否成立。按这个年龄段高官找女人的逻辑,无非要的是两条,美色与生育。张爱玲不漂亮,勉强能挤进中等,要找美妇,胡兰成尽可以去泡影戏明星,他完全有这个能力。至于生育，胡兰成根本不需要，他儿女一群，况且张爱玲根本不喜欢小孩子；退一步说，即使他有这个心思，张爱玲也不是理想对象，就她那体格，能否保证下一代的健康很难讲。当然，胡兰成不是一般高官，是文化权贵，文人好名，而张爱玲正好是名人，也许他是奔着名去的。也不对，因为他们的结合始终没有公开，属于隐婚，这种地下妻子名声再大也没用，不能给丈夫增添一点光彩。

更重要的是，胡兰成与张爱玲在一起不是耍朋友，不是玩什么感情新体验，是要结婚的。这一点胡兰成讲得很明确，因为张爱玲表态不痛快，两人还差点告吹。后来胡兰成回来找爱玲，除了他实在过不去感情这道坎儿外，其中相当大的考虑是担心他的爱玲今后怎么办，因为照一般情况，很少有男人能下决心跟张爱玲这种性格的女人共同生活。

其次，胡兰成非常聪明，常常令冰雪聪明的张爱玲惊讶不已。两人坐在房里说话，张爱玲会突然打住，只顾孜孜地望着对方，满脸的高兴与赞赏。胡兰成也停下来，不知所以。张爱玲说："你怎这样聪明，上海话是敲敲头顶，脚底板亦会响。"（《今生今世·民国女子之六》）这是夸他反应快，举一反三。

再次，胡兰成其他素质也相当不错。他年长张爱玲十四岁多，不光社会经验和生活经验丰富，就是对女人也很了解。他的谈吐张爱玲天天领教，还听过他的公开讲演，评价是说的比写的还要好。胡兰成身体很健康，天天打太极拳，胳膊粗壮有力，一掌打得公寓保安好几天上不了班，跟这样的男人在一起是很有安全感的。自给能力也很不差，现在当着官，尽管不搂钱，工资足以养家；往后不当官了，可以教书著文，他本来就是教师，还当过编辑，糊口不成问题。

还有一条前面没提，就是价值上的满足感，表现在女人对男人的唤醒与再造上面。胡兰成不是一般人,是第一流的学者和作家,同时还是政治旋涡中的风云人物,这样的人在跟张爱玲相处中,眼见着一天天更新,旧我去新我生,是非常令女人自豪的一件事。这跟自己繁育了一个新生命,或者是写了一本好书,具有同等意义,是对自身价值的最大确证。

可见,胡兰成完全符合张爱玲的口味,而且是超符合,难怪她崇拜他,恨不得做他脚下的尘土,而心中却乐开了花。

与爱的回应是爱一样,崇拜的回应也是崇拜。张爱玲崇拜胡兰成,同时胡兰成也崇拜张爱玲。

胡兰成崇拜张爱玲什么?

文才就不必说了,胡兰成作为"张迷",是从接触张爱玲的小说与散文起步的,对她文采的敬佩一直保持到最后。他好斗,把张爱玲树为这一行的标杆,总是自觉不自觉地跟她比,明里暗里一争高下,然而常常气馁,自叹不如,输得心服口服。

这里要说的是张爱玲的相貌与气质在他心目中的形象,一个字:艳。

初见张爱玲,一眼望去,就把这位阅人无数的情场高手镇住了,一种从未有过的惊艳感蓦然出现。这种艳的形象始终那样鲜明透亮,并没有随着两人关系的深入和相处时日的长久而稍有消退,更无变色。

确定了恋爱关系,两人厮守,胡兰成说"爱玲极艳",又加一句"她的艳亦像数学的无限"(《今生今世·民国女子之七》)。极还无限,艳得不可限量。

婚后,夏天的一个傍晚,两人站在公寓阳台上眺望。下面是红尘霭霭的上海,西边是未尽的余晖。爱玲进屋给丈夫倒茶,回来走到门边，胡兰成迎上去接茶。爱玲腰身一侧，喜气洋洋地望着丈夫的脸，眼睛里都是笑。刹那间迷倒了胡兰成，说："啊，你这一下姿势真是艳！"（《今生今世·民国女子之八》）

胡兰成逃亡在外，听人唱戏，想起爱玲，说："可比看张爱玲的人与她的行事，这样的柔艳之极。"（《今生今世·雁荡兵气》）

也是逃亡期间，胡兰成匿名教书。班上有一个学生，让他联想到爱玲，说："她的作文与她的人聪明艳极，好像爱玲。"（《今生今世·雁荡兵气》）

把艳用在张爱玲身上，胡兰成是第一个，也是最后一个。除他之外，没人说过张爱玲艳，包括她后来的男人。这是一种独特的品味，只有胡兰成能够领略、欣赏和品尝。

提到聪明，胡兰成与张爱玲一样，最为看重，说："世界上最美的就是聪明。"（朱天心：《击壤歌》序）在胡兰成眼中，他的爱玲是"水晶心肝玻璃人儿"，自然美得不得了。

当然还有爱。"男子喜欢爱女人，但是有时候他也喜欢她爱他。"（《谈女人》）张爱玲爱胡兰成，除了他这个人，别无所求。正是在张爱玲这里，他找到了爱情"圣杯"，实现了纯粹的爱，这在别的女人那里是得不到的。爱是双方的，就像剃头挑子一头热不管用一样，只要一方掺了杂质，爱就会变味。

还有心理。张爱玲说："男人要被崇拜才快乐。"（《苏青张爱玲对谈记》）张爱玲，这个胡兰成仰视已久的超级才女反过来崇拜自己，这让他非常高兴、非常膨胀。

还有……这几条已经够了，足以使胡兰成崇拜张爱玲了。一天在别人家聚会，胡兰成坐在沙发上跟两个人说话，神气傲岸，眼睛里透着轻蔑。张爱玲第一次看到胡兰成的另一面，心中着实震动，因为他在自己面前始终是谦卑的。一次胡兰成突然轻声轻气地对张爱玲说:"你脸上有神的光。"(《小团圆》)仿佛发现了天地间的一个大秘密。

张爱玲是胡兰成的女神。同时应该补上一句,胡兰成是张爱玲的男神。

这种互相崇拜其实也是对自己的崇拜,因为正如我们前面证明的那样,他们拥有一个共同的我。张爱玲那首诗中的树叶扑向影子,既是寻求自己也是寻求对方。

所以两人关系确定后,胡兰成又恢复了粉丝身份,变得不讲理起来,而且比当初更不讲理。这时候不是不许别人说他的爱玲不好,而是说好都不成,得说更好。

他的眼睛变得特别贼,耳朵变得特别灵,哪个人跟爱玲接触过都被盯得牢牢的,谁也别想跑。然后便装作若无其事地凑过去,早就竖得直直的耳朵网罗着一切有关信息,只言片语都不遗漏。可惜这帮家伙全不拿爱玲的美艳当回事,小气得连颂扬女士的话都舍不得说。不赞美也就罢了,竟连他们一贯喜欢搬弄的评头品足也没有。他的爱玲就这么不入人眼吗!

那天,胡兰成终于憋不住了,便拉住一位画家问,你觉得张小姐美不美?画家翻眼想了想,用他那套美术尺度量了量,答:风度很好。气得胡兰成差点背过气去,狠狠瞪了这东西两眼。

还有文才。爱玲的文章人人喜爱,好像看灯市,能拥有这许多读者让胡兰成颇感自豪。然而还很不够,因为只是停留在观景的水平上,胡兰成认为大家应该更起劲些才对。

也有起劲的。杂志上可以见到这样的批评,说张爱玲的一支笔千娇百媚,就是思想性欠缺。这是说她政治觉悟有问题。对这类批评胡兰成认为文不对题,因为张爱玲的写作意图不是鼓动革命而是探索人生,所以不必在意。可气的是误读。汪政府的一位教育部长跟胡兰成说,张小姐的西洋文学修养这样深,年纪轻轻可真难得,然而她却想做主席夫人,这真是不好说了!胡兰成有点蒙,想了想才明白,原来是爱玲有篇散文,写的是她在外滩看见警察打一个小男孩儿,心想要是做了主席夫人就好了,可以路见不平,拔刀相助。这么明白的意思,这位部长却读不懂,成心是不是?

总之胡兰成变得贪心起来,老是嫌社会对张爱玲肯定得不够。他奇怪,为什么天下人不像自己那样看重她,不像自己那样因她而惊动,不像自己那样喜欢她到了心里去。

都说爱情使女人变傻,男人也一样。

3. 一刻千金

恋爱是一件很享受的事。

胡兰成用的是"欢"字。说:"我与爱玲亦只是男女相悦,子夜歌里称'欢',实在比称爱人好。"(《今生今世·民国女子之六》)

张爱玲与曾经沧海的胡兰成不同,不要说性经验了,就是连恋爱都没有谈过,两人差距这么大,能协调吗?不协调又何来欢?

人们一定很奇怪,写了那么多爱情故事,而且个个精彩纷呈;发表了那么多爱情理论,而且条条精辟入微,这样的人怎么可能没有爱情经历呢?确实没有,胡兰成是张爱玲的初恋。什么叫超级才女,这就是,自己一张白纸,素净得很,笔下却风情万种,勘破人间情事。

于才华这可以豪情万丈,于生活可就太悲催了,简直是惨不忍睹,是对自信的毁灭性打击,对颜面的彻底性贬损。"一个女人,再好些,得不着异性的爱,也就得不着同性的尊重。女人们就是这点贱。"(《倾城之恋》)没有办法,人世就这么冷酷无情。爱情的缺位是张爱玲的一人负担,沉甸甸压在心头。她这样描述自己的心境:"归途明月当头,她不禁一阵空虚。二十二岁了,写爱情故事,但是从来没恋爱过,给人知道不好。"(《小团圆》)可怜的女人!

也许是因为外表,也许是因为性格,也许是因为接触面,总之追求她的人几乎见不到。长这么大,似乎只有一个人对她动过真情。这人她叫表哥,已婚,是父亲那边的亲戚。与所有大家族中经常出现的乱伦故事一样,这位表哥也在亲戚中间找了个情人,这人不是别人,正是张爱玲的姑姑张茂渊,对方应该喊作表姑的。表哥多情,在跟表姑来往中又看上了表妹。但被爱玲碰了回去,倒不是顾忌关系太乱,而是不喜欢他。主要是爱玲觉得两个人在不少地方太相似,她受不了像自己的人,尤其是男人。胡兰成在跟张爱玲接触中也发现她不像其他女人特别是名女人那样,身边围着一群男人,而是"她且亦不想会与何人恋爱,连追求她的人好像亦没有过,若有,大约她亦不喜"(《今生今世·民国女子之六》)。

在结识胡兰成之前,张爱玲的身体绝对没有被异性碰过,说冰清玉洁一点不过分。有弱必有强,张爱玲感性欠缺但知性有余,她知道自己应该做什么,也知道应该怎样做。

"少女是光,妇人是温暖。"(张爱玲:《赤地之恋》)作为恋人,就要献出爱,这是她的职责,也是她的欢喜,所以她会很主动地迎合对方。胡兰成望着爱玲,望了一会儿便上前吻她,两只孔雀蓝袍袖软软地溜上男人肩膀,围住他的脖子。这让胡兰成有些吃惊,说:好像很有经验嘛。爱玲咯咯笑道:电影上看来的。原来她做过功课。

张爱玲学霸出身，论学习谁也学不过她。没有接过吻可以学，样板有的是。她一定偷偷练过不少遍，至少在脑子里过了许多次，所以做起来有模有样，连情场老手都给她打高分。

好东西要珍惜，越好越格外珍重。胡兰成总是舍不得她，不放过一切亲热的机会。即便是两人说着话，胡兰成也要亲吻，说几句话就别过头来吻她一下，尽管有点不上心，脑子在转着别的事。在爱玲看来他就像一头在溪边顾盼的小兽，时而低下头去啜口水。

不时地也来点小调皮。晚间两人在阳台上，空洞的紫黝黝微带铁锈气的天上，高悬着大半个白月亮，裹着一团清光。明明如月，何时可掇？胡兰成吟道，接着叫一声：在这里了！像是终于采到了似的，作势一把捉住爱玲，吻她。来势如风，女人像蜡烛上的火苗，随风朝后飘，倒折过去，但那风却也是烛火，热热地贴上来。过了半晌，就听女声问：是真的吗？是真的，两个人都是真的，男声答。

爱玲身材比胡兰成高，本以为对方会别扭，不料他却很高兴，巴不得这样。张爱玲把这作为一种普遍现象写进后来的小说里："大个子往往喜欢娇小玲珑的女人，倒是矮小的男人喜欢女人高些，也许是一种补偿的心理。"(《色戒》)

爱玲小女孩似的喜欢坐在胡兰成腿上。旗袍开衩处露出一截大腿。爱玲人瘦，可腿不瘦，长袜上端的一块更白腻。男人的手抚摸这里，心中充满了感激，说，这样好的人，可以让我这样亲近。手指继续抚摸，女人体验到了一种从未有过的感觉。

张爱玲这样写："微风中棕榈叶的手指。沙滩上的潮水，一道蜿蜒的白线往上爬，又往后退，几乎是静止的。她要它永远继续下去，让她在这金色的永生里再沉浸一会。

"有一天又是这样坐在他身上，忽然有什么东西在座下鞭打她。

她无法相信——狮子老虎掸苍蝇的尾巴,包着绒布的警棍。看过的两本淫书上也没有,而且一时也联系不起来。应当立刻笑着跳起来,不予理会。但是还没想到这一着,已经不打了。她也没马上从他膝盖上溜下来,那人明显。"(《小团圆》)

当然他们不可能到此为止,渐渐地张爱玲也就接受了,习惯了,做了胡兰成的女人。

男欢女爱让张爱玲的感觉很好。胡兰成这样记述:"她如此兀自欢喜得诧异起来,会只管问:'你的人是真的么?你和我这样在一起是真的么?'还必定要我回答,倒弄得我很僵。一次听爱玲说旧小说里有'欲仙欲死'的句子,我一惊,连声赞道好句子,问她出在哪一部旧小说,她亦奇怪,说:'这是常见的呀。'其实却是她每每欢喜得欲仙欲死,糊涂到竟以为早有这样的现成语。"(《今生今世·民国女子之六》)

《今生今世》用了不少笔墨来展示他们之间的情爱。胡兰成拿爱玲当艺术品欣赏,观察得细致入微,似乎每一寸都舍不得错过。一天他见到炎樱,突然告诉她:爱玲的头发梢是分叉的,可以撕成两根。

爱玲也欣赏胡兰成。她会画画,觉得他的侧面最好,便伸出手指,拿指尖当笔,勾画他的线条,从眼睛到鼻子再到嘴。轻声说:你像六朝佛像。那些石佛她见过,是北朝的。当时五胡纵横北方,其中一胡即是羌人,胡兰成说过他是羌人之后。听了爱玲的话,胡兰成说:是啊,我也喜欢那种腰身细的佛像,不知道什么时候起,都变成大肚子弥勒了。

胡兰成揽着爱玲坐在自己膝上,脸贴着脸,他的眼睛在她面颊旁边亮晶晶的,像是钻石耳坠子。你的眼睛真好看,女人说。三角眼,男人答。

张爱玲从姑娘变成了女人,而胡兰成则多了一个女人。对于生活的这一变化,两人的感受似乎不一样。爱玲说,我总是高兴得像狂喜一样,你倒像有点悲哀。胡兰成笑道:我是像个孩子哭了半天要苹果,苹果拿到手里还在抽噎。爱玲明白他的意思,是表示他一直想遇到像她这样的人。就是我们前面说的,成功了反倒淡定了。他们两人的情况不一样,胡兰成是追求者,爱玲是被追求者。当然这里还有一层麻烦,就是胡兰成有妻子,而他一定要爱玲取而代之。虽然爱玲不在意,但胡兰成在意。尽管有阴影,但挡不住男女相悦的快乐。

然而他们俩是聪明人,知道如何最大限度地利用自己这个资源获得最大的快乐。张爱玲说过一句类似的话:"女人取悦于人的方法有许多种。单单看中她的身体的人,失去许多可珍贵的生活情趣。"(《谈女人》)身体只是资源的一种,另一种是知识。如何利用知识获得情趣?最简单最日常的办法就是交谈,我们称之为话趣。

有了话趣,恋爱是一件很高兴的事。

他们的关系是从交谈中发展起来的,可谓"话为媒"。如今他俩说话兴致一点不减,甚至更高,有时竟然盖过了亲热。

"牵牛织女鹊桥相会,喁喁私语尚未完,忽又天晓,连欢娱亦成了草草。子夜歌里有:'一夜就郎宿,通宵语不息,黄檗万里路,道苦真无极。'我与爱玲却是桐花万里路,连朝语不息。"(《今生今世·民国女子之三》)他俩比牛郎织女的话还多,人家是一年一见面,一天要把三百六十五天的话讲完,他胡兰成跟爱玲天天见面,还有那么多话,兴致勃勃,滔滔不绝,还没说够,天光已现。一想还没尽男女之事呢,便匆匆做完。子夜歌里男人讲的是回家路上的艰辛,胡兰成与爱玲却是上海梧桐花下的春宵私语,温馨而浪漫,闻得到香气。

男人喜欢表现,特别是在自己的女人面前。胡兰成思量,别的恐怕说不过爱玲,弄不好会露丑,唯独古代经典最为保险,这方面爱玲肯定甘拜下风,于是便把话头往《诗经》一类书上扯。不想弄巧成拙,爱玲悟性极高。一首诗,胡兰成读了多少遍,而爱玲只过一过,讲出的话便令人敬佩不已,心服口服。《子夜歌》中有两句"欢从何处来,端然有忧色"。爱玲叹息道,这端然两字真好,她是真爱他!胡兰成这才知道,原来自己以为读懂了的东西,其实并没有懂。两人并坐同看一本书,胡兰成奇怪,书里面的句子怎么就偏偏跟爱玲亲,像是走在街上,行人只跟爱玲打招呼而把他晾在一旁。

经典如此,别的就不要说了。胡兰成用了一个比喻,说自己就像生手拉胡琴,费了半天劲儿,吃力不讲,还不着调,愣是把一个丝竹之音拉成了金石之声。一着急,便改,结果是越改越糟,越改越乱,只好再改。就这样,说出的话不到位,一会儿东一会儿西,观点变来变去,自己都觉得不靠谱。

尽管如此,胡兰成还是很高兴。不单是因为爱玲是他的女人,输给自己的女人不丢人,更主要的是爱玲的态度。爱玲挺捧场,喜欢听他东拉西扯,只要他说话,爱玲便能感到屋子里到处都是他的存在。所以不管胡兰成说的是什么,爱玲都觉得"攀条摘香花,言是欢气息"。

这在张爱玲,其实也是尽一个女人之责。对此她明白得很,说:"以美好的身体取悦于人,是世界上最古老的职业,也是极普遍的妇女职业,为了谋生而结婚的女人全可以归在这一项下。这也毋庸讳言——有美的身体,以身体悦人;有美的思想,以思想悦人,其实也没有多大分别。"(《谈女人》)张爱玲当然不存在谋生问题,但使男方欢乐的道理是一样的。

男欢女爱加上谈趣，胡兰成说真是一刻千金。黄金不仅珍贵，而且沉重。所以一刻千金的日子也是很累人的。

恋爱是一件很累的事。

胡兰成在南京有公务，不管多么繁忙，每个月总要回上海一次，每次住上八九天。他的家离爱玲的住所不远，一大早便去爱玲那里，到了夜间才离去，整天腻在一处。用胡兰成的话说，叫"男的废了耕，女的废了织"。胡兰成不做事了，张爱玲不动笔了，就这么腻着，"连同道出去游玩都不想，亦且没有工夫。旧戏里申桂生可以无年无月地伴在志贞尼姑房里，连没有想到蜜月旅行，看来竟是真的。"（《今生今世·民国女子之三》）

没过多少天就扛不住了，两个人都累。于是便换一种活法，男的去南京耕他的公务之田，女的留在上海织她的文章之布，既能缓一缓歇口气，也不耽误正业。

小别也是一乐。两人谁也没有离愁，像是过了灯节，红火之后便转入日常，令人有新意之感。而且即便一个人独处，感觉上另一个人也在场，就像男的坐在屋里，女的去厨房倒茶，真是如影随形。胡兰成说，都讲隔离牛郎织女的银河洒满了别离的泪水，其实未必，对他们这一对讲，无论银河是深还是浅，翻起的浪花表达的总是喜悦。这不是故意气人家正版的牛郎织女吗？饱汉子不知道饿汉子饥！

恋爱是一件很充实的事。

虽说胡兰成在恋爱成功中表现得挺淡定，爱玲觉得他还有点伤怀，其实这只是表面现象，他的变化挺大，最明显的是充实感。一天他从爱玲处出来，想跟人说点什么，便去找好朋友熊剑东，就是听了他的主意把李士群送上死路的那位。他们夫妇正忙着陪要人打牌，顾不上他。胡兰成在牌桌旁看了一会儿，只觉坐立不安，心里满满的，想要长啸歌咏，想要说话。这疯样儿，胡兰成自嘲连电灯泡都要取笑他。史经常的是从爱玲处回到自己家，兴奋得睡不着觉，便把侄女青芸喊来，把满腹的话倒出来给她听。

他只是充实，一点也不沉重。在南京接到爱玲信，拿在手中像是接了一块石头，格外有分量，但并不感到压力，因为爱玲只是跟他在一起，给他欢娱和乐趣，而不要他承担任何责任。这样好的女人上哪里找！

他太爱她了，太想跟她在一起了。胡兰成每次回上海，顾不上回家，下车直奔爱玲住所，进屋就说：我回来了。

恋爱是一件很拔高的事。

胡兰成说："我与爱玲一起，从来是在仙境，不可以有悲哀。"又说："我与爱玲何时都像在天上人间。"（《今生今世·天涯道路》）

这天，侄女青芸到爱玲处找叔叔。爱玲知道一定有急事，借口给客人泡茶去了厨房，让他们专心谈事。估计差不多了，爱玲端茶出来，青芸没吃便走了。胡兰成与爱玲站在阳台上目送她离去。青芸已经来到街上，察觉到了，回过身来望向他们，微笑着挥挥手。

第二天胡兰成告诉爱玲，青芸说你们像在天上。

如此美好的爱情，一个人一生中遇到一次足矣，无论今后发生什么，都不会对这段感情和生活后悔。当然不，一点也不。

第四篇
从情人到夫妻

第一章 情 人

1. 阴影

像胡兰成评论张爱玲的作品是双色的一样,他们的情人关系也有正反两个面,正面是阳光下的银紫色的明亮,背面是月光下的青灰色的阴暗。这很正常,一切好事,也包括坏事,都不是绝对的,上天造物就这样公正。

亮色我们上面说了不少,现在说说暗色。

先看张爱玲。

说张爱玲是个好情人,尽力让胡兰成享受快乐,而且还不给胡兰成施加压力,但万万不可由此便得出这样的结论,即张爱玲是个全心全意为对方奉献自己的人。不是的,绝对不是。理由很简单,她是个人主义者。这意思不是说她丝毫不顾及别人,而是说她的出发点是她自己,她个人才是她的生活的中心和最高价值。她要享受人生,就一定要去恋爱;她要占有对方,就一定要献出;她要获得快乐,就一定要取悦于人。

这当然也是张爱玲不给胡兰成施加压力的原因,是她自己不想结婚。主要是两条。一条前面提过,特殊的经历造成了她的恐婚意识,对婚姻和家庭没有信心。其实即使没有这种经历,女人也多少有点恐婚。因为婚姻意味着失去自我,用张爱玲的话说,美丽的女孩一结婚就死了,不管人们当初多么看好她,这时都已成定局,再无希望。同时结婚还意味着"把身体给了人,也就由人侮辱抢劫"(张爱玲:《怨女》)。这种心理再加上特殊经历,难怪张爱玲要恐婚了。

另一条是,张爱玲对自己的判断没有把握。下面我们就以《小团圆》为线索,看看张爱玲是怎样纠结的。

此前,他们刚恋爱的时候,胡兰成跟张爱玲提出过结婚,张爱玲觉得障碍重重,回答以后再说,结果弄得胡兰成好长时间不见她,让她以为关系结束了。现在胡兰成又再次提出这个要求,不是一般地说一说,而是有实际考虑。他知道爱玲喜欢上海,跟她聊起房子,说她的房间布置得好,问她喜欢什么颜色的墙壁。聪明而又敏感的张爱玲马上意识到,胡兰成这是在准备找房子,把他俩的家安在上海。然而他在上海有房子,这么做是什么意思?想到这儿心中不快,微微生出些反感。胡兰成把头埋在爱玲的肩膀上,喃喃道:我不喜欢恋爱,我喜欢结婚。我要跟你确定。这回胡兰成没有提"离婚"两个字,似乎证实了爱玲的疑虑,不离婚却又跟她结婚,这不是拿她当外室吗?胡兰成到底怎么打算,她搞不清楚。

其实她应该问明白的。但开不了口,她最怕让人陷入窘境,从而自己也窘。

对胡兰成的要求,张爱玲没有明确回应。两次了。上次胡兰成走了将近半个月,这次呢,如果他再走,就不会回来了。爱玲想。

但她一点也不慌,淡定得很。这时候理性的一面发挥了作用,而她一向是理性占上风的。在理性支配下,爱玲有把握随时终止他们之间的关系。所以走就走吧。

不是只在不愉快的时候这样想，就是沉浸在柔情蜜意中也会闪过这个念头。她坐在胡兰成腿上，下面街上不知谁家的收音机播放流行歌曲，断断续续地飘进窗子。听不真，爱玲觉得旋律有点像当年母亲和姑姑经常弹唱的一支英文歌：

泛舟顺流而下
金色的梦之河，
唱着个
恋歌。

小时候的一首歌。过了童年，自己的世界反而平静下来，浩浩荡荡空无所有，生活之河不起波澜，生命之舟只是从过去漂向未来。之后这个男人来了，他们在金色梦的河上划船。这是很特殊的一段航程，并非她的常态，所以自己随时可以撤离，返回空荡荡的世界。

由于张爱玲的消极，她对胡兰成的私生活也不做干涉，没有情人的那种独占意识。胡兰成说："我已有妻室，她并不在意。再或我有许多女友，乃至挟妓游玩，她亦不会吃醋。她倒是愿意世上的女子都喜欢我。"（《今生今世·民国女子之六》）张爱玲一点也不嫉妒胡兰成的那位漂亮妻子，反倒有点感谢她。理由非常可笑，竟然是胡兰成在有了自己这个新女友后，性欲会变得亢奋，而他又须去南京上班，有这个女人在身边，他就可以不必去嫖娼。

然而张爱玲又渴望进入胡兰成的生活。

她写了首诗：

他的过去里没有我，

> 寂寂的流年，
> 深深的庭院，
> 空房里晒着太阳，
> 已经是古代的太阳了。
> 我要一直跑进去，
> 大喊"我在这儿，
> 我在这儿呀！"（《小团圆》）

她还写信，不像诗这样直白，但胡兰成能读懂。信中道："你说没有离愁，我想我也是的，可是上回你去南京，我竟要感伤了。"另一封信说："我想过，你将来就只是我这里来来去去亦可以。"胡兰成认为，爱玲这是想到了婚姻，不知道如何是好，为此也就不再去多想了（《今生今世·民国女子之六》）。

在婚姻这件事上，张爱玲是矛盾的，既恐婚又慕婚。没有哪个女人彻底拒绝婚姻，就是胡兰成讲的女人是法妻，天注定一定要为人妻的，张爱玲也不例外。就功利角度说，结婚对女人也有好处，正如张爱玲所言"现代婚姻是一种保险"（《谈女人》）。有婚约管着，合法妻子的身份摆在那里，男人一定要有所收敛。正是在这个意义上，张爱玲说现代婚姻是由女人发明的。胡兰成看到了张爱玲的矛盾，回信中拿鱼打比方，说婚姻于你就像一条活蹦乱跳的鱼，你是又想抓住它又嫌它有腥气。

其实张爱玲表达过对婚姻的看法，她并不刻意地追求婚姻，也不等待，甚至不去想这个问题，而是泰然处之，婚姻来了就接受，该结婚时就结婚，绝不挑三拣四。胡兰成说，作为女人能这般慷慨，让他很是钦佩（见《今生今世·民国女子之六》）。

与其说是慷慨,还不如说是无奈。张爱玲处在矛盾中,进,下不了决心,退,又不甘心,于是便来个顺其自然,听天由命。胡兰成知道张爱玲的这个态度,所以当他第二次提出结婚而没有得到回应时,便自找台阶下,说,我们的事,听其自然好不好?

这就是胡兰成与张爱玲的情人关系中,来自张爱玲方面的阴影,可以概括为四个字:得过且过。

再看胡兰成。

胡兰成的最大问题明摆着,就是婚姻状况。

他有妻室,而且是两个。一个叫全慧文,一个叫应英娣。

全慧文是胡兰成的第二任妻子。胡兰成对她谈得很少,似乎这个人不存在。全慧文是胡兰成当年在广西教书时娶的。那几年胡兰成很有些落魄,看不到出路,彷徨得很,连恋爱似乎都没有资格去谈,更不要说追求英雄美人的轰轰烈烈了。他的心思是不管好歹,老婆赶紧搂一个,有点人生不能白走一遭,过了这站就没有下一站的市侩心理。正好同事把全慧文介绍给他,见一面就定了下来,结婚时胡兰成二十八岁。婚后没有什么特别的,就是生孩子,全慧文一连生了五个,养活了四个。全慧文命苦,跟胡兰成过的是穷日子,后来在香港精神分裂。胡兰成发迹,家安在上海,全慧文成了高官夫人。她病情很不稳定,根本无法治家,胡兰成便把侄女青芸从老家接来,带孩子管家。全慧文一口广西话,很难跟人交流,好在她是教师出身,有文化会弹琴,便靠读古书和弹风琴打发时日。

应英娣身上有故事。关于她的来历,众说不一。有说是舞女的,而且点明出处——上海百乐门。有说是歌女的,而且挖出了从业时的艺名——"小白杨"。青芸说她是舞女,并强调是"向导女",不知道这属于什么身份。张爱玲在《小团圆》中称她歌女,说是秦淮歌女,来自南京。张爱玲的说法比较可靠，因为应英娣一直陪着胡兰成住在南京，是鼓楼三条21号胡兰成官邸的女主人。总之这是一位风尘女子。胡兰成有挟妓游玩之好，结识应英娣是很自然的事情。

胡兰成的所有女人中，应英娣最漂亮。张爱玲就她的一张照片这样评价："的确照任何标准都是个美人，较近长方脸，颀长有曲线，看上去气性很大，在这里，站在一棵芭蕉前面，也沉着脸，剔起一双画成抛物线的眉毛。"（《小团圆》）在张爱玲眼中，应英娣是妾，她说过"娶妻娶德，娶妾娶色"（《怨女》）。胡兰成娶应英娣的时候已经不是当年落魄的穷教师了，而是有权有势，对自己说这次要娶个漂亮的。《小团圆》中说胡兰成替她还了一笔债，什么债没交代，疑似赎身钱。

应英娣嫁给胡兰成的时候只有十五岁，过门几个月后有了感情，两人才行夫妻之事。说嫁是就事实而言，其实两人没有婚书，因为胡兰成没有跟全慧文离婚。胡兰成担心这个气性大的女人做出点什么，跟她约好，带你回家可以，但不许干涉家事，更不许虐待全慧文。做到这两条并不难，因为她一般住在南京，与上海这边不发生关联。

她的气性用在了张爱玲身上。这两个女人在一个熟人家遇上了，当时胡兰成也在场。张爱玲不知道对方是应英娣，但应英娣知道是张爱玲，两人只打了一个照面，这个女人怒容相向。张爱玲走后，应英娣撒泼，扬手给了胡兰成一个嘴巴。到底是没有文化的人，不知轻重利害。她这一闹，胡兰成与张爱玲的关系算是公开了，逼得胡兰成必须做出最终选择。应英娣依仗漂亮的脸蛋倒是相当自信，责问丈夫：我难道比不上她吗？

胡兰成还真不容易做出决断，因为应英娣救过他的命。时间要拉回到半年前胡兰成在南京被捕的那天。据胡兰成自述，到了晚上九点，他还没有回家，应英娣觉得不妙，便去找池田。她快人快语，事情又急，激得池田投袂而起，这才把日方扯进来，逼得汪政府不得不开释胡兰成。胡兰成当时被关押，外面的情况并不清楚，只能根据他人的只言片语再加上自己的推论做出判断，而当时去探监的只有应英娣。事情还有另一个版本，就是青芸的回忆。胡兰成有预感，早上出门前安排家里用人，说自己如果十点还未回家，就去上海找侄女青芸。用人照办了。青芸连夜去见熊剑东，熊四处打探，弄清了事情原委。第二天一早青芸便赶到南京去找池田，这才有了后面的故事。青芸对应英娣的表现不大满意，说她对胡兰成被捕抱着无所谓的态度。胡兰成获释，青芸在上海，后来见面也没再提起，或许是怕影响他们夫妻关系吧，结果胡兰成便把功劳记在了应英娣名下。

即使没有这档事，胡兰成要离婚也很难，对于这个极具价值的丈夫，应英娣是不会轻易放手的。经济和地位是其一，更重要的是感情依赖，她跟胡兰成的时候只有十五岁，而对方已经三十多岁，她嫁的是丈夫，找到的却是父亲。应英娣因张爱玲而与胡兰成发生冲突后，借酒浇愁，被胡兰成抢下酒杯，她忽发怪笑，叫道"我的父亲哪"！这样看，要解决问题光靠付出巨额赡养费是远远不够的。然而即便是赡养费，胡兰成也难以解决，这笔钱数目不小，不足以保证今后应英娣生活无忧，胡兰成是不会让应英娣走的。

怎么办？胡兰成头痛死了。

这就是胡兰成与张爱玲的情人关系中，来自胡兰成方面的阴影，也可以概括为四个字：困难重重。

然而还有一个阴影。

《小团圆》中，张爱玲做了一个梦，奇异的梦，梦见胡兰成在阳光下微笑的脸。不知道为什么，脸是深红色的，上面刻满了一寸见方的卐字浮雕，厚达四分之一寸，阴影明晰。张爱玲好奇怪，以前怎么就没注意到？便用指尖轻轻抚摸，心想不知道是不是还有点疼。

写信把这个梦讲给胡兰成，回信说不知道为什么刻着卐字。

胡兰成应该知道，张爱玲当然也知道。希特勒为德国纳粹党确立的标记就是这个符号，于是卐字便成为轴心国的象征。张爱玲的感觉很不好，胡兰成的脸上刻满卐字，一个是给他定性，铁定了的汉奸；另一个是发配充军，《水浒》写得明白，人犯了罪，脸上要刺字，然后流放千里之外。胡兰成那么有学问的人，又是局中人，岂能不知道其中含义。彼此心照不宣，不忍点破罢了。一个不祥之梦。

用中国俗话说，这叫日有所思夜有所梦；用西方专业术语说，叫潜意识。

这个阴影虽然眼下尚不打紧，但对他们的关系威胁极大。如果说张爱玲的得过且过能够改变，胡兰成的困难重重能够克服，那么这个阴影是任谁也消除不了的，这是大势，是潮流，是历史，非人力能及。

2. 金童玉女

没有什么比恋人之间了解得更深入了，这是一种特殊而全面的交流，即便你不睁大眼睛细细查看，对方也会在你面前充分展示自己，而且越来越自然越来越本真。

对于张爱玲，胡兰成看得很清楚。长处不必谈了，前面特别是关于胡兰成对张爱玲的崇拜部分多有涉及，这里主要说说让胡兰成感到别扭的地方。

压力首先来自张爱玲的"贵族气"。她极少购物,但在饭菜上头从不凑合,舍得花钱,每天必须吃点心。胡兰成说"她调养自己像只红嘴绿鹦哥"(《今生今世·民国女子之五》)。张爱玲也说:"对于我,精神上与物质上的善,向来是打成一片的。"(张爱玲:《私语》)又讲,"说到物质,与奢侈享受似乎是不可分开的。"(《我看苏青》)这种贵族气具有排他性,"站在她跟前,就是最豪华的人也会感受威胁,看出自己的寒伧,不过是暴发户"(《论张爱玲·之一》)。胡兰成是农家子弟,过惯了苦日子,喜欢日常饭食,张爱玲说是"郊寒岛瘦"。这是苏轼评论唐诗时讲的话,郊,孟郊;岛,贾岛;寒,清癯;瘦,枯干。张爱玲这般讲究,胡兰成肯定不习惯。

张爱玲非常看重钱,跟最亲近的亲人姑姑、最要好的朋友炎樱在经济上也都分得一清二楚,就不要说别人了。她曾自嘲,说年满一岁"抓周",她一把抓住的是一枚金镑。听说了拜金主义这个词,兴奋得不得了,可找到组织了,立即宣布自己是铁杆拜金主义者。钱上的事她从来不吃亏,稿费寸步不让,为此还跟刊物打过笔墨官司,弄得满城风雨。胡兰成说她"一钱如命",令人想起大年初一用红头绳穿起的一串压岁钱。(《今生今世·民国女子之五》)很形象,在时人眼中,张爱玲就是钱串子。这跟性情豪爽的胡兰成格格不入,他与人在金钱上从来就没有两清过,不是人家欠他就是他欠别人。

张爱玲天性冷漠。女人一般都喜欢小孩子,对小狗小猫也很亲热,她不,一概排斥,就连人人都喜爱的天使安琪儿也不抱好感。她的冷漠到了薄情寡义的地步,曾理直气壮地对胡兰成表示不喜欢自己的父母,对唯一的弟弟也不关心。待亲人朋友尚且如此,对外人可想而知。香港战乱,大学生参与公共服务,张爱玲到医院做临时看护。一个患者痛得受不了了，不断地呼叫她，她恨这个人，不予理睬，以"我是一个不负责任的，没良心的看护"来给自己做劲儿。其他患者看不下去，帮着一起呼叫，她这才出现，满面阴沉地站在病人床前，问要什么。那人想喝水，她回答没有，便走开了。半夜，当着众多病人的面，她抱着牛奶瓶去厨房给自己烧奶喝，患者的呼叫拖着长腔追过来，她守着将沸的牛奶，心里发慌、发怒。后来这个患者死了，张爱玲把后事交给别人处理，自己去厨房烤面包。她写道："鸡在叫，又是一个冻白的早晨。我们这些自私的人若无其事地活下去了。"（张爱玲：《烬余录》）如此冷酷，这跟视亲情为本体奉礼乐为圭臬的胡兰成大相径庭。

　　张爱玲过于理性，让人疑心她的情商为零。亲人与外人，君子与小人，好人与坏人，贵人与贱人，在于她一律距离相等，不偏不倚。胡兰成说："爱玲对好人好东西非常苛刻，而对小人与普通的东西，亦不过是这点严格，她这真是平等。"（《今生今世·民国女子之四》）她极少动感情，据说长这么大就痛哭过两回，一回是在十岁左右，因为一个男子，大概是看上她的那位表哥；一回是在香港读大学，放暑假的时候好友炎樱没有等她而独自回上海探亲。这回动静闹得大，不光大哭，还大叫，一个人躺在床上打滚。由于平日不讲感情，给人以铁石心肠的印象。胡兰成说她"非常自私，临事心狠手辣"（《今生今世·民国女子之三》）。遇事下得了狠心下得去狠手，丝毫不顾情分不讲道义，就像她对待那名患者。这与胡兰成重情重义的处事原则全然相悖。传统的仁爱观主张泛爱众，但分亲疏远近，比如亲君子远小人，就没有像张爱玲这样的，一律敬而远之。

　　张爱玲生活能力极低，连路都走不好，总是磕磕绊绊。即便是在家里，隔三岔五就要跟桌角椅边来一次亲密接触，弄得腿上青一块紫一块,用红药水擦过,像是流了很多血,每每把一块儿生活的姑姑吓一跳。她这样说自己:"我发现我不会削苹果。经过艰苦的努力我才学会补袜子。我怕上理发店,怕见客,怕给裁缝试衣裳。许多人尝试过教我织绒线,可是没有一个成功。在一间房里住了两年,问我电铃在哪儿我还茫然。我天天乘黄包车上医院去打针,接连三个月,仍然不认识那条路。总而言之,在现实的社会里,我等于一个废物。"(《天才梦》)说出来你可能不相信,她笨到连划火柴都不会,以至于无法做化学实验,弄得美国女教师一脸的鄙夷。如此能力,怎么持家?

还有做饭,这是对妇女的最基本要求。她也下决心学过,因为今后嫁了人是必须下厨的。练了多少遍,哪怕最简单的菜,下手仍旧没准头,既糟践东西又白费力气,一不留神油锅还会起火。去他的,炒勺一扔,索性洗手不干了。池田到胡兰成家,对应英娣说,我来了多少次,就没见过一样当家菜。这是责备应英娣不像个主妇,心思没放在烧菜上。胡兰成学给张爱玲听,爱玲想其实自己也是这样,每次胡兰成来,她就买些现成酱肉,胡兰成最烦这类东西,直皱眉头。都说"到男人心里去的路通过胃",如此笨拙,怎么留住男人?

张爱玲在交往上也有问题。胡兰成说:"爱玲在人世是诸天游戏,正经亦是她,调皮亦是她。"(《今生今世·民国女子之八》)她视自己为游戏规则制定者,天马行空,根本不在乎别人感受。其实只要上心,只要放低姿态,她完全能够做好。在香港读书时,张爱玲连拿两个奖学金,功课常常名列第一,不是一门两门,而是多门,原因嘛,除了用功,另一个就是会揣摩,每一个教授的心思尽在她掌握中。她吹捧苏青,说自己不屑于跟冰心她们站队,但跟苏青相提并论则甘心情愿。说实话,张爱玲是不会看得起苏青的,无论才华还是成就，苏青都无法跟她比拟。张爱玲这么说有功利的成分，苏青办杂志，她写稿，两人是伙伴关系。这告诉我们，张爱玲在人际关系上的失败不是她不能，而是她不做。胡兰成与张爱玲不同，他有江湖气，三教九流，广交朋友，随时备用。

两人差距这么多这么大，胡兰成怎么办？一般是两条路，或者改变对方或者改变自己，而在那个时代，一般是女方依从男方。胡兰成不，两条路都不走，他的办法是一概包容下来，而且还不带丝毫勉强。

能做到吗？能，胡兰成做到了。他是怎么做到的呢？

说来也简单，就是找出合理的解释，以此来说服自己。胡兰成逃亡期间，目睹解放，这样说："我对初期解放军，是好比对爱玲，即使有些地方于我不惯，亦无条件地接受。"（《今生今世·雁荡兵气》）他知道张爱玲是个人主义者，真正的实打实的个人主义，不像有些人，"却是有个人主义而无个性，有个人而无自己"（《禅是一支花·第五十一则》），张爱玲的个人主义是有个性、有自己。所以前提是必须保留她的个性和自我，否则就没有张爱玲了。

譬如贵族气。胡兰成尽量从好的方面理解，说那是一种生活方式，就像张爱玲自己书中写的那样，如同把雨花石养在水盂里，使生活的枝枝丫丫，哪怕是吃一只包子，上一趟街，都成为一种精致、明朗和亲切的享受。恰恰是对自己的这种无限爱悦，才养成了她的贵族气，而绝非是由于她的血统。这是告诉人们，贵族跟个人出身没有关系，跟拥有的资产数量也没有关系，而是取决于自己的态度，只要尊贵地对待自己，即便穷得叮当乱响，也是高贵的。

譬如"一钱如命"和斤斤计较。胡兰成这样解释，说现代人的道德是建立在占便宜基础上的，世人皆醉我独醒，张爱玲坚守着自己那一份清洁,既不占别人便宜,别人也休想占她便宜。所以在钱财上她理直气壮。她的钱是劳动所得,爬格子挣的,自然格外珍惜。胡兰成说这不是小气,而是慷慨和节俭,是一种德行。张爱玲与苏青为搭救胡兰成曾去汪政府实力派人物周佛海家说情,见到不少古董文玩,张爱玲的评语是"其气不扬",好东西到了周佛海那里连气韵都失去了。联系张爱玲对钱的态度,胡兰成懂得了这上面也是有德行的。不是说只要施舍就是慷慨,不一定,施舍与慷慨是两码事。一个富翁给叫花子大把钱,并不证明他有慷慨的德行。反过来也一样,小瘪三抢夺张爱玲手里的点心,她就是不放手,不能由此就说她不慷慨。张爱玲的慷慨是一种大气,表现为钱上面的理直气壮和原则分明。

譬如薄情寡义。张爱玲不讲亲情,这显然不符合中国重人伦的传统。胡兰成为张爱玲开释,说这里有误读,其实传统要求的是人行于五伦,而绝非附属于五伦。后者是绝对服从,前者是要讲理的。所以戏剧中出来个杀夫弑父的樊梨花,正是这位本领高强的美妇,解救了大唐世界的危难。还有哪吒,也是个逆子,剐肉还母,剔骨还父,得道而成了观世音身边的童子。胡兰成说,张爱玲就是翻江倒海的哪吒。

譬如低情商,遇事不动感情,不分君子小人,一律对待。胡兰成发现,这没什么不好,因为悲剧恰恰是好人造成的,无论是历史上还是现实生活中都是如此,等距离可以避免受到伤害。再说了,所谓君子、好人其实本身都带疾,都可能走向反面,成为小人、坏人,与其如此,还不如早早就敬而远之。

总之在胡兰成那里,所不习惯的张爱玲的每一条,都有相应的正面解释给予化解,从而不仅心甘情愿,而且以相知和欣赏的态度全盘接受下来。

如此痴情，真有他胡兰成的。

胡兰成的做法太对张爱玲的脾气了。

张爱玲深知女人的缺点（当然也包括她自己在内），比如使小性儿、矫情、作伪、眼光如豆、狐媚子。狐媚子是专指荡妇的，张爱玲说，别看正经女人骂荡妇，其实只要有机会扮演这个角色，没一个不跃跃欲试。那么这些缺点是怎么来的？张爱玲给出的答案是：男人一手造成的。上古时代，女人因体力不济不得不屈服于男人的拳头，为适应环境，久而久之便养成了这副德行。责任在彼，男人还有什么可抱怨的？（《谈女人》）这里，缺点一词张爱玲用的是"劣根性"。劣根性属于天性，既然是天性使然，对不起，那就改不了。

女人苦重，要管家，要操持家务，要服侍丈夫，要生孩子，要照应子女，有的还要出去工作，赚钱养家，同时又要打扮自己，讨丈夫欢喜。一样做不好都不行，事事上心，处处留意，容易吗？忙成这样，压力这么大，即使有些缺点又怎么样？知足吧，男人（见《苏青张爱玲对谈记》）。

换到张爱玲与胡兰成的关系上面，对于胡兰成不习惯的那些，张爱玲根本不想改，也改不了。

其实是否改变自己，对巩固和发展情人关系并不重要，因为当初对方爱上自己的时候，这些不习惯的地方就已经摆在面前了。那么爱情保鲜的关键是什么？张爱玲认为是独立。她曾谈到杨贵妃，说一直到她三十八岁时死，唐明皇始终爱着她，没有一点倦意。她靠的不是口才和狡智，也不是肉体美，而是其他那些跟她争宠的妃子所不具备的东西，即她不是"臣妻"而是人妻，与皇帝丈夫是对等的。所以尽管杨贵妃几次跟皇帝吵翻，被逐回娘家，但每次又都被请了回来（见《我看苏青》）。所以，张爱玲可以崇拜胡兰成，甚至怀抱着降低到尘埃里的冲动，但绝不会放弃独立人格。正如前面提过的一个情节那样，胡兰成经常大发议论，见爱玲听得有滋有味，便提醒她不要受影响。爱玲笑着叫他放心，说听归听，接受与否是另一回事，自己不同意仍旧是不同意。张爱玲就没有因为胡兰成而改变过主意。

不光是在精神上人格上，在最容易混淆的经济上张爱玲也保持着独立性。张爱玲开销不算小，姑姑说她是个"高价女人"。她体弱，一年到头离不开医生，要看病还要医牙，同时又要吃好，又喜欢奇装异服，所有这些花费都由自己解决。即使在婚后，也没有主动向胡兰成伸过手。她的书销路广，稿费比别人高，完全可以维持小资的生活水平。为此她非常自豪，说"我是个自食其力的小市民"（《童言无忌》）。还说，"用别的人钱，即使是父母的遗产，也不如用自己赚来的钱来得自由自在，良心上非常痛快。"（《苏青张爱玲对谈记》）

张爱玲如此看重自己的独立，是否也给胡兰成独立呢？

回答是肯定的。

胡兰成风流成性，家有娇妻尚嫌不够，要找女朋友，这也不够，还要挟妓游玩。对这个毛病，张爱玲是知道的，但并不干涉。我们说过，她是得过且过，所以连嫉妒心几乎都看不到。这只是一层，其中还有更复杂的心理。

常言道男人不坏女人不爱。张爱玲也表达过类似的观点，比如引用别人的话说"女人不喜欢善良的男子"，她自己也说，"如果你不调戏女人，她说你不是一个男人；如果你调戏她，她说你不是一个上等人。"（《谈女人》）不是上等人怎么也比不是男人强。女人之所以喜欢有点坏的男人，是因为这样的人更真实，比一本正经有味道。

当然这里也有着生理上的原因。如果把男人比作茶壶,女人比作茶杯,那么"只有一只茶壶几只茶杯,哪有一只茶壶一只茶杯的?"(《色戒》)一只茶壶对应几只茶杯比只配一只茶杯似乎更合情理。

要是一个这样的男人与一个女人产生了爱情,他的毛病多半会发生性质转变。不是说改恶从善,而是成为力量的证明,证实这个女人更有魅力——击败了别的女人,在竞争中胜出,这无疑可以带来自尊心和虚荣心的极大满足,提振自信。张爱玲小说《茉莉香片》中的女主角丹朱就是这个心理,虽然对方的毛病不是风流,但道理是一样的。这样看,男人的坏反而成了正能量,自然会得到谅解。

女人还有一个特点,她们是经验主义者,只相信自己的眼睛。张爱玲引用他人的话说:"女人品评男子,仅仅以他对她的待遇为依归,女人会说,'我不相信那人是凶手——他从来也没有谋杀过我!'"(《谈女人》)所以如果男人不是在跟自己恋爱期间出轨,女人绝不会相信自己的男人可能随时准备背叛。

如果他们确定结婚或者已经结婚,那么情形简直要逆转了。"她们拿自己当作神速的感化院,一嫁了人之后,就以为丈夫立刻会变成圣人。"(《谈女人》)没有一个女人不拿自己当回事,不盲目放大自己不高估自己。一个衣着将自己的缺点完全暴露而夸张在外的女人,你回头看她,目露讥讽,她浑然不觉,反倒以为你为她的美丽所倾倒。所以即便她知道这个男人风流成性,但会认为那是因为他没有遇上一个好女人,比方自己,一旦落在她手里,定会洗心革面,重新做人。

张爱玲尽管聪明而富于理性,但终归是女人,上述种种在她身上都会或多或少表现出来。特别是最后一条,胡兰成如此崇拜她的才华,如此迷恋她的美艳,在跟她结合后,共学共进,琴瑟和鸣,还会再闹出风流事吗?这并不是想入非非,而是有事实依据的,胡兰成在与张爱玲交往中,已经改变了不少,这一点我们前面讲过一些,说他放弃旧我而与爱玲共建新我,后面还要专门讲,这里略过。

所以张爱玲不干涉胡兰成,让他自己感化、改变。这才是一个知性女人的明智做法。

由于胡兰成和张爱玲互相尊重对方的独立,双方都最大限度地保留了个人空间,胡兰成说:"我们虽结了婚,亦仍像是没有结过婚。我不肯使她的生活有一点因我之故而改变。两人怎样亦做不像夫妻的样子,却依然一个是金童,一个是玉女。"(《今生今世·民国女子之六》)这话我们提前引用了,这时他们还只是情人,但并无不妥,因为实质是一样的。

世人都羡慕金童玉女,恨不得自己也参加进去。其实金童玉女的首要条件不是靓丽也不是富有,而是独立。

3. 美文

说胡兰成和张爱玲是金童玉女的另一个重大缘由,是因为这对情人一位是才子,一位是才女,而且都是超一流的。他们的作品美不胜收,独领风骚,罕有比肩者。

胡兰成拜倒于张爱玲,是从她的小说散文起始的。张爱玲尊崇胡兰成,也包括了对他的文章的欣赏。特别是在他们相爱后,张爱玲对胡兰成作品的喜爱发展到了狂热地步。胡兰成在爱玲房间赶写文章,坐在她的书桌前,在爱玲眼中,简直就是"案头一座丝丝缕缕质地的暗银雕像"(《小团圆》)。爱玲从厨房回到房间，胡兰成迎上来，她竟一下子跪下去抱住他的腿，将脸紧紧贴在上面。

所以写作上的交流自然成了他们生活中一项基本而经常的内容。

两人并排坐在沙发上，谈起各自姓氏。爱玲说自己张姓的张字没有颜色和气味，只能算是不坏。胡兰成告诉爱玲，自己的胡姓出自陇西安定（今甘肃泾川北），祖先可能是羌人，属于南北朝时期北方的五胡（匈奴、羯、鲜卑、氐、羌）之一。张爱玲评论道，羯这个字给人的感觉很恶，面孔黑黑的；氐字让人闻到一股气味；鲜卑使人看到的是黄胡须；数羌字好，展现在面前的是一只走路的小山羊，头上举着两只角。

虽说汉字具有象形性，但要从中感知形、色、味等具象的东西，没有超常的感受力是办不到的。这种独特的能力特别表现在事物的关联上。比方颜色与气味，人们是将两者分开的，颜色就是颜色，味道就是味道，但在张爱玲那里，二者没有界限。一日午后，两人上街闲走，张爱玲身着桃红色旗袍，胡兰成说好看。爱玲回答：桃红色闻得见香气。

这种非凡而独特的感受力造就了张爱玲文字的强大张力，不仅字音入耳，而且色香味俱全。我们这里暂且以形为例，看一看她是如何进行文字搭配的。色与形的搭配：譬如，上文提到她抱着牛奶瓶穿过病房去给自己烧奶喝，用的是"肥白的牛奶瓶"。肥是形，白是色。在饥渴难耐的病人面前，牛奶瓶被放大为肥白，那么刺眼那么馋人，恨不得连人一口咬下。形与声的搭配：如，"初学拉凡哑林（小提琴），却是例外。那尖利的，锯齿形的声浪，实在太像杀鸡了。"(《道路以目》）一点不错，想想装修时的电钻声，就是活活地锯你的神经,每一根都不错过。形与味的搭配:如,"衬衫发出热烘烘的毛气"(《金锁记》)。毛是形,气味长了毛,坏了,变质了,能膈应死人。形与情的搭配:如,"大蓝眼睛里也会露出钝钝的狠毒"(《谈跳舞》)。狠毒的情绪以钝钝的形态表现出来,沉重而执着,一下一下地锤打着人。再如"粥似的温柔"(《谈画》)。这样的温柔挺稠挺黏还挺热,一般人受不了,留神把你也融为粥,变成一锅粥。由于搭配功夫了得,每一个字都感性十足,有形有色有声有味有情。

张爱玲文字的张力还在于她不按常理出牌。比方美,她这样说:"美得带些肃杀之气。"(《沉香屑·第一炉香》)"美得不近情理,美得渺茫。"(《倾城之恋》)"她那种美是一种模棱两可的,仿佛怕得罪了谁的美。"(《封锁》)美与肃杀、渺茫、得罪等词连在一起,就没见过这么用的。比方颜色,她写道,"红喷喷的长长的面颊"(《封锁》)。"黄烘烘戴一头金首饰。"(《连环套》)"死蓝的海。"(《走!走到楼上去!》)"阴阴的下午的天又是那么闷蓝。"(《忘不了的画》)"她里面只穿了一件光胳膊的绸夹袍,红黄紫绿,周身都是烂醉的颜色。"(《花凋》)"嘴唇红得悍然。"(《连环套》)"口袋里的绿手绢与衬衫的绿押韵。"(《年轻的时候》)喷喷、烘烘一般用于气味,死、闷、烂醉、悍然、押韵更跟色彩不搭界,她却一股脑儿都用上了。由于用字匪夷所思,效果奇佳,感染力极强。

张爱玲用字非常考究。比如,"不知谁家宅第家里有人用一只手指在那里弹钢琴,一个字一个字揿下去,迟慢地,弹出圣诞节赞美诗的调子,弹了一支又一支。"(《红玫瑰与白玫瑰》)她不说键而说字,这琴弹得认真、固执,越发衬托得街巷寒荒。再如,"虞老先生到此方才端着架子,在一张椅子上坐了下来,徐徐地捞着下巴"(《多少恨》)。捞,从上往下再往上,而且还徐徐,这架子端的,别说他自己,就是旁人看着都累。张爱玲的词汇非常丰富,例如艳,有表达色泽的,像清艳、鲜艳、红艳、明艳;有表达品质的,像俗艳、魅艳、柔艳、妖艳、娇艳;有表达状态的,像哀艳、古艳、美艳、凄艳;有表达程度的,像丰艳、熟艳;有表达事物的,像艳丽、艳福、艳装、艳光;有表达动态的,像惊艳。小小一个艳,用得风生水起,流光溢彩,化出这许多花样,没有非凡的功力和追求完美的精神是绝对办不到的。

至于用字的生动,那完全在情理之中。如,"鼻峰笔直射出去老远"(《浮花浪蕊》)。好有气势的鼻子!让人不由退避三舍。"她整个地冻得翻脆的。"(《创世纪》)可怜见的,让人想起晾在冬天风地里荡来荡去的湿衣裳,硬得发脆,不敢碰。

类似的文字在张爱玲作品中比比皆是,随便拿出一段都能见到,而且不只一两处。

文字的精妙上胡兰成也不弱。比如,"王国维考据《山海经》里的帝俊即是舜,想象起来很洪荒,然而读虞书又觉得像是今天的事。"(《中国文学史话·中国文学的气运之一》)洪荒,一下子把人带出老远。再如,"汉朝真是高旷雄劲的"(《中国文学史话·中国文学的气运之一》)。而南北朝则不同,那"真是一个伟大的时代,炽烈泼辣,西域的无明的东西都做了汉文明的薪火"(《今生今世·瀛海三浅》)。以高旷雄劲表达汉朝的大气,以炽烈泼辣表达南北朝的生气,准确、贴切而传神。表达朝代特点的文字很多,没见过像这两句用得这么好的。还有写景,"这公寓白昼很静,住人皆去机关办公,楼上连屋瓦与走廊都发出骄阳的音响。"(《今生今世·韶华胜极》)太阳能发出声音吗?不能,阳光再厉害也是无声的,但胡兰成却听到了,越发衬托出他那犹如沙漠般荒凉孤寂的心境以及环境的严酷无情。

胡兰成像张爱玲一样,喜欢使用叠音。如,"李白的诗丰富,只觉是心头满满的……李白是他的人满满的,所以朴素而繁华。"(《中国文学史话·中国文学的气运之一》)"中国人的现实,落难中亦只是火杂杂的。"(《今生今世·渔樵闲话》)"胸口头像有一股气饱饱的。"(《今生今世·雁荡兵气》)"因为抗战与这次的解放军皆是生于中国历代民间起兵的气运,荡荡如天。"(《今生今世·雁荡兵气》)"名气好像火发的烘烘响"(《今生今世·瀛海三浅》)。

胡兰成经常把意义相反的词放在一起使用,给人以强刺激。如,"偏是佛门之人有志气,他们变得激烈响亮,而质实淡远"(《禅是一支花·序》)。"黄巢过后还收得剑么?是一句极鲜烈的话。"(《禅是一支花·第六十六则》)"古来圣贤做的事,都是行遍天下,皎然无疑,而又恍若不对,像那白云影里的明迷。"(《禅是一支花·第七十四则》)"日本人家的门松非常好,有一种清冷冷的喜气。"(《今生今世·瀛海三浅》)这种用法在张爱玲那里也能见到,比如,"而阳台之外是高天大房子,黯淡而又白浩浩"(《忘不了的画》)。

比灵动,胡兰成不如张爱玲,但要比分量,胡兰成势大力沉,每一个字都像是钉子钉进去,结实硬朗。张爱玲更多体现的是女性的柔韧,胡兰成则是男性的刚劲。

张爱玲不只感受力独一无二,表现力更是无以伦比。两人谈起描写,张爱玲说没有什么感觉或者意绪是不能表达的,其实只要存在心里过上一过,总可以说明白。

胡兰成拿爱玲当例子,形容她走路和落座,想了半天也没找到合适句子。爱玲接过来说:"《金瓶梅》里写孟玉楼,行走时香风细细,坐下时淹然百媚。"胡兰成折服,觉得"淹然"两个字真是好。胡兰成又拿苏青做例子,说苏青的脸美。爱玲解释道:"苏青的美是一个俊字,有人说她世俗,其实她俊俏,她的世俗也好,她的脸好像喜事人家新蒸的雪白馒头,上面点有胭脂。"(《今生今世·民国女子之九》)

既师古人又能独创,师得那样妙创得那样巧,难怪胡兰成要这样说了:"她是使万物自语,恰如将军的战马识得吉凶,还有宝刀亦中夜会得自己鸣跃。"(《今生今世·民国女子之九》)

张爱玲创作状态非常好,犹如神灵附体,只要进入佳境,笔下汪洋恣肆,万事万物自己追着抢着挤着来站队。且看这一句:"军阀来来去去,马蹄后飞沙走石,跟着他们自己的官员、政府、法律,跌跌绊绊赶上去的时候,也同样地千变万化。短袄的下摆忽而圆,忽而尖,忽而六角形。"(《更衣记》)说的是民国初年的服饰,在政权走马灯般更迭的背景下,呈现出浮躁与不安,如此着衣,人和生活也显得慌慌张张。

再看这一句:"果然,姚先生大大小小七个女儿,一个比一个美,说也奇怪,社会上流行着古典型的美,姚太太生下的小姐便是鹅蛋脸。鹅蛋脸过了时,俏丽的瓜子脸取而代之,姚太太新添的孩子便是瓜子脸。西方人对于大眼睛,长睫毛的崇拜传入中土,姚太太便用忠实流利的译笔照样给翻制了一下,毫不走样。姚家的模范美人,永远没有落伍的危险。亦步亦趋,适合时代的需要,真是秀气所钟,天人感应。"(《琉璃瓦》)

因本书性质所限,不宜引述过长句子,这两句不算最好,亦可窥一斑,使人领略到张爱玲创作的自由境界,挥洒自如,佳句迭出。

这样的状态在胡兰成身上也能见到。比如这一句:"禅宗比印度佛教少讲慈悲,扶强者不扶弱老,为智者不为愚人。老子庄子孟子都是如此。孟子言譬如弯弓,引满,中道而立,能者从之。禅宗是一片智慧的刀光,姚广孝对燕王曰:'臣知天道,何论民意。'一言打响了古今历史。"(《中国文学史话·中国文学的气运之二》)弯弓,来自《老子》。弓拉满的时候,弓背的上端被拽低,下端被拽高,表明事物的两极处于平衡合理之中。胡兰成以此来说明儒家的中庸之道。还有这一句:"宋朝不及唐朝的气概,虽苏轼亦到底不及李白。隋唐是从魏晋南北朝的大变动中开出来的,而宋朝则是从残唐五代之乱出来的,创造力不及,宁是思省的,观照的,所以说唐诗如饮酒,宋词如品茶。但打天下还是要酒徒,刘邦为亭长时就是好酒及色,东下齐城七十二的郦食其是高阳酒徒。"(《禅是一支花·第六十一则》)再如这一句:"中国向来经史子集的学问,原来是海样深阔,山样不动的,现在的文化人尚未去读,先已纷纷来异论反论。似稻田里一阵蚱蜢的风雨声。又似蚂蚁撼石柱,蚂蚁的阵势移动,致人错觉,以为倒是石柱在移动了。"(《禅是一支花·第五十七则》)

张爱玲创作中最被人称道的是意象。意象具有形容的特点,但不是形容。形容是借助形象表现所描写的对象,意象的范围要大,是以形象表现主题和意义。张爱玲作品中的精彩意象太多了,我们这里仅以小说《倾城之恋》为例,看看她是如何运用意象的。

"好容易船靠了岸,她方才有机会到甲板上看看海景,那是个火辣辣的下午,望过去最触目的便是码头上围列着的巨型广告牌,红的、橘红的、粉红的,倒映在绿油油的海水里,一条条,一抹抹刺激性的犯冲的色素,窜上落下,在水底下厮杀得异常热闹。流苏想着,在这夸张的城市里,就是栽个跟斗,只怕也比别处痛些,心里不由得七上八下起来。"海景作为意象,表现的是初见香港的白流苏的心情:乱、怕、虚。

"那口渴的太阳汩汩地吸着海水,漱着、吐着,哗哗地响,人身上的水分全给它喝干了,人成了金色的枯叶子,轻飘飘的。流苏渐渐感到那怪异的眩晕与愉快……"这时范柳原与白流苏正在玩追求与被追求的游戏,太阳的意象表现的是白流苏的感觉,痛苦与愉悦竟合为一体,几近麻木。一个孤女来到陌生的地方,明知别人要猎杀她,而她的生路又恰恰在其中,能怎么办?

"流苏觉得她的溜溜走了个圈子,倒在镜子上,背心紧紧抵着冰冷的镜子。他的嘴始终没有离开过她的嘴。他还把她往镜子上推,他们似乎是跌到镜子里面,另一个昏昏的世界里去了,凉的凉,烫的烫,野火花直烧上身来。"范柳原把白流苏追到手,强行吻她,镜子是个意象,表示虚假,两人之间有那么多的不真实。

前两个意象胡兰成在评说张爱玲的文章中引用过,作为"至于文句的美,有些地方真是不可及的"例证(《论张爱玲·之一》)。

胡兰成也运用意象,虽说没有张爱玲那么密集那么巧妙那么细微,但同样给人以扑面的美感。如,"而尧典也真是一篇诗。读时亦不知是诗,只是爱那字字句句,像雨过天青时红砖路的砖一块块。"(《中国文学史话·中国文学的气运之一》)红砖的意象容量极大,让人不光想到道路,还想到中华文化的纯净高贵品质,想到传承。再如,"朱天文的小说,使我想起日本神社的风景……我最爱看日本神社巫女的舞。巫是借用的汉字,原文意思是王姬,这里宜译作神姬……神姬平时穿的是白衫朱裳,面上是吉日良辰的稍稍敷一点粉,一派少女的清艳……神姬升殿时的小趋步,急促的,繁碎的,有着灵气拂拂里潮汐初上的感觉。"(《中国文学史话·来写朱天文》)以神姬出场来表达对台湾青年女作家朱天文作品的感受,非常到位亦非常生动。

还有描写。我们这里看人物。张爱玲上中学时有一位钢琴老师,脾气大,稍不如意,便摔琴谱,打学生的手。"琴先生结婚之后脾气好了许多。她搽的粉不是浮在脸上——离着脸总有一寸远。松松地包着一层白粉,她竟向我笑了,说:'早!'但是我还是害怕,每次上课之前立在琴间门口等着铃响,总是浑身发抖,想到浴室里去一趟。"(《谈音乐》)

小说《连环套》女主角赛姆生太太来自广东一个偏僻村镇,小名叫霓喜。张爱玲这么描写十四岁时便被卖掉的她:"霓喜的脸色是光丽的杏子黄。一双沉甸甸的大黑眼睛,碾碎了太阳光,黑里面糅了金。鼻子与嘴唇都嫌过于厚重,脸框似圆非圆,没有格式,然而她哪里容你看清楚这一切。她的美是流动的美,便是规规矩矩坐着,颈项也要动三动,真是俯仰百变,难画难描。"典型的岭南小美人,想要寻个好人家,不时地卖弄一点小风情。

小说《桂花蒸:阿小悲秋》写的是上海女佣阿小的故事。她眼中的外国主人这般模样:"主人脸上的肉像是没烧熟,红拉拉的带着血丝子。新留着两撇小胡须,那脸蛋便像一种特别滋补的半孵出来的鸡蛋,已经生了一点点小黄翅。但是哥儿达先生还是不失为一个美男子。非常慧黠的灰色眼睛,而且体态风流。"

女作家心细,这本是长处,但写出来却容易流于小气,主次轻重不分,文艺腔浓。这些毛病在张爱玲那里丝毫不见,她下笔大气得很,不仅传神,而且直奔本质,用胡兰成的话说"好句是使人直见性命"(《今生今世·民国女子之十》)。

这话对胡兰成自己也适用。写好友池田:"他三十六岁,比我小两岁,生得剑眉赤面,笔笔都正,倒是英雄相,穿一套藏青西装,那藏青的颜色稍稍带宝蓝,就连他的人都有了新意。"(《今生今世·渔樵闲话》)

写同事关永吉的女友:"关永吉找到了一个爱人,是王小姐,也当看护,但在汉口一家教会医院。这王小姐,惯会装模作样,乔张乔致,面对面立近男人身跟前,眼睛大大的,眼乌珠很黑,可以定定的看你,痴痴迷迷一往情深,好像即刻就要气绝。永吉浑身都是学得来的夸张东西,与她正好相配。"(《今生今世·汉皋解佩》)

还有景物描写,此外还有叙事、比喻、感受、想象、幽默,等等,可说的很多,足以专门写一部书。我们到此打住,以上所述完全可以说明本节的主题,即张爱玲与胡兰成的作品是货真价实的美文,以情侣论,堪称文坛第一对,天下无人能及。

至于他们两人作品的比较,一般说来,张爱玲贵气,胡兰成文气。所谓贵气,是就上节说的意义而言,即以尊贵的态度对待自己,表现在写作上就是,每一文,每一段,每一字都非常讲究,不至炉火纯青绝不出手,用张爱玲自己的话说就是,"一直对滥写感到恐怖"(《小团圆》)。所谓文气,就是文化气氛,人物也好,自然也好,事件也好,最后都跟文化挂钩,是文化大风景里的小景致。

如果用自然物来比喻,不妨这样说,张爱玲的作品是水,胡兰成的是火。之所以用水比拟,一是自由流畅,张爱玲"天道无亲",写起来没有任何顾忌,加之创作状态极佳,所以笔下行云流水,清澈见底。一是冷静,如山泉一般,不是说她的作品主体性差,而是说她情商低,即便走感情也实在走不出什么。一是细致入微,她下笔如水泻地,无孔不入,却又纹丝不乱。

之所以比喻为火,一是有温度,胡兰成对人、人生、人世、历史基本持肯定态度,下笔温润有加。一是感情倾向明显,中国文化好就是好,西方文化不好就是不好。再如上面两段对人的描写,池田是过命交情,写成英雄;关永吉左派作风,四下伸手,胡兰成烦他,殃及女友,被写成老大不小的卖萌女。一是闪烁,胡兰成不像张爱玲,他是"人道有亲",要维护理想,要顾及礼乐文化,要为尊者讳。由于有太多的羁绊,不可避免地造成作品中的一些地方语言艰涩,意义含混,行文磕磕绊绊,远不如张爱玲那样真诚坦然。

只这最后一条,胡兰成便输定了。所以尽管他争,他斗,他不甘心,成就却始终在张爱玲之下。

第二章 夫 妻

1. 婚约

尽管困难重重,胡兰成也一定要把婚离掉。

他太珍惜爱玲了。他知道,照这么不明不白地下去,爱玲早晚会离开他的。像爱玲这般理性女子,仅仅用感情是拴不牢的,只要她的感觉有一点点不好,不管是外界造成的还是来自他们之间的,她都会毫不犹豫地终止两人来往。眼下他们的关系看着还算正常,但全赖于爱玲的顺其自然的意识和得过且过的态度,这种状况最危险,指不定哪天就过不下去了,自然走向破裂。

再者,他俩的情人关系已经被应英娣闹得满城风雨,如果不与应英娣了结,她还会继续闹下去,这个女人气性大,可不是省油的灯。胡兰成极好面子,有时在爱玲那里过夜,早晨离开,爱玲怕惊动住在隔壁的姑姑,叫他把皮鞋提在手中,出门再穿上。胡兰成死活不肯,说还是穿在脚上好,要是刚好姑姑开门出来迎头撞见,他这副样子,活像个偷情汉,丢人丢到家了。上次是应英娣当众打他耳光,下一次指不定会闹出什么花样,让他的脸往哪儿放?

怎样才能让应英娣就范呢?

胡兰成想起了好友熊剑东，便去求助，于是由熊剑东夫妇出面劝说应英娣找人另嫁。熊剑东什么人，应英娣太清楚了，连令人闻风丧胆的七十六号机关头子李士群都害得了，还有什么人不能害的？只得勉强应承下来。

关于胡兰成的离婚，《小团圆》有介绍。应英娣毕竟是妻子，光靠大棒不合适，还得加胡萝卜。胡兰成筹到一笔钱，留给应英娣做今后的生活费。应英娣又提出要一辆卡车跑生意，胡兰成也答应下来，为此欠了一屁股债。

胡兰成把应英娣同意离开他的消息告诉张爱玲。不想张爱玲得陇望蜀，又提出了全慧文的问题，因为这个女人才是胡兰成的合法妻子，而应英娣本无婚书，她与胡兰成只是同居。

真是兜头一瓢冷水，胡兰成情绪急转直下，本以为张爱玲会高兴得合不拢嘴，结果却是这般态度，便分辩道，社会上公认应英娣是我的太太。张爱玲驳道，你与应英娣结合时并没有离婚。意思是全慧文才是太太。胡兰成沉默片刻，斩钉截铁地说，要赶她出去是不可能的！当然不能赶她走，她是精神病人，这点张爱玲完全同意。便笑着答，其实不过是一纸文书的事儿。说罢便走开了。她的意思很明确，全慧文可以继续得到照应，但婚必须离，否则就是拿她张爱玲当妾，张爱玲绝不做妾！

终于——有一天胡兰成来的时候，带了两份不同的报纸，每一份上面都并排刊登着两个启事。一个是胡兰成与应英娣协议离婚启事，一个是胡兰成与全慧文协议离婚启事。张爱玲第一反应是滑稽，觉得如此编排看上去非常可笑。

胡兰成把报纸扔在茶几上，坐进沙发，脸上虽然笑着，但透着凄楚，渐渐地，竟有泪花浮上眼角。张爱玲知道是由于应英娣，因为全慧文仍旧留下，应英娣则必须出局。说他重感情也可以，说他占有欲强也不错，总之他是舍不得。张爱玲偎过去，坐在沙发扶手上，抚摸胡兰成头发，想安慰他。胡兰成没有接受，怕痛似的闪开了。

张爱玲坐回原处。找话说了几句，两人便陷入沉默。良久，张爱玲没心没肺的一面露了出来，突然笑了，开口道，我真高兴。胡兰成回道，我早就知道你忍不住要说的！

换了其他女人，这时候也会高兴——因为前景豁然开朗，终身有了依靠，但不会张扬自己的高兴，特别是在男方心情不佳的情况下。而且她们的高兴通常是打了折扣的，其中多少含着内疚，因为自己的胜出是以伤害另一个女人为前提的。张爱玲坦然得很，一点也不内疚，觉得自己并没有抢走应英娣什么，胡兰成压根儿就不是她丈夫；再说了，应英娣比自己还年轻，人又漂亮，不愁找不到好男人。至于全慧文，自己更没有责任，她确实受到了伤害，但那是应英娣造成的，跟她张爱玲无关。由于自己一身轻，自然高兴，憋不住的高兴。

听得出来，胡兰成的回答夹着一股怨气。倒不是因为张爱玲毫无内疚感，而是因为她不能跟自己同悲同喜。胡兰成事后说："她不会被哄了去陪人歌哭，因为她的感情清到即是理性。连英娣与我离异的那天，我到爱玲处有泪，爱玲亦不同情。"（《今生今世·民国女子之七》）张爱玲的表现使胡兰成进一步认识到，她在感情上是完全能够做到清零的，把一切交给理性去裁决。

高兴的还有姑姑张茂渊，这位老小姐终于松了一口气。报纸上纷纷推测张爱玲与胡兰成将要结婚，那两条离婚启事其实就是公开发出的信号。亲戚间一向有议论，说爱玲不谈恋爱，就是因为跟姑姑住在一起，受她的独身影响，变得不想结婚。这下好了，压力解除了。

姑姑很有兴致地问爱玲什么时候结婚。爱玲答，胡先生也提起过结婚的事，可是如今时局如此，最好暂不结婚，这样对我要好些。不过他又说，不妨宣布一下，请朋友吃吃酒，那种情调也很好。时局的确是个大问题。此时已至1944年入夏，日军在各条战线节节败退，挺不了多久了。胡兰成搞政论时评起家，对这一点非常明晰。如果他这个汉奸头目跟张爱玲结婚，无疑是拖她下水，到时候她就是汉奸妻，所以他迟疑不决。

除了时局，还有一条，就是经济问题。因为离婚，胡兰成欠下一笔债，他要还债，眼下手头很紧，而结婚要请酒席，要租房子，要买家具，要过日子，哪一样都要用钱。

说到还债，爱玲提起那天胡兰成很难过。姑姑皱眉笑道，真是，衔着是块骨头，丢了是块肉。不过——她看了侄女一眼，继续道，也好，这人有良心，将来对你也一样。瞧这话说的，还没过日子呢，就扯到了分手，看来姑姑对他俩的事没有信心。

姑姑还有一个担心，不结婚可以，但要是怀了孩子怎么办？爱玲答，胡先生说了，可以交给青芸带。胡兰成这个侄女比爱玲还大三四岁，胡兰成的几个孩子都是她一手带大的。姑姑望着爱玲，说，别听他的，生孩子痛得很，但愿你跟我一样，不怀孕。

张爱玲跟胡兰成还是结了婚。这么大的事，犹豫了这么久，决定起来却很简单，纯属心血来潮。那天，胡兰成比往常来得早。大白天的两人关起门做爱。起床后满天的大太阳，剩下的大半天不知道如何打发，令人忽忽若失。胡兰成突然问爱玲家里可有笔砚，回答有。胡兰成建议道，去买张婚书来好不好？爱玲不喜欢这种秘密结婚，觉得纯粹是自己骗自己玩儿的把戏。婚书她见过，四马路一家绣货店的橱窗中摆的有，大红色，上面印着龙和凤。她非常喜欢那条街的气氛,便独自坐电车去了。进店看了一气,拣最古色古香的那种,挑最大的买了一张。

回到家里,拿给胡兰成。他一怔,问:怎么只有一张?爱玲也怔了怔,道:我不知道婚书要两张。当下有些怪店员,怪他没有提醒自己,婚书必须两张,男女各执一份。又一想,店员一定以为她不属于明媒正娶的那类女人,要婚书不过是用来留下一纸凭证,旧式生意人厚道,不去点破,自然不好提醒。爱玲突然为他担心起来,不知剩下的那张婚书怎么处理。

再跑一趟把那张买回来?跑不动了,她实在太累了,一步都不想挪窝。一张就一张吧。

胡兰成微微一笑,没再说什么,拿起墨在砚台中磨起来。写什么?胡兰成问。简单点好,爱玲想,便道:胡兰成、张爱玲签订终身,结为夫妇。胡兰成点点头,一字不差地写好。略一沉吟,补上:愿使岁月静好,现世安稳。写罢,笑着说,按规矩我的名字只好放在你前面了。说完,签上自己名字,张爱玲也签了。旁边注明,炎樱为媒证。很正式,可惜只有一张。

据青芸回忆,两人举行了仪式,还拜了花烛——旧式婚姻最重要的礼仪,所谓洞房花烛夜。拜花烛等于向上天报告,获得天地的认可。当时在场共四人,胡兰成、张爱玲、炎樱和青芸。找不到烛台,只好拿馒头代替,蜡烛插在大白馒头上。青芸觉得挺逗,咯咯笑起来,头上还被胡兰成敲了一下,不许笑!

签了婚书,拜过堂,两人就是正式夫妻了。这一年胡兰成三十八岁,张爱玲二十四岁。时间是1944年的夏秋之交。

婚书由张爱玲保存,压进箱底。

十七岁的时候,张爱玲从圣玛利亚女校高中毕业,在毕业年刊发出的调查表中最恨的一栏里填写的是：一个有天才的女子突然结了婚。不知道此时此刻的张爱玲是否还记得这句话。

他们的生活尽管还跟先前一样，各过各的，但心理感受大不相同，不仅踏实安稳了许多，还亲近了许多，这就是"名分"的作用。人还是那个人，身份变了，人的分量也就重了。胡兰成曾说过一句话："世界上唯独中国，妻比爱人还娇。"（《今生今世·天涯道路》）爱玲从前是情人，现在是爱妻，无论在礼制上还是法律上都占有一个位置，都是他的人，故而更加娇贵，倍受珍爱。

这种亲爱的一个表现，就是爱不够，永远不够，怎么着都不够，不知如何才好。胡兰成这样写：对爱玲妻，就像面对鲜花，虽然天天相见，但总像是新的，望着花朵娇艳得好像要跟你说话，你不禁想要叫她，但又怕叫出来会惊动三世十方。这时候一缕微红的斜阳从窗子进入，穿过房间映在墙壁上，如梦如幻，而笼罩在霞光里的两个人就像是金箔银纸剪贴的形状（见《今生今世·民国女子之十》）。三世十方，佛学术语。三世：前世、今世、来世，也可以解为过去、现在和未来，表示时间。十方：东、西、南、北、东南、西南、东北、西北、上、下，表示空间。叫一声竟惊动无始无终无边无际的宇宙，得多少情感才能凝成如此功力。

爱玲也一样。她这样写："他一人坐在沙发上，房里有金粉金沙深埋的宁静，外面风雨琳琅，漫山遍野都是今天。"（《今生今世·民国女子之十》）爱成这样，恨不得要整个世界都跟她一起发力。

胡兰成说："我们两人在房里，好像'照花前后镜，花面交相映'，我与她是同住同修，同缘同相，同见同知。"（《今生今世·民国女子之七》）用句俗话说，两个人好得成了一个人。

当然，这种爱也表现在肌肤之亲上，性爱就不必说了，即便离开性,只是一般的爱抚和接触,亦是情意绵绵,也就是古人所谓的闺房之乐。《今生今世》对这种乐趣极尽渲染。

　　两人相对,爱玲只管看着丈夫,里里外外都是喜兴。伸手指着对方的眉毛,说,你的眉毛。指尖轻抚到眼睛,说,你的眼睛。抚摸到嘴,说,你的嘴,你嘴角这儿的窝我喜欢。又当面喊丈夫为兰成,他竟然不知如何应答,以前都是叫胡先生的。胡兰成当面也不喊她的名字,背后说起她亦称全名。妻子撒娇,一定要丈夫叫声爱玲来听听。胡兰成没办法,只好叫了一声,神态甚是狼狈,爱玲听在耳朵里也有些诧异,不解地"啊"了一声。

　　晚饭后两人在灯下玩儿,挨得很近,脸对着脸。丈夫眼里,妻子的脸像是一朵开得满满的花,又像是一轮圆得满满的月,而眼睛里都是满满的笑意。丈夫抚着妻子的脸说,你的脸好大,像平原缅邈,山河浩荡。妻子笑出了声,说,平原大而平坦,这样的脸好不怕人。应该如何形容为是?爱玲说《水浒》里有现成描写,在宋江见玄女的那一段。这本书胡兰成读过无数回,不记得有相关描写,央求爱玲念一遍。爱玲念道:"天然妙目,正大仙容。"胡兰成惊呆了。到了第二天,胡兰成对爱玲说,你就是正大仙容。但上句偏偏又未记牢,求她又念了一遍。其实两人说得都好,胡兰成侧重神似,张爱玲侧重形似。

　　他们并不因成为夫妻而不再是爱人,这重关系没有丢,他们是情人式夫妻。胡兰成从外地回到上海,打来电话说,喂,我回来了。听到他的声音,爱玲突然一阵轻微的眩晕,定下神,像是往后一倒,靠在墙上,其实站在那里一动也没动。又一次,也是胡兰成从外地回来,两人说了几句话,胡兰成突然笑着说,还是爱人,不是太太。

　　婚姻为张爱玲女性特质的生长提供了土地和养分,用胡兰成的话说,像是丝绸浸着胭脂,渗开化开,柔艳无比。爱玲跟胡兰成谈起西汉名妃赵飞燕,说到成帝给她的评语"谦畏礼义人也",回味"谦畏"两个字,只觉得无限喜悦无限美。在胡兰成面前,爱玲确实做到了谦畏,不光对他"这样百依百顺"(《今生今世·民国女子之七》),还尽力讨他欢喜。爱玲有一双绣花鞋,上面描龙绣凤,胡兰成觉得穿在她脚上特别好看,线条非常柔和。每次胡兰成来,爱玲都换上这双鞋,在屋里也不脱掉。真是女为悦己者容。胡兰成觉得他的爱玲比着了新妆的赵飞燕更美。

这并不意味着放弃自己的独立性。事夫归事夫,独立归独立,张爱玲分得很清。她并不依附丈夫,同时也不占有丈夫。她曾把自己比喻成一棵树,往胡兰成窗前长,在楼窗的灯光里影影绰绰开着些小花,但只在窗外窥视(《小团圆》)。他们两人之间坦诚相待,胡兰成在武汉工作期间交了个女友小周,告诉了妻子,爱玲没有表示什么。这期间有个外国人看上了爱玲,跟姑姑张茂渊表示想包养她,爱玲当然不会答应,把这件事告诉了丈夫,胡兰成心里不高兴,很快也就过去了。

真正让张爱玲心里不快的是名位问题。她虽然嫁给了胡兰成,有婚书为凭,但毕竟没有向社会公开,没有请亲戚朋友喝喜酒。虽然举行了仪式,但过于简陋草率,说是小孩子过家家兴许有些过分,但也差不了多少,来宾统共两个,作为女方家长的姑姑就住在同一单元的隔壁,却不露面。按照中国传统,婚礼是大礼,特别是对女人,一生只有一次,现今如此凑合,再开通再理智的女子也会心存芥蒂。所以张爱玲始终有做妾的感觉——男人讨妾不像娶妻,无须公布,是不举办婚礼的,领进门来了事。

因此这上面她格外敏感。

《小团圆》中有这样一个情节。那是秋天的一个晚间,时过半夜,胡兰成带张爱玲回自己位于大西路美丽园的花园洋房。这是爱玲第一次也是唯一的一次在这里过夜。进一间屋后胡兰成出去找东西,这时房门突然被打开了,一个高个子女人探进头来看了看,随即便关上门,悄无声息。爱玲只瞥见一张苍黄的长方脸,仿佛长眉俊目,头发在额上正中有个波浪。推测一定是胡兰成那位患有精神病的前妻。这时屋里只有爱玲一人,想起小说《简·爱》中相似的情节,不禁毛骨悚然。好在胡兰成很快就回来了。两人宽衣上床,她的感觉不太好,像是当俘房,因为尽管她是妻子,却不是女主人,她在这个家是客。

胡兰成跟爱玲谈起他工作的武汉,突然问要不要过去看看。爱玲说交通不方便,自己又没有资格坐飞机。胡兰成来去都是乘坐日本人的军用飞机。胡兰成回答可以坐飞机,到时候就说是他的家属。家属,一个暧昧的字眼,那时候常常用来指称妾,而妻子不在家属之列,称太太。一瞬间,爱玲竟然产生了她是附着于自己居住的那两间房子的狐鬼的感觉,她只属于这两间房子,跟胡兰成没有关系。

这种做妾的感觉一直伴随到她生命的最后。在文坛上她是女王,在私生活中她是侍妾,一个天上,一个地下,差距如此巨大鲜明。

命运真残酷。

2. 新生

都说婚姻是一所学校,还说女人是一本书。那么要是这个女人是写书的人呢? 更是一本书,与之结合的婚姻更是一所学校。

在这所学校里读这本书,胡兰成变化颇大,有一种脱胎换骨的感觉。他说："我在爱玲这里，是重新看见了我自己与天地万物。"（《今生今世·民国女子之七》）他以《西游记》中的情节来表达新生的感受。唐僧师徒到达雷音寺，渡河上船，艄公推了唐僧一把，他差点掉进河里，定下神来，望见上游淌下一具尸身，惊道：为何佛国圣地也有死人，行者悟空回答说，那是师父您的业身，恭喜解脱了。讲到这里，胡兰成说："我在爱玲这里亦看见自己尸身的惊。"（《今生今世·民国女子之七》）。业身，人的世俗生命，集中了太多的昏暗和苦难。从业身解脱，意味着大彻大悟，重新做人。

那么胡兰成的脱胎换骨是如何表现的呢？

首先是态度的转换。

胡兰成说自己小时候心思清明，看花是花，看水是水，看房檐上的月亮是月亮，不掺一点杂念。慢慢长大了，一门心思上进，努力学习，顺应西方文明取代中华文明的潮流，接受新思想。为了使自己不至于落伍，便造作感情以迎合流行观念，结果意识日益走向无明，成了思想病人。《红楼梦》里贾宝玉病重，一个和尚来医病，丫鬟把他生而带来的那块通灵宝玉拿给和尚，和尚见玉色暗漠昏浊，长叹一声道：青梗峰下，别来十五年矣，竟如此为贪嗔爱痴所困，你那本性光明何在也！这是说贾宝玉步入歧途，为世俗所困，要想恢复健康，必须回到自己的本性，用其光明驱散无明的阴暗。胡兰成说，读到这一节，他回过味来，真要掩面而泣了。

是张爱玲拉了他一把，领他踏上复归之路。张爱玲身上没有禁忌，她是"天道无亲"，无论是善还是恶，是好还是坏，是西方还是东方，一律以理性对待，不掺杂感情因素在里面。其实害人的往往不是恶而是善，对恶的东西人们心存警觉，离得远远的，而名为善的东西却不同，人们信任它亲近它追求它，常常为其所伤，所谓的殉善。

因此对于善也不能迷信盲从，做到有所禁忌。正是这无所禁忌，点破了胡兰成。他说："张爱玲却教了我没有禁忌。"(《今生今世·民国女子之四》)跟爱玲在一起的时候，不管面对什么，无论好坏，自己的心思都很清净，有是非无爱憎。譬如西方文明与中华文明，两者之间的区别与优劣看得清清楚楚，却不起争斗之心。

他回到了看花是花，看水是水，看房檐上的月亮是月亮的清净世界。这句话出自禅宗惟信禅师一段话：老僧三十年前未参禅时，见山是山，见水是水。及至后来，亲自拜见高僧大德，有个入门处。见山不是山，见水不是水。而今得到休息安歇之处，依然像以前一样，见山只是山，见水只是水。(见《五灯会元》第十七卷)胡兰成经历的就是这个三部曲。幼时心思清明；学时被流行观念所左右，心生偏见；中年时在张爱玲影响下又回到清明。

其次是开智。也就是胡兰成喜欢说的聪明。这是他与张爱玲最看重的素质。爱玲始终把这一条作为衡量人的标准，符合这一标准的人就有价值，就是美的，就值得交往。胡兰成效法孙悟空，孙悟空一生只拜三个人：西天拜佛祖，南海拜观音，两界山拜师父唐僧。胡兰成比孙悟空还酷，说自己平生从不拜人为师，要烧香也只烧三炷半。半炷香谢池田，倒不是因为他舍命相救，而是他最早使自己看见了汉唐文明在现今的生命力，从而提振了文化自信。一炷香谢孙中山，他触发了自己的建国之志。一炷香谢刘景晨，此人是温州知识界领袖，在胡兰成逃亡期间对他的学业精进作用甚大。这两炷香分别排在第三位和第二位。第一位留给他的爱玲，"是她开了我的聪明"(《今生今世·永嘉佳日》)。

再次是写作。胡兰成在写作上存在"三怕"，一怕体系，总是担心逻辑不够严整；一怕名词术语，生怕使用不准确，说外行话；一怕学术权威，唯恐他们评头品足，说三道四。这三怕其实就是上面说的禁忌。结果怎么样？死于体系，死于术语，死于权威！写出的文章没法看。这是"殉善"的一个典型例证。胡兰成把自己的文章拿给张爱玲看，她说体系如此严密，不如散开的好。照着去做，打散格局，果然比先前好。胡兰成这才明白，原来驱使万物似军队不如让它们解甲归田，自由自在各归各位，万物高兴，自然一路欢歌笑语。

张爱玲写文章，从来不从理论出发也不从历史出发，她压根儿就不怎么看这类书籍。譬如她那篇谈服饰的散文《更衣记》，从清军入关服饰的定型说起，讲到清末开始出现的骚动，继而谈到民国开国之初的新风，接着就是军阀走马灯般轮番统治下服饰的变幻无常，总之是服饰跟着时代走。可以说是一部近现代服饰史纲，可是读起来一点也不枯燥，字字都活泛，句句都鲜亮，段段都生动，历史复活了，化作当下的生活，就在你身边，就在你身上。胡兰成赞叹道："而她这篇文章亦写衣裳只是写衣裳，全不用环境时代来说明。爱玲是凡她的知识即是与世人万物的照胆照心。"（《今生今世·民国女子之七》）

胡兰成的两部主要著述《今生今世》与《山河岁月》的写作都跟张爱玲分不开。他说，没有他的脱胎换骨，写不出《山河岁月》；其中一些句子竟像爱玲的文笔，写着写着自己也忍不住笑起来，说：我真是吃了你的口水了。《今生今世》更是如此，连书名都是爱玲提前取好了的，写的是中国民间，江山有思。这个民间，正是张爱玲钟情所在。

接下来是审美。胡兰成说："我受爱玲指点，才晓得中国民间的东西好。"（《今生今世·雁荡兵气》）胡兰成离开家乡进城读书，正赶上西学取代中学的高潮，少年追求时尚，崇拜西式事物，不屑于京戏、申戏和绍兴戏之类的古旧剧种，对流行歌曲和民间小调等大众文艺也瞧不上眼。经过爱玲指点，胡兰成才知道其中的奥妙，也才发现原来自己竟然是喜爱它们的。逃亡期间看温州戏，有滋有味，惶惶中得此乐趣，很是庆幸，联系到审美能力的扩升，以至于对每一样东西都能体味到其中包含的美好，不由心生感激，"都是靠的爱玲教我"（《今生今世·永嘉佳日》）。正是受益于此，胡兰成才能写出好文章，从学者们所忽略的对象、事物、角度发掘价值。

由此，胡兰成竟然养成唯张爱玲马首是瞻的意识。人都有自己一套审美框架，判断美丑，享受乐趣，在爱玲面前，胡兰成收起了自己那一套。"前人说夫妇如调琴瑟，我是从爱玲才得调弦正柱。"（《今生今世·民国女子之七》）每当两人一起欣赏画册的时候，像日本版画和浮世绘、朝鲜瓷器、古印度壁画，胡兰成都依从张爱玲，认真听她说，每每都有收获。对于一幅画的优长，经她指点，哪怕只是寥寥几个字，照此思索，果真能够领略其中的妙处。这并不是盲从，而是一种学习和提高的方式。有时候胡兰成也心存疑虑，比如张爱玲本人的画作，乍一看，跟自己的标准全然不对。匆匆肯定和匆匆否定都不合适，不妨先接受下来，然后再细细品味理解。这方面胡兰成打了个比方，说旧书里常出现这样的情节，一个人到了仙境，眼前珍禽贵兽，奇花异草，多不识得，叫不上名字，怎么办？只能一概承认，然后再慢慢认识。

还有民族自信。两个意思，一个是艺术，很优秀；一个是前途，很光明。这里仅引述胡兰成的两句话为例。一句说："我是从爱玲才晓得了中国人有远比西洋人的幽默更好的滑稽。"（《今生今世·民国女子之七》）这讲的是艺术。一句说："我是从爱玲才晓得了汉民族的壮阔无私，活泼喜乐，中华民国到底可以从时代的巫魇走了出来。"（《今生今世·民国女子之七》）这讲的是前途，时值抗战，民国是代表。

张爱玲成了胡兰成的精神寄托。胡兰成前去武汉办报，那里被战争毁得厉害，满目疮痍，跟上海比几乎就是个垃圾场。报社同仁多有怨言，胡兰成没有。倒不是因为他是老板，必须身先士卒，而是因为他想到自己有张爱玲，非常的知足，没有常人的怨恨和贪婪。盟军飞机轰炸，从头顶上俯冲而下，发出无比凄厉的轰鸣，胡兰成魂飞魄散。旧书描写此类境遇，主人公口中直呼"苦也"或"我命休矣"，胡兰成叫的则是"爱玲"。

即便是亡命，胡兰成也借助于张爱玲。他假冒爱玲家世，托名张嘉仪。刘景晨问他府上何处，他答河北丰润。刘景晨说丰润有个张佩纶，他答是先祖。刘景晨立即另眼相看，说你的学问原来得自家传，自此以友相待。

真是脱胎换骨，连祖宗都改了，开个玩笑。胡兰成把自己的改变称作"惊"，亦即惊变，与初见张爱玲时候的惊艳感异曲同工，用以表示变化巨大和心灵震撼。胡兰成解释道，这种惊不是恶势力威吓之下产生的惊恐，如飞机对着人冲下来，那样的惊让人觉得渺小，而是正面的惊喜，使人飞扬，直见性命。也就是发现或者说生成自己的本质，借用现代语言叫自我，就是胡兰成说的"我是现在才有了自己"（《今生今世·民国女子之七》）。

惊是胡兰成经常挂在嘴边的一个字，也是他对人生的一大感悟。胡兰成举出一连串的惊：《洛神赋》诵美人，"其形也，翩若惊鸿"；《西厢记》里有惊艳；《红楼梦》中林黛玉初见贾宝玉，大惊；《史记》载刘邦拜韩信为大将，"一军皆惊"；《天际乌云帖》中有一句

"陇上巢空岁月惊"。这种种惊,虽震动人心,却不是亲身体验,真正让他尝到滋味的是张爱玲,"我从爱玲才晓得人世真是这样的令人惊。"(《今生今世·天涯道路》)不是一时一事,而是经常性的,"她是平时亦使我惊"(《今生今世·天涯道路》)。

婚姻使胡兰成大变,那么张爱玲呢?也不可能不变。婚姻不是一个人的学校,而是双方共同的学校。

张爱玲最大的收获是亲情——妻子对丈夫的亲。这对于亲情缺位的她来说格外珍贵。

前面在谈张爱玲的独立性时曾引用过她讲杨贵妃的话,她认为这个女人之所以能够在竞争中胜出,就在于她不把自己降低到臣妻而是摆上人妻的位置。为什么这个定位这样有效?张爱玲给出的答案是,因为唐明皇"需要一个着实的亲人"(《我看苏青》)。杨贵妃的力量不是来自阴谋而是来自亲情,正是这一点使她生活化,过去了那么多年,人们仍然觉得她可亲可爱。

也正是从杨贵妃身上,张爱玲看到了献身的悲壮和牺牲的高贵,实实在在地感动了一把。读白居易《长恨歌》,念到"宛转蛾眉马前死"一句,爱玲叹息道:这怎么可能!这般委屈,但她是心甘情愿的,为了丈夫,为了一代江山,她便真的这样去做了。

不仅仅是感动,张爱玲也全力去做,尽一个妻子的职责。

日本投降,胡兰成从武汉逃回上海,藏匿在日本人家中,张爱玲冒险前去探视,给张皇失措的丈夫带去抚慰。国民政府通缉追捕汉奸,胡兰成在上海待不下去,逃亡温州,张爱玲千里寻夫,历尽艰辛,陪伴丈夫二十天。胡兰成长期无业,生活艰难,张爱玲那一年也没有收入,自己省吃俭用,把钱寄给丈夫,将近两年时间里,胡兰成都是靠妻子养活。胡兰成在温州与人同居,女方怀孕,到上海打胎,找到张爱玲,爱玲没有钱,当场拿出一只金手镯,让她到当铺换钱。张爱玲偏爱胡兰成,以至于到了袒护的地步,有人传小话,她很是生气,反倒怪对方人品不高。

做妻子不仅要尽责,还要享受权利。

张爱玲是个大女人,秉持经济独立,以挣钱养活自己为自豪。然而为人妻却又要像小女人,一定要用丈夫的钱。这不是经济问题而是感情问题、名位问题。她说:"能够爱一个人爱到问他拿零用钱的程度,那是严格的试验。"(《童言无忌》)能否花男人的钱是检验爱情程度的一个标尺。她还说:"用丈夫的钱,如果爱他的话,那却是一种快乐,愿意想自己是吃他的饭,穿他的衣服。那是女人的传统的权利,即使女人现在有了职业,还是舍不得放弃的。"(《苏青张爱玲对谈记》)用丈夫的钱是满足亲情的一种需要。

对这一点胡兰成非常清楚,说:"世人都是丈夫给妻子钱用,她也要。"(《今生今世·民国女子之十》)然而他这个丈夫光说不练,抠门儿得很。也许确实手头不宽裕,爱玲给他做妻,他只给过一点点钱,大概只够做一件好点的衣服,爱玲拿去做了件皮袄。因为是丈夫的钱,她很上心,亲自设计,穿在身上宽宽大大,美得不行。

婚姻使张爱玲变成一个可亲可爱的普通女人。

3. 民国女子

胡兰成的《今生今世》有一篇"民国女子",专为张爱玲设。这四个字有说头,可视为国士一词的演变。

春秋时期有个豫让,死活要给晋国大贵族智伯报仇。朋友不解。他回答说,我给别人当门客的时候,他们拿我当一般人对待,那么我也就以一般人来回应。智伯不同,他拿我当国士,我当然也就以国士来回报。他几次刺杀害死智伯的罪魁赵襄子,屡败屡战,最后逼得赵襄子没辙了,问到底怎样才算完？豫让说,我杀不了你,刺你的衣服也成。赵襄子便把衣服脱下来给他刺。了却这件事,豫让才去死。这就是国士,国家一级的人物,顶尖人才,有一种舍身的烈性在里面。

张爱玲的才华和成就是第一流的,完全可以代表国家,她也具有舍身的烈性,我们说过她是为写作而生的人,所以她配得上国士,是民国女子。

胡兰成说："张爱玲是民国世界的临水照花人……这个时代的一切自会来与她交涉,好像'花来衫里,影落池中'。"(《今生今世·民国女子之八》)世上的美丑善恶,人间的悲欢离合,生活的跌宕起伏,就像花朵扑在衣衫上,影像映在池水里那样,齐刷刷定格在她的作品中。这位二十三岁的女子是民国社会的忠实史官。

对于张爱玲作品,胡兰成赞誉多多。

首先是她作品的鲜明强烈的时代气息。胡兰成认为,五四运动打破了传统的生活方式,人们就像大病初愈,怀着一种平静的喜悦。尽管身心俱疲,却想看看自己当下的生活,看看周围的世界。正是在这个背景下,张爱玲出来了。她天生就是这个时期的代言人,与众人及其生活血脉相通。胡兰成打了一个比方,说张爱玲与她家阳台外大上海的纷纷杂杂相望相识,叫一声它们就会进到她屋里。

然而,张爱玲作品又不限于这个时代。胡兰成认为,艺术的本质在于超越,超越当下的人生,超越当下的时代,完成现实的升华。通俗地说,就是不能停留在具体层面,要上升到普遍,从具体人物表现诸多人物,从具体时代表现各个时代,也就是实现由个体到类的转变，达到永恒。张爱玲做到了，她笔下的人物尽管有特定的身份、地位、事迹，具体得很，但人们从中读到的却是自己以及周围的人，看到的是人所共有的本性和生活，所以她有着最广大的读者群。胡兰成提醒那些批评张爱玲不革命的人，说你们弄明白这一条，就知道在张爱玲面前低下高傲的头颅了。

说张爱玲作品最具大众口味，并不意味着她只是复制生活。问题不在于反映时代，而在于如何反映；不在于表达大众意愿，而在于如何表达。胡兰成说，张爱玲作品之所以在诸多小说和散文中异军突起，在文坛刮起一阵新风，就因为它闪耀着知性的光芒，以对现状的反拨展示批判的态度。由于下笔柔和，是观察的而不是冲动的，她的批判往往看不出来。胡兰成的这一说法正是张爱玲所追求的，她一向反对直白，主张含蓄，在她看来中国古典小说走的就是含蓄一路。

由于自觉地秉承传统，又本能地代言时代，张爱玲的作品便呈现出一种特殊风貌，胡兰成称之为古典而同时又是新鲜的气息。人们常说张爱玲小说和散文贵气，比如当时一位名文海犁的人撰文说：张爱玲似北京紫禁城头的琉璃瓦，有着雍容华贵的气息，以及饱历沧桑而细致地倾诉一切的脾气。这种感觉其实就来自张爱玲作品古典与现代相合一的风格。

胡兰成顺着新鲜这条线索挖掘，发现它的根扎在对生命和生活的热爱即"生之虔诚"中，说正是从它的"深处迸激出生之泼辣"(《中国文学史话·论张爱玲之一》)。这里的"生"当然不是大众的生，而是张爱玲自己的生，别忘了她是个人主义者。所以她是用对自己的爱去创作人物和故事，也就是胡兰成说的用"她自己的青春创造了美与崇高，使对象圣化了"(《中国文学史话·论张爱玲之一》)。

这样看，张爱玲作品是外冷内热。人们总觉得它冷峻，表面上可能是这样，其实内里是藏着大爱的。胡兰成这样说："她有如黎明的女神，清新的空气里有她的梦思，却又对于这世界爱之不尽。"（《中国文学史话·论张爱玲之一》）

这不是空话。虽然张爱玲作品中没有英雄，甚至不留歌颂痕迹，但按胡兰成的说法却回荡着基督情怀，亦即饶恕。说得文一些，叫悲天悯人；说得通俗一些，就是同情、宽容和谅解。那些模棱两可的角色不必说了，就是《金锁记》中专横自私冷酷的曹七巧，这位张爱玲小说中的另类，唯一不属于她所致力描写的不彻底人物的一个例外，也是给予饶恕的——要想使我们生活中不出现曹七巧，就要给周围的人多一些关怀多一些爱。

上述种种决定了张爱玲在中国文学中的地位。可以概括为两句话。

一句是："新时代的文明是都市的，并且要以都市的光来照亮农村。张爱玲，她是彻底的都市的。"（《中国文学史话·张爱玲与左派》）张爱玲站在中国文学的潮头。

一句是："鲁迅之后有她。她是个伟大的寻求者。"（《中国文学史话·论张爱玲之二》）寻求，张爱玲的使命不是做出准确的诊断结论，开具药方，而是探寻和描述症状，揭示人的生存的最基本情况。把张爱玲视为鲁迅之后的伟大作家，胡兰成是第一个。而海外学者夏志清在他颇具影响的《中国现代小说史》中讲这个意思，已经过去了二十年。

那么，人的生存的最基本状况是怎样的？

两个字：苍凉。

什么是苍凉，张爱玲没有给出明确答案。她只是说"苍凉则是一种启示"(《自己的文章》)。她拿悲壮来比较,悲壮属于英雄,是一种完成,把人送上英雄祭坛的最后一个台阶;而苍凉则属于小人物,也就是前面"平民为本"一节里说的大众、凡人,苍凉没有句号,它不只存在于过去,表现于当下,也一定呈现于未来,从而启示人们,苍凉是每一个人的生活无可逃避的宿命。

苍凉大概主要来自这样一种体验:你瞄准目标,出大力流大汗,费尽心机,毫不动摇,拼命挣扎,然而近前一看,目标原来竟是这个样子,到手的只是这么一点点。这时候你有成功的喜悦,但更多的是失意,因为得不偿失。酸甜苦辣,感慨万端,这种感觉大致就是苍凉。

我们来看两个人物,都是小说《金锁记》里面的,一个是女儿长安,一个是母亲曹七巧。

七巧的哥哥攀高枝儿,把她嫁进有钱大户姜家。丈夫是个连脊梁骨都直溜不起来的病秧子,尽管七巧为姜氏生了一儿一女,但婆家没一个人瞧得上她,受尽了窝囊气。苦熬十几年,丈夫和婆婆死了,七巧这一房分得一份资产,她终于成了阔人。对家产七巧把得牢牢的,对女儿看得死死的,生怕有人通过娶亲分走财产。为了便于看管,七巧竟然强迫十三岁的女儿姜长安裹脚。她极为专横,而且变态,闹得长安退了学,闹得儿子夫妻失和。长安到了谈婚论嫁的年龄,高不成低不就,便耽误下来。她二十四岁那年染上痢疾,七巧不给女儿瞧病,让她抽鸦片——七巧本人一向就是靠这东西打发光阴的。

长安三十岁时结识了海归童世舫,七巧表面认同他们的关系,心里着实别扭。长安开始戒烟,母女矛盾也因女儿订婚而迅速升级,七巧天天恶言恶语。硬的不行就来软的,在七巧亲情攻势下,加上戒烟艰难，长安动摇了，跟童世舫解除婚约。但两人仍暗地来往，而且有愈演愈烈之势。在七巧的安排下，童世舫前来赴宴。长安没有露面，七巧告诉童世舫，说长安正在过烟瘾，抽两筒就下来，又说她根本戒不掉。童世舫如雷轰顶，起身告辞，这时长安才出来相送。知道永远不会再见了，长安却非常平静，她已经麻木了，服从命运的安排。

结局是，女儿长安成了老姑娘，儿子也成了鳏夫，母亲七巧成了一个包括儿女在内的人见人恨的干瘪的丑老太婆，后来死掉了。

这是一个苍凉的故事。女儿长安的人生无疑是苍凉的，尽管她可以成为另一个曹七巧，但上学上不成，结婚结不成，很失败，书里这样说她："她觉得她这牺牲是一个美丽的，苍凉的手势。"曹七巧呢，一样的苍凉，她的一生也是一个苍凉手势。她以毁灭亲人的生活为满足，不是恰恰说明了她自己的生活是多么的不称心吗？不错，她的目标一个个都实现了，财大气粗，降服了女儿，霸住了儿子，治得上下服服帖帖，然而却付出了青春、美丽、健康、自尊、性爱、亲情乃至人性，总之凡是一个正常女人可以享受到的美好统统都丢掉了。太不值了，太失败了，太悲情了。所以书中这样写："老年人回忆中的三十年前的月亮是欢愉的，比眼前的月亮大，圆，白；然而隔着三十年的辛苦路望回看，再好的月色也不免带点凄凉。"

损害人的人也是被损害的人，归根到底大家都一样，谁也逃不出苍凉的阴影。苍凉是普遍的全体的。张爱玲说，这从传统小说的写作上就能看出来："就因为对一切都怀疑，中国文学里弥漫着大的悲哀。只有在物质的细节上，它得到欢悦——因此《金瓶梅》《红楼梦》仔仔细细开出整桌的菜单，毫无倦意，不为什么，就因为喜欢——细节往往是和美畅快，引人入胜的，而主题永远悲观。一切

对于人生的笼统观察都指向虚无。"(《中国人的宗教》)

就连文学中最具美好想象的童话,也跟苍凉挂上了钩。张爱玲的研究发现,童话经常是小矮人当家。小矮人是曾经存在过的一个被称为小黑人的种族的艺术变形,这个种族在外族的征服中灭绝了。"美妙的童话起源于一个种族的沦亡——这具有事实特有的一种酸甜苦辣说不出的滋味。"(《谈看书》)

还有绘画。日本风景画清丽淡远,平实安稳,给人心满意足的视觉。然而张爱玲却从中读出了"一种压抑,一种轻轻的哀怨",并将其上升为日本艺术的特色。(《谈跳舞》)这感觉非常准确到位,日本人喜欢说"美得让人悲伤"。

文艺是生活的折射,它传达的正是现实的苍凉。其实生活本身更残酷。

张爱玲曾经回忆起当年在教会学校读《圣经》的情景。《圣经·马太福音》中有一段记载,是耶稣讲给门徒的。说的是一个主人分别给他的三个仆人数量不等的钱,其中两人拿钱做生意,各赚一倍。另一个老实,生怕赔本,把钱埋到地里藏起来。等到汇报的时候,前两个得到嘉奖,后一个受到惩罚,他的钱被收回,奖励给挣钱最多的那个。主人说,我要让已有的更富足,没有的则连他现有的也要夺去。把这无用的仆人赶到外面黑暗里去,让他在外面哀哭,咬牙切齿(现在管这种使强者愈强、弱者愈弱的现象叫"马太效应",是社会学的一条重要定律)。张爱玲说,这让她心中非常不平,其中的意义实在弄不懂,时至今日也还是说不清。她的结论是:"生命是残酷的。看到我们缩小又缩小的,怯怯的愿望,我总觉得无限的惨伤。"(《我看苏青》)

总之,在张爱玲那里,一切都打上苍凉的色调。大到世界、人世,中到个人、生命、人生、生活,小到细微———道月光、一个表情、一条穿堂,都散发着苍凉的况味。

那么,人生为什么苍凉?它的根子扎在哪里?

张爱玲没有正面回答,但我们可以从她的言谈中读出来。人之所以始终生存在苍凉的笼罩下,根源就在于人自身,确切地说,是因为人性的不完善。我们已经习惯于把一切归罪于环境、制度、他人,其实我们真应该多看看自己。

人性是人这一物种独特的本质,人是从动物发展出来的,所以人们通常是在与动物的比较中看人性,张爱玲也是这么做的。动物有两大欲望:一个是食,一个是性。这也是人的基本欲望,古人说:"饮食男女,人之大欲存焉。"(《孔子家语》)尽管这上面人与动物相通,但二者并不处在同一个层级。张爱玲注意到这一点,说只要看看大饼油条的精致,就知道"食"不光是填饱肚子就完事。意思是吃绝不是简单事,其中包含着吃以外的东西。我们今天可以列举出的审美、文化、道德等就属于这个以外。胡兰成也这样看,说:"文明的最起码条件是人生的幅从食与色解放出来了,扩大了,延长了。"(《中国文学史话·中国文学的作者》)幅,幅度。总之单纯的食欲和性欲不是属于人的,而是人与动物所共有。为此人们将其划入人身上的自然性,即人性的自然部分。

正是这一部分最容易出问题。因为人们往往认为只要去满足自然性就一定是人的行为,就一定要得到肯定和保护。譬如母爱,人们大唱颂歌,张爱玲问,我们能以此为傲吗?看不见这种美德是人类从动物祖先那里遗传下来的,家畜身上同样也具备吗?她认为,出于本能的也就是自然的爱不过是"兽性的善"。人的善不同,它显然是"高一等的知觉,高一等的理解力"。张爱玲说,做此区分不是否定人性，恰恰是高扬人性。"'自然'这东西是神秘伟大不可思议的，但是我们不能'止于自然'。"(《造人》)人性中的自然部分，张爱玲称为"简单的人性"(《太太万岁题记》)，只突出这种人性的人"不是一个充分的'人'"(《烬余录》)。

在张爱玲看来，一部文明史，人类几千年的努力，其实就是跳出单纯的兽性生活的圈子，把自己打造成人。然而历史反反复复，今天的现状实在令人沮丧，"人性已经死去了大部分，剩下的只有贪婪"(《谈画》)。

恰恰是这种动物性贪婪，比如性的放纵，导致了苍凉。小说《红玫瑰与白玫瑰》中有一句话这么说："许多唧唧喳喳的肉的喜悦突然静了下来，只剩下一种苍凉的安宁，几乎没有情感的一种满足。"讲的是海归高级白领振保与娇蕊。娇蕊是振保老同学的妻子，他的房东，也是海归。振保喜欢热烈的放浪一点的女人，而娇蕊刚好是这样的性格，而且美丽动人。于是两人趁女方丈夫出差的机会迅速发展成情人。这句话表达的是振保对他俩关系的总的感觉。

得到了自己向往的女人，不是很好吗，为什么竟然苍凉？因为振保是人，而且是一个有文化有思想的社会人。倘若没有这一层，倒简单了，动物是从来不会苍凉的。振保不是动物，他做什么都一定要找出理由，他决定跟娇蕊上床也是有理由的，虽然很可笑很自私但也说得过去。他这样给自己壮胆：这个女人放荡无羁，有许多情夫，多一个少一个，对她也没什么，她丈夫虽然不能说无所谓，但并不认为是多么大的伤害。

具体分析，振保的苍凉感主要来自三点。一点是自愧，他与这个女人只是或者说主要是性，而没有情，是一种缺乏爱的做爱。一点是自责，他偷了老同学的妻子，人家那么信任他，嘱他在自己出差期间照应妻子,他就这样照应的,照应到床上去了。他的口碑甚好,是一个坚守道德底线的人。从前曾有个姑娘一时冲动以身相许,他克制住了,做到了对女方负责对自己负责,为此他很自豪,也赢得了大家的敬佩,然而如今却背叛了自己,背叛了舆论。一点是自忧,这件事如果传出去,他的名声、事业、前途就完了。

为了满足一时的性欲而付出这么多,难怪振保要苍凉了。

这种矛盾其实是文艺作品常见的题材,即自古以来一直困扰人们的灵与肉的关系问题,并不新鲜。张爱玲的贡献在于发现了这种冲撞所造成的一个情结——苍凉,并异常精彩地把它艺术地展现在世人面前,从而使人获得启示,原来我们的生命和生活是这个样子。不是说从前人们不苍凉,也同样苍凉,只是没有自觉地鲜明地意识到罢了。那时文艺的目光更多地对准痛苦、羞愧、悔恨、麻木、迷茫、荒谬。张爱玲的这一贡献是世界级的,不仅丰富了文学艺术,对哲学思考亦提供了一个视点。

从人性的不完善来看苍凉,也是张爱玲留给我们的启示。由于苍凉的根子扎在人性中,它就是本质性的,甩不掉,跑不脱,将永远伴随人走下去,只要生存就是苍凉。什么时候灵与肉不再对立,人的自然性与社会性合二为一,什么时候我们才能跟苍凉道别。

然而人性能够达到这样的至善至美吗?乐观一点,假设可以达到,那么就能够保证没有失败没有挫折,人的心理就能够强大到没有苍凉感吗?再乐观一点,假设可以保证,那么这样的人生还有意思吗?不是太单调一些了吗?

苍凉也是一种生活也是一种美,抱着这样的心态,人生可以给我们更多。

第五篇
从相悖到婚变

第一章　相　悖

张爱玲喜欢胡兰成的相貌，但并非时时处处都觉得好。《小团圆》透露，她只欣赏他的侧影，正面看过去就不那么舒服了。黄暗的灯光下脸盘朝横里走，显得过宽，有点女人气，而且是市井中的泼辣女人。她不喜欢。

他们是金童玉女，珠联璧合，然而并不严丝合缝。两人的差别实际上是很大的，胡兰成说他们之间不习惯，《今生今世》竟然使用"种种"一词，以示不习惯的地方之多；使用"如冰炭"一词，以示不习惯程度之重。尽管胡兰成竭力找出理由来为张爱玲辩解，借以说服自己，实在不通也无条件接受下来，但问题毕竟没有解决，感情浓烈时尚不打紧，随着时间的推移，分歧就会慢慢显现，并逐步升级。

我们前面专门列出一节讲他们之间的相通相同，借用佛学术语说他俩是极相顺，对于他们之间的相隔相异，也有相应的佛学术语，叫极相违。与极相顺的极一样，极相违的极表示的也是程度深力度大，它出自人的内质，属于本质性分歧，很难调和。

胡兰成与张爱玲的相悖主要表现在三个方面：一个是性格，一个是意识，一个是性取向。

1. 性格

张爱玲冷酷无情，不仅对他人、对熟人、对亲戚，即便是骨肉至亲，也没有一点点热度，而且毫无内疚，说起来理直气壮，似乎天经地义，做人就应当如此。这于胡兰成是最不能接受的，用他的话说是"与我的做人大反对"（《今生今世·民国女子之四》）。我们知道，胡兰成非常重视亲，将其视为中国文化和社会运行的本体，而亲人之亲又是亲的起始、源泉和中坚，所以无视亲人和家庭，简直可以说是上与天地作对，下与人伦为敌。

关于张爱玲与至亲的关系，前面的"相见欢"和"恋父情结"说过一些，这里做些补充。

提起母亲，张爱玲就没有用过爱这个词，无论是母亲对她还是她对母亲。留在她心底的始终是不愉快的感觉。比如厌恶。母亲牵着爱玲过马路，女儿觉得母亲的手指像一把细竹管横七竖八夹在自己手上，感觉很不好，这是母亲这次回国两人唯一的身体接触，女儿也明显感觉到母亲讨厌她。比如敌视。张爱玲十七岁时染上伤寒，原本母亲打算请人来家里喝茶，不想女儿突然发病，临时安排在客厅里休息，约会只好取消。母亲很生气，突然走到女儿身边说，反正你活着就是害人，像你这样只能让你自生自灭。爱玲听在耳朵里，像是诅咒。比如压力。张爱玲认为母亲在她身上投入不小，但一直抱怨这笔钱花得冤，怀疑自己这么做是否值当；爱玲也一样怀疑，对能否让母亲满意没信心，所以心里总是惴惴不安。

种种不好的感觉叠加在一起，终于导致母女关系破裂，张爱玲说："她现在对她母亲没有感情了。"（《小团圆》）她与母亲的关系已经蜕化为单纯的生养关系，为此她做出一个惊人的决定：还债。从她离开父亲家前去投奔母亲的那一天算起，直到自立，把这期间母亲花在她身上的钱全部偿还。算来算去，折合成黄金大约二两。这对张爱玲来说几乎是个天文数字。

据《小团圆》，一次闲聊，胡兰成说起外面传她对稿费斤斤计较，要钱出了名。张爱玲答是的，因为要还母亲的债。胡兰成一下子严肃起来，"唔"了一声。这声"唔"含义丰富，也许是在想，爱玲真够狠的，竟能冒出如此绝情的念头；也许是在想，这不现实，爱玲的稿费尽管在作家里属于最高的，但要靠这点收入还债，如同天方夜谭；也许脑子里跳出的是哪吒的形象，剜肉还母。不久胡兰成从南京回到上海，拎着只中号箱子来爱玲家，打开箱盖，满满的都是钱。张爱玲知道，胡兰成去武汉办报，从日本人那里筹到了一笔款子。这次拿来的钱具体属于哪一项，是安家费还是活动费抑或是经费，爱玲没有问，盖上箱子放到墙角。纸币不保险，爱玲全部买了黄金。后来胡兰成又从武汉带回不少钱，她都买成黄金，前后一共攒了四两。还债是绰绰有余了。

母亲从国外回来，张爱玲拿出二两黄金给她，说，那时候您为我花了那么些钱，我心里一直过意不去，这是还您的。母亲坚决不要，哭了，说，就算我做得不好，也是虎毒不食子，你怎么能这样子？僵持了一会儿，张爱玲妥协了，转身回到自己房间。站在黄昏中，心里有一种破釜沉舟的感觉，想的是反正自己将来也没有好下场。

张爱玲不喜欢小孩儿，为什么？原因就在这里。她曾一口咬定：小孩儿是"仇恨的种子"！（《造人》）其实民间也有类似说法，认为子女是父母前世的债主，你做过对不起人的事，如今他们投胎到你家索债来了，吃你的喝你的花你的，让你操心让你生气让你难过，不把你榨光绝不罢手。所以张爱玲从来不想要孩子,她总有预感,如果有了孩子,一定会像自己对母亲那样待她,一报还一报。所谓没有好下场就是这个意思。她怕小孩,说你看看他们的眼睛,认真得可怕,像末日审判到来时天使的眼睛。

我们再来看看胡兰成笔下的母亲。《今生今世》拿出一节,专门说自己的母亲,母亲姓吴,嫁进胡家,故这一节名"胡门吴氏"。起首就说,中国人管母亲叫娘,而娘娘最为尊贵,那是后妃与女神的专称,比如王母娘娘,南海观音娘娘。民间有德女子也称娘娘,像孝女曹娥,就叫曹娥娘娘。母亲至高无上。这种尊贵不是虚名,而是实打实的,就在于母亲是礼义之人。胡兰成眼中的母亲,虽是乡下农妇,但衣着得体,言行周正,待人有道,往来有义,为人处世无过无不及,一派清嘉。即便在屋里,"是洗出衣裳或饲过蚕,稍有一刻空,就自己泡一碗茶吃吃,我在旁嬉戏,见母亲一人坐得这样端正,室中洒落悠闲,只觉得道之世真是可以垂衣裳而治。"(《今生今世·韶华胜极》)

母亲的尊贵更多地体现在家庭中,胡兰成用"火杂杂"三个字来形容她的贡献。胡母生了五个儿子,加上丈夫亡妻的两个,一共养育了七个儿子。有成材的也有落败的,还有早夭的,母亲都尽到了责任。家境贫困,常常没米下锅,但母亲总是有办法对付过去,保证丈夫儿子不至于挨饿。

母亲虽无文化,但明理。白天忙得脚不沾地,晚上稍有空闲,便抱起幼小的胡兰成,一起看月亮看星星,边看边念歌谣,打小教育他守规矩。讲道理是一个方面,还有不少措施。比如,婴孩尚在襁褓,便将手脚松松地绑起,生怕因乱动而扭伤。胡兰成说,这似乎不符合科学,然而你去看看中国雕刻绘画中的人体,或者去观摩拳术，无不含蓄柔和，协调舒展，全然不像西洋人那种筋肉暴突、骨骼张扬式的争强好斗的发达。胡兰成大了，去城里读书，母亲打理行装，每回总是叮嘱：出门要理睬世人，饥饿冷暖要自己当心，不可忘记家里的苦楚。胡兰成谨遵母训，联络天下，结交四方，虽然做了大官，亦善待乡人，乃至亡命日本，只要有钱，便不忘寄回大陆补贴家用。

再回到张爱玲。她对父亲的感情似乎比对母亲深一点，毕竟跟他生活的时间要长。父亲也喜欢女儿，不过是有条件的，只在他寂寞的那段日子里。那时妻子刚跟他离婚，后续的太太还没进门。后来一场家暴结束了父女关系，爱玲离家出走，就此恩断义绝。张爱玲说："我从来没爱过他。"（《小团圆》）她对父亲的感情极其复杂，有恋父的一面，但更多的是恨，恨中又夹杂着怜，还混着一丝担忧。这后一面在小说《多少恨》中有集中表露，这样写："是她父亲来。家茵最后一次见到她父亲的时候，他还是个风度翩翩的浪子，现在变成一个邋遢老头子了，鼻子也钩了，眼睛也黄了，抖抖呵呵的，袍子上罩着件旧马裤呢大衣。外貌有这样的改变，而她一点都不诧异——她从前太恨他，太'认识'他了，真正的了解一定是从爱而来的，但是恨也有它的一种奇异的彻底的了解。"这个场面在写作这部小说之前肯定在张爱玲头脑中出现过，她一遍又一遍地构想，终有一天走投无路的父亲来见她时的情景。

胡兰成的父亲其实也不怎么样，那是一个浪子。这不是好词，多指那些不务正业、漂泊无定的人。胡父是商人不像商人，农人不像农人，乡绅不像乡绅，说不清他这一辈子到底是做什么的。胡家本算殷实，后来一落千丈，就败在他手上，他是罪人，上对不起祖宗下对不起后人。然而作为儿子，胡兰成却不存怨言，看的都是父亲的长处，展现给人的是一个可亲可敬的家长形象，就是有点命运不济。关于父亲，《今生今世》也拿出专门一节，名"桐阴委羽"。题名中的"桐阴"出自李商隐诗："桐花万里丹山路，雏凤清于老凤声。"（《韩冬郎即席为诗相送因成二绝》）胡兰成做了修改，把"桐花万里丹山路"改为"溪山十里桐阴路"，溪山、桐阴路皆是胡村风景。题名中的"委羽"出自《舆地志》里的委羽山，说的是凤凰曾落此山，留下美丽的羽毛。桐阴与委羽合起来，表达的是乡梓敬意，比喻记述父母之事好比梧桐树下捡拾凤凰羽毛。这里父亲已不再是浪子，而是尊贵的凤。

胡父的尊贵跟胡母一样，首先得自于礼义，"他只是个至心在礼的人"。别看他是浪子，但懂得敬畏，待人谦恭有礼，尤其是对女流。晚辈，诸如侄女、侄媳之类，他待她们就像客人；对长辈和同辈更是尊敬有加，遇上她们，他总是主动问候；别人跟他说话，他也恭敬回答，在远房婆婆眼里他是规矩听话的小侄，在远房嫂嫂眼里他是可信的小叔。

他对妻子也很敬重。胡父不喝酒，胡母喝一点。有时他见妻子做完事，便买回半斤酒，外带两个松花蛋、几块豆腐干，在厅堂请妻子，自己斟半盏相陪，妻子端坐领受。两人有时也打架，一路打到楼梯口，丈夫夺路而逃，妻子也就收手了。胡兰成说，他们两口子任何时候都像少年夫妻，体现着中国民间的夫妇之亲。

胡父拿自己当乡绅，喜欢管闲事。胡村那一带风俗，每二三十里地面必有个把体面人物为众人主事，裁判纠纷，胡父也加入进来。然而找他的多是穷苦人，费了老大的劲儿，搭进不少时间，得到的酬谢也只是过节送来一只鸭子或者一斤白糖，也有什么都不谢的，认为争端就该如此解决。

胡父识字，闲下来便教胡兰成写字，要旨是笔画平直，结构方正。他还喜欢讲书，那讲法别具一格，也真有本事，能把正书讲得像是闲书，把闲书讲得像是正书，到底是浪子。他从来不夸奖儿子，总认为他的字写得不对，文章作得也不对。然而他也绝不贬损儿子。胡兰成因为校刊的事被学校开除，叔叔要胡父去向校长求情，同时对胡兰成实行家法，他并不在意，只是问了问儿子被开除的原因，便过去了，到底是调解过纠纷的人。

对于父亲，胡兰成也有内疚。那时他在杭州读中学，父亲大老远从乡下赶来看他，也许是城乡差别造成的隔阂吧，他却很不高兴。两人在西湖上坐游艇，无话可说，船底渗进一汪水，浸湿了父亲的鞋底，父亲浑然不觉，儿子看在眼里却不说，心头竟有幸灾乐祸之感。这件事让他后悔死了，想起便自责不已。

父子情深，难以言表。胡兰成这样写："父亲身穿半旧布长衫，足登布鞋，真是大气，但又这样谦逊，坐在我对面，使我只觉都是他的人。见着他，如同直见性命，我自身亦是这样分明的存在。"（《今生今世·韶华胜极》）

总之，在胡兰成心目中，父亲和母亲都是贵人，"他们生前虽只是平民，但与良将贤相同为一代之人，死后永藏山阿，天道悠悠皆是人世无尽。"（《今生今世·韶华胜极》）胡兰成说，自己的父母实在寻常，寻常到连故事都没有，但想起来便不由心头震动，如同《白蛇传》中雷峰塔将倒塌时"摇了两摇"。他是亲眼看见雷峰塔倒塌的，那是一个星期六下午，他刚好在西湖白堤上，就听一声巨响，亮烈震天，黄尘盖地，雷峰塔坍了。

胡兰成兄弟七人，有两个不成材。一个是大哥，好赌，把老婆都卖掉了，被赶出家门。父亲死后，他回来主持家政三年，胡兰成说他虽然一身毛病，但对兄弟情深义重。另一个是四哥，毛病更大，从小就惹母亲生气，屡教不改，后来发迹成了小财主。胡兰成意见最大的就是他，下言最重，也只是说他有荡子之才而无荡子之德。

比一比张爱玲，她是怎么对待弟弟的？就这么一个弟弟，她死活不待见，小说《茉莉香片》里把他写成猥琐男聂传庆，这比写成贼寇还狠。贼寇尽管坏，却有男子气概；猥琐男呢，除了让人恶心还是让人恶心。说句后话，1989年姐弟俩联系上了，张爱玲给弟弟回了信。信中说自己多病，对弟弟延迟退休的想法表示赞同，又谈了几句姑姑。最后说："传说我发了财，又有一说是赤贫。其实我勉强够过，等以后大陆再开放了些，你会知道这是实话。没能力帮你的忙，是真觉得惭愧。唯有祝安好。"

当然，这里绝不否认人的不同，张爱玲家里的人跟胡兰成家里的人不一样——我们这里强调的是态度，应该如何对待父母和兄弟姐妹。其实胡兰成的亲人未必就像他写的那么好，特别是胡父，把一个好生生的小康之家折腾成贫困户，逼得儿子们从小就过苦日子，胡兰成完全有理由表达不满，但他没有，反而尽力讲父亲的好，仅有的一次不敬还给自己留下了终身遗憾。

张爱玲与胡兰成是两种人。张爱玲太自我太敏感太爱记仇了，过于强调自己的生活感受，缺少为对方着想的能力，稍有不顺便放大渲染，弄得对方紧张不说，自己也陷于痛苦难以自拔，这样的亲人在一起简直是活受罪。胡兰成则完全不同，他恪守传统，重情重义，善解人心，遇事朝好的方面想，即便是寻常日子，也能让他描绘得火杂杂别有风味。

张爱玲的性格是冷的，胡兰成是热的。

2. 意识

胡兰成说张爱玲是个人主义者，张爱玲自己也这么认为。在张爱玲的意识中，个人主义是与自私连在一起的。一次她对胡兰成说自己是个自私的人，并注明："我在小处是不自私的，但在大处是非常的自私。"（《论张爱玲·之二》）

什么叫在大处非常的自私？我们看两件事。

一件事发生在张爱玲读大学期间。1941年12月8日，香港大学三年级学生张爱玲和同学们一样，早上一睁眼便觉天昏地暗，今天是大考头一天。有人看见几架飞机低低地飞过来，接着就是两声响，什么东西爆炸了。本来以为是演习，管事老师带来一个惊人消息，日军开始进攻香港。顿时炸了锅。大家七嘴八舌，只有张爱玲同学默不作声。事后她这样描述当时的心情："坐在那里一动也不动，冰冷得像块石头。喜悦的浪潮一阵阵高涨上来，冲洗着岩石。"（《小团圆》）为什么？因为可以不考试！突如其来的免考可是千载难逢的盛事。她高兴得差点跳起来，但终于没有动，拼命压抑着自己，生怕流露出欣喜神情，让人认为没心肝。可到底没憋住，私下跟炎樱说："我非常快乐。"炎樱答："那很坏。"（《小团圆》）

其实张爱玲早就有过类似的经历。那是1938年夏天，日军突袭上海，沪战爆发。张爱玲跟舅舅一家住进法租界旅馆。听说最安全的地方是楼梯，可以抵御轰炸，张爱玲就坐在楼梯台阶上，捧着表姐们借来的《金粉世家》读得津津有味，非常愉快。

日军围城十八天，港英政府投降。终于停战了，张爱玲兴奋极了，立即结伴出门满大街寻找冰激凌和唇膏。一家吃食店说第二天或许有，于是她们如约步行十多里，吃到了一盘昂贵的冰激凌。还有现做的油煎萝卜饼，张爱玲站在摊头上吃，尺来远脚底下就躺着穷人冻得青紫的尸体。真行，也吃得下去。

另一件事发生在张爱玲婚后一年。1945年夏季的一天，胡兰成坐在沙发上看报，仔细琢磨有关波茨坦会议的报道。下午的阳光照进来，张爱玲坐在一边，手中捧着画夹，给丈夫画速写。

胡兰成抬起头说，二次大战要结束了。语气很是平静，他早就预料到了。

张爱玲"噉哟"了一声，有些惊讶，带着几分失望，说，希望战争永远打下去。

什么！胡兰成沉下脸说，死了那么多人，却要战争永远打下去？语气中透着不解和不满。

张爱玲笑着补充道，我不过是因为要跟你在一起。表情依旧那么平静、淡定，没有一点自责，一副理直气壮的样子。

胡兰成没有再说什么，面色缓和过来。是的，如果战争结束，他就会受到通缉，不是被捕就是逃亡，那时他们夫妻就要双鸟各自飞了。

张爱玲这样写当时自己的内心活动："她不觉得良心上过不去。她整个的成年生活都在二次大战内，大战像是个固定的东西，顽山恶水，也仍旧构成了她的地平线。人都怕有巨变，怎么会不想它继续存在？她的愿望又有什么相干？那时候那样着急，怕他们打起来，不也还是打起来了？如果她是他们的选民，又还仿佛是'匹夫有责'，应当有点责任感。"（《小团圆》）

一个多月后的一天晚上，熟睡中的张爱玲被吵醒了，窗外爆竹声声。就听姑姑说日本投降了。张爱玲一翻身又睡着了。

这两件事，一件是战争的起头，一件是战争的结尾，其中张爱玲的表现足以说明什么是大处上的自私了，那就是完全彻底地从个人出发，以当下自己的处境和心境衡量一切。这里不完全是道德意义上的自私，还涉及人的地位问题。当民众还只是被驱使的小民而不是行使自主权的选民的时候，当他们只能被动地接受事实而不是主动决定事实的时候，一定会影响他们对社会历史事件的关心度与参与度。但是像张爱玲如此个人化的表现，特别是在知识阶层中间，还真是罕见。由于太个人了，她与外界竟然处于隔绝状态，外面天翻地覆，她却我自岿然不动。定力不是一般的强。

形成鲜明对照的是胡兰成。如果像张爱玲那样从个人出发，那么最不愿意看到战争结束的人应该是胡兰成。他是这场罪恶战争的受益者，此前他不过是个默默无闻为衣食奔波的小编辑，日军侵华战争把他卷入政治旋涡，给了他改变命运的转机。正是借助这股力量，他一跃而坐上高官位置，名利双收，才有了今天的一切，包括眼前的这位才女。要是一切如常，像他这样一个拖家带口朝不保夕的小知识分子，不要说跟张爱玲恋爱娶她为妻了，就是占她几分钟坐下来说两句话恐怕也是门儿都没有。

况且胡兰成现在跟日本人已经完全摽在一块了。如果说从前他还与日方保持一定距离的话，那么自打他被汪政府逮捕而经池田解救后，便彻底投入了日方怀抱。他不像汪政府中的一些人，见势不妙，可以立即改换门庭，暗中为蒋介石政权做事，所谓身在曹营心在汉。他没这个条件，别的不说，仅门路他就找不到。那些暗通重庆的人本来就是那边倒戈过来的，现在再倒过去，有人接应，而胡兰成草根出身，在那边没有关系。不错，他可以通过中间人跟重庆接头，然而人家看得上他吗？他手中无兵无钱又不掌握要害部门，只有一支笔，是没有什么实用价值的。退一步说，即便那边容他，他也不会去。胡兰成是一个深为传统所累的人，汪精卫对他有知遇之恩，他可以离开汪氏，但绝不会投入敌对营垒。所以胡兰成没有退路，只能硬扛。

然而就是这样身处险境绝境的胡兰成，却希望战争结束，不是故作姿态，没有半分夸张，完全是打心里头这么想，要不怎么跟张爱玲生气呢，他绝无必要跟妻子作假。这时他想到的是大众而不是自己，战争结束对民众是大福，尽管对他个人是大祸，但他仍旧释然。由此我们可以看到他们夫妻之间的一大区别，张爱玲习惯于从个人出发，胡兰成则能跳出个人窠臼，视角要大得多。

胡兰成这个态度与他主张的平民为本是一致的。然而问题出来了，前面说过，平民为本不只是胡兰成一人的观念，也是张爱玲的观念，而这里又说张爱玲是以个人为本，这不是自相矛盾吗？是矛盾。张爱玲的意识就是这样一个矛盾体，在社会价值观领域，她尊奉的单位是民众，而在道德价值观领域，她尊奉的单位则是个人。张爱玲的民间情结主要是在理性上和艺术创作上，而不是在感情上生活上。感情上她与大众格格不入，生活中亦本能地与他们相隔，界线分明。

张爱玲坦言："我写到的那些人，他们有什么不好我都能够原谅，有时候还有喜爱，就因为他们存在，他们是真的。可是在日常生活里碰见他们，因为我的幼稚无能，我知道我同他们混在一起，得不到什么好处的，如果必须有接触，也是斤斤较量，没有一点容让，总要个恩怨分明。"（《我看苏青》）

张爱玲有洁癖，文化人中她认为不洁的人都不愿意接触，更何况社会下层。她怕他们，经常不得不与之打交道的裁缝、人力车夫等，她是连一句话都不敢也不愿多讲的，当然也不可能真正了解他们的生活。曾有人问张爱玲，可否写一点无产阶级的故事，她想了想，说写不了，如果是阿妈她们的事，倒稍微知道一点。阿妈即保姆，张爱玲小时候家里常年雇着几个女佣男仆，自立后也请人来家里帮忙，属于今天的钟点工。因为同在一个屋檐下，他们的生活她比较熟悉，还真写出了一部以他们为主体的中短篇《桂花蒸：阿小悲秋》。

张爱玲为人苛刻，用她的话讲，容易把人看扁。胡兰成说她的作品中有大爱，其实这个爱跟对象还真没关系，张爱玲是"天道无亲"，不会对生活中的原型动感情。如果说有爱的话，那也是在分析、构思、创作过程中形成的，张爱玲叫作"哀矜"，也就是哀怜作品中人物的命运。她可怜他们。

生活中张爱玲秉承的仍旧是个人主义，柯灵事件即为一例。这件事前文提过，柯灵是《万象》杂志主编，张爱玲是他的作者。柯灵被日本宪兵抓走，据《小团圆》，张爱玲在饭桌上当新闻讲。说者无心，听者有意，胡兰成本来是局外人，跟柯灵并不认识，却主动掺和进来，大包大揽，马上给宪兵队长写信，为柯灵求情。张爱玲对柯灵印象极糟，胡兰成出面解救柯灵，她暗中怪他多事，对柯灵的底细一无所知，也不清楚柯灵为什么被捕，便挺身而出，也太贸然了。

胡兰成确有侠义之风，张爱玲把信拿给柯灵家人的时候就是这么讲的，意思是胡先生路见不平拔刀相助。柯灵获救后前来致谢，胡兰成不在，张爱玲问日本人为什么抓他，柯灵说怀疑他是共产党。这件事上胡兰成是担了风险的，如果政敌就此做文章，揪住不放，胡兰成还真不好办。

张爱玲与胡兰成在待人上的区别跟他们对人的认识有关。

这里不妨引述张爱玲的几句话，看看人以及生活在她眼中是什么样子。

关于人，她这样说："是人总是脏的；沾着人就沾着脏。"(《沉香屑·第二炉香》)对此她有一个极聪明的比喻，"坐在电车上，抬头看面前立着的人，尽多相貌堂堂，一表非俗的，可是鼻孔里很少是干净的。所以有这句话：'没有谁能够在他的底下人跟前充英雄。'"(《童言无忌》)生活也同样的脏，"那肮脏，复杂，不可理喻的现实"(《沉香屑·第一炉香》)。还有生命和人生，想起来就令人泄气，"繁荣，气恼，为难，这是生命。"(《鸿鸾禧》)"人生恐怕就是这样的吧？生命即是麻烦，怕麻烦，不如死了好。麻烦刚刚完了，人也完了。"(《论写作》)

张爱玲对同胞极尽讥讽之能事，下笔极重。且看这几句："中国人每每哄骗自己说他们是邪恶的——从这种假设中他们得到莫大的快乐。路上的行人追赶电车，车上很拥挤，他看情形是不肯停了，便恶狠狠地叫道：'不准停，你敢停么？'——它果然没停。他笑了。"(《洋人看京戏及其他》)"我编了一出戏，里面有个人拖儿带女去投亲，和亲戚闹翻了，他愤然跳起来道：'我受不了这个。走！我们走！'他的妻子哀恳道：'走到哪儿去呢？'他把妻儿聚在一起，道：'走！走到楼上去！'——开饭的时候，一声呼唤，他们就会下来。"(《走！走到楼上去！》)"中国人过年，茶叶，青菜，火盆里的炭塞，都用来代表元宝；在北方，饺子也算元宝；在宁波，蛤蜊也是元宝。眼里看到的，什么都像元宝，真是个财迷心窍的民族。"(《天地人》)

当然，张爱玲也自嘲，同样下笔极重，好像在说仇家："我们只看见自己的脸，苍白，渺小；我们的自私与空虚，我们恬不知耻的愚蠢——谁都像我们一样，然而我们每人都是孤独的。"(《烬余录》)

可恨又可怜。

人如此,生命如此,生活如此,脏、乱、差,自然就不值得满腔热情地去对待了。

胡兰成不同,人生在他那里是自我完善——"做人一世是修行一世。"(《今生今世·天涯道路》)

这个修行之地就在民间,在平凡的生活里。他说,中国最著名的恋爱故事,每每由仙子下凡启动,白蛇娘娘爱许仙,毋宁说爱的是尘世,可见现实生活多么美好。他年轻时去京城求学,乘火车一路北上,经过长江黄河之间,发出此地不知出过多少帝王的感慨,而后路过一些小城小镇,他又想,其实做一个街坊小户,只过寻常日子,也没什么不好。

抱着这样的念头,他尊敬那些小人物,像张爱玲那样冷嘲热讽的句子是绝对不会写的。日本投降,他从顶层跌落,匿名进学校教书,跟同事们处得很融洽。他说,看起来这些人庸庸碌碌,就是教书养家过日子,然而却有着市井之徒的正直大气,既无野心亦不卑屈,活得堂堂正正。所以他不像有些人那样专门结交豪杰、学者、雅人或者革命青年,而是始终保持着与普通人的来往,说跟他们在一起轻松愉快,如"云日高高,山川皆静,不落情缘,自有嘉礼",因为他们不动心机,没有那么多目的。

同是民间情结,张爱玲的是居高临下,胡兰成的是身在其间。

胡兰成也苍凉,心存忧患。但这个苍凉格局比张爱玲作品中的要大,它不局限在个人狭窄的小世界里,而是发生在天地之间。他说:"我原来是忧患之身……焉知一个人生于天下的忧患,自然就是这样的。"(《今生今世·瀛海三浅》)他理解的苍凉,具有沉甸甸的历史性,"元明曲如长生殿里安禄山乱后李龟年的唱词十分悲壮,与桃花扇里清兵南下,史可法在扬州兵败的激烈尽忠,皆有一种'天意如此'的苍凉。一部三国演义若去了天意二字就没有历史人事的风姿了。"(《中国文学史话·文学的使命》)

胡兰成曾宣布自己是个人主义者(《论张爱玲·之二》),因为他不拉帮结派,不喜欢受过度的纪律约束,天马行空独来独往。张爱玲亦如此。除了这一意义外,二人在个人主义问题上很少完全吻合。张爱玲的个人主义时刻紧扣自己,胡兰成的个人主义是对包括张爱玲在内的个体人格的尊重和高扬。就此而言,可以这样讲,张爱玲的个人主义是小个人主义,胡兰成的个人主义是大个人主义。

3. 性取向

胡兰成与张爱玲在性爱取向上的差距更加明显,造成的影响也更加严重。这里的差距可以归纳为三个方面,即性趣味、伴侣要求和夫妻理想类型。

先看性趣味。

张爱玲对男人的性趣味琢磨得很透,她的认识不是从胡兰成身上获得的,而是通过书本与观察总结出来的,在跟胡兰成相识之前已经成型了。她认为,男人喜欢女人在亲热的时候放荡一些,说:"张恨水的理想可以代表一般人的理想。他喜欢一个女人清清爽爽穿件蓝布罩衫,于罩衫下微微露出红绸旗袍,天真老实之中带点诱惑性。"(《童言无忌》)话说得含蓄,什么意思谁都读得出来。缺了这点诱惑性,对不起,男人只好敬而远之了。小说《封锁》里的女教师吴翠远,最初在吕宗桢那里受到的就是这待遇,因为她太正板了,给人的感觉就是一截挤出来的牙膏,白倒是够白的,却毫无款式,没有一点风情,所以引不起吕宗桢的兴趣。

《倾城之恋》有段对话很有意思。范柳原追求白流苏,在她跟前卖萌,说:"一般的男人,喜欢把女人教坏了,又喜欢去感化坏女人,使她变为好女人。我可不像那么没事找事做。我认为好女人还是老实些的好。"装什么装,这点小儿科蒙得了谁?白流苏是结过一次婚的过来人,自然不会信他。书里写她这样想:"你最高明的理想是一个冰清玉洁而又富于挑逗性的女人。冰清玉洁,是对于他人。挑逗,是对于你自己。如果我是一个彻底的好女人,你根本就不会注意到我!"于是她偏过头去一笑,说:"你要我在旁人面前做一个好女人,在你面前做一个坏女人。"范柳原继续装,答:"不懂。"白流苏解释道:"你要我对别人坏,独独对你好。"

胡兰成是男人,自然具有这个趣味,所不同的是,他喜爱伴侣更"坏",因为他本人更"坏"。具体的就不谈了,只说一件事。张爱玲在与胡兰成分手后,医生检查出她的子宫颈折断过。张爱玲想这一定跟胡兰成有关,因为跟他亲热的时候总是疼,后来再没疼过,说自己"给蹂躏得成了残废"(《小团圆》)。能把人搞成这样,可见胡兰成有多"坏"。

张爱玲呢,刚好相反,性事上一点都不"坏",与她的性格一样的冰冷。《今生今世》透露,《金瓶梅》有大量性事上的自然主义描写,这本书张爱玲读过多遍,非常仔细,连人物的衣饰都记得清清楚楚,唯独对其中刺激性场面一点反应都没有。日常生活中,包括婚后,她对性事"总是若无其事",从来就没有主动过,似乎她的性意识还在睡大觉。

胡兰成曾委婉地提示她,应该热一些。说:"你其实很温柔。像日本女人。大概本来是烟视媚行的,都给升华升掉了。"(《小团圆》)

203

张爱玲当然知道自己怎么做丈夫才更高兴，"规矩的女人偶尔放肆一点，便有寻常的坏女人梦想不到的好处可得。"（《连环套》）可是她根本做不到。这种事是勉强不来的，既有先天因素也跟后天教育有关。

张爱玲的母亲严格按照淑女标准来要求女儿，比方用词，不准说"快活"两字，要说"快乐"。后来读《水浒》，才明白过来，原来"快活"是性的代名词。同样遭到禁止的还有"干"，那是民间对性交的粗俗指称。现在这个词还在用。母亲严加管教下成长起来的小姐，不少都像《沉香屑：第二炉香》中的女孩一样，天真如小儿，对性一无所知，嫁谁谁倒霉，能把丈夫逼疯。

没办法，张爱玲知道应该怎么做，可就是没这个能力，双方的差距只好摆在那里。

再看伴侣要求。

大家都知道张爱玲那句名言："振保的生命里有两个女人，他说的一个是他的白玫瑰，一个是他的红玫瑰。一个是圣洁的妻，一个是热烈的情妇——普通人向来是这样把节烈两个字分开来讲的。也许每一个男子全都有过这样的两个女人，至少两个。"（《红玫瑰与白玫瑰》）节烈本是古代社会对女子的要求，如今竟分裂为二，守节留给妻子，热烈送与情人，构成男人的最一般希求。

胡兰成当然也是这样。不过两个可不够，他胃口大得很，韩信用兵多多益善。张爱玲不喜交际，性事上又冷淡，妻子守节这一点他完全可以放心，没了后顾之忧，尽可撒开了在外面闹风流。

胡兰成好色，对此毫无隐晦，跟张爱玲承认自己就是喜欢女人。他很狂很贪，居然"常时看见女人，亦不论是怎样平凡的，我都可以设想她是我的妻"（《今生今世·瀛海三浅》）。好色者一般都没长性，胡兰成也这样，与跟他有性关系的女人最多维护三年五载，最长的要数结发妻玉凤，长达七年，已属奇迹。胡兰成这个人身边必须时刻有女人陪伴，如果没有现成的，他就立即找一个。对付女人胡兰成本领极高，三下五除二，无不手到擒来。实在搞不懂，是他真有办法还是他特别招女人待见，那么容易就把对方勾到手。日军投降，他从武汉逃回上海，藏进一个日本军官家里，不过两三天，就跟女主人发生了性关系。

这是临时起意，不入账。其实胡兰成需要女人并非都像这回那样是出于一时冲动，性当然是一个因素，但其中也还包含着精神上的依托。他说："我于女人，与其说是爱，毋宁说是知。"（《今生今世·瀛海三浅》）他要的是知己，所以把知放在爱的头里。他说还是知好，爱有生有灭，而知则长存于心，尽管双方缘尽而散，但始终彼此敬重，惺惺相惜。

对于自己这个毛病，胡兰成有时候也恨，说自己生来就不地道，脑后长反骨，总是背叛好人，比方爱玲（见《今生今世·瀛海三浅》）。

那么张爱玲呢，能容忍丈夫的风流吗？说出来你可能不相信，一位那样强势的女子，对此竟大度得很。她去日本军人家偷会胡兰成，见到漂亮的女主人对自己怀抱敌意，便察觉出了其中隐情。胡兰成也不瞒她，和盘托出。妻子平静得很，对"这种露水姻缘她不介意，甚至于有点觉得他替她扩展了地平线"（《小团圆》）。也就是扩大了她的生活范围，丰富了她的人生阅历，看来倒是要感谢他了。张爱玲聪明，知道拈花惹草是男人的通病，也知道丈夫好色，所以管是根本管不住的，索性留给他些自由，这对夫妻和谐也许更好点。当然这里也有几分无奈在里头，"他是这么个人，有什么办法？如果真爱一个人，能砍掉他一个枝干？"（《小团圆》）

然而，胡兰成在武汉有了新知己，张爱玲就不能接受了。张爱玲心中疑惑，偏偏听见胡兰成与炎樱在阳台上的对话。就听丈夫问：一个人能同时爱两个人吗？没听见炎樱怎样回答，这时她蒙了，眼前的天空好像忽然一下子便黑掉了（《小团圆》）。张爱玲绝不会与其他女人共享一个男人，她最忌讳的就是做妾。

至于张爱玲本人，别看她从中学到大学接受的都是西式教育，对她影响较大的母亲和姑姑也留过洋，实际上她很传统，对西方那套情人网式的伴侣关系很排斥，心底追求的是"死生契阔，与子成悦，执子之手，与子偕老"的稳定与长久，满足并且乐于从一而终。

胡兰成与张爱玲，一个是伴侣越多越好，一个是从一而终，又一个差距摆在那里。

下面看夫妻理想类型。

张爱玲的理想丈夫，前面专门讲过，是父亲式的，她受恋父情结的支配。

胡兰成符合这个要求吗？年龄上阅历上甚至日常相处上，都没有问题，他相当够格。但在本质上，他扮演不了父亲的角色，因为他的理想妻子不是女儿式的，而是母亲式的。就是说，胡兰成受恋母情结的支配。

他的这个情结不是来自生身母亲，而得之于义母。说起来话长。

胡兰成的父亲虽是荡子，但有荡子的高义，邻村一位俞姓小地主敬佩他的为人，主动前来结交，于是胡兰成便有了一位义父。俞家对他的恩典就不说了，总之从他读书到娶亲再到葬妻，包括他名下的地产和房子，都是俞家出的钱。

胡兰成同时也多了一位母亲。他跪下行礼，女人连忙扶起，取出一个银项圈给他戴上。出手如此痛快，足见她是个果断而泼辣的人。义母人称春姑娘，生得吊梢眼，水蛇腰，像京戏舞台上拾玉镯的旦角，只是多几分英气。这年义父五十岁，义母三十二岁，胡兰成十二岁。

胡兰成一下子就喜欢上这个俏丽花旦，整日黏着她。花旦钦慕小生，便可劲打扮义子，看上去像戏文中读书的小官人。两人处得像朋友，胡兰成很少叫她母亲，她便把自己的事情讲给小伙伴听。

春姑娘，杭州人氏，姓施，家境殷实，自小喜爱打扮和交友。父母宝贝独生女儿，每有上门提亲，开出的条件都极高，结果春姑娘年届二十二岁还守在闺阁。这年她去看杏花，邂逅一青年男子，只是多看了一眼，就那么一眼，心中便豁地开了，"看见了自己是女身"——性意识蓦然觉醒。然而这么好的女子，却被舅舅骗去给绍兴城里一富室做妾。她性子烈，男人来同房，挨了狠狠一记耳光，结果被夫家卖给乡下的一个大地主，三年后男人死了，她便被卖到俞家，这才做了胡兰成的义母。

张爱玲拿这段故事写了篇散文，标题叫"爱"。全文如下：

这是真的。

有个村庄的小康之家的女孩子，生得美，有许多人来做媒，但都没有说成。那年她不过十五六岁吧，是春天的晚上，她立在后门口，手扶着桃树。她记得她穿的是一件月白的衫子。对门住的年轻人同她见过面，可是从来没有打过招呼的，他走了过来。离得不远，站定了，轻轻的说了一声："噢，你也在这里吗？"她没有说什么，他也没有再说什么，站了一会，各自走开了。

就这样就完了。

后来这女人被亲眷拐子卖到他乡外县去做妻,又几次三番地被转卖,经过无数的惊险的风波,老了的时候她还记得从前那一回事,常常说起,在那春天的晚上,在后门口的桃树下,那年轻人。

于千万人之中遇见你所遇见的人,于千万年之中,时间的无涯的荒野里,没有早一步,也没有晚一步,刚巧赶上了,那也没有别的话可说,唯有轻轻地问一声:"噢,你也在这里吗?"

张爱玲说有一种文章"妙在短——才抬头,已经完了,更使人低徊不已"(《说胡萝卜》)。这篇便是典范。爱,淡淡的,似有似无,随风而去,却又深深的,刻骨铭心,千年不散。

俞家屋旁长着三两株月季,浅红色花朵开了又谢,谢了又开,每次不过两三朵,却开得那样好,胡兰成说对着这花他看见了自己和春姑娘。胡兰成站在花丛前发痴,春姑娘来拿东西,探过身子,一朵月季花刚好掠过发际,令胡兰成想到恰如两人的亲情,那样美那样近。义母叮嘱一句:花有花神,读书小官人切不可以采花,采花罪过。

胡兰成回到胡村自己家,正赶上戏班唱戏。出来一个旦角,扮相跟春姑娘相似。没等戏散,胡兰成便一人跑回家里,躲到楼上哭了一场。记得那是一个下午,屋瓦上都是阳光。后来去杭州读书,从俞家走的,晚上住进旅店,独自在灯下铺床,以往都是义母做的,想起来心中好不难受。"说恋说爱都不是,而只是极素朴的思慕。"(《今生今世·韶华胜极》)这种都不是,正是少年郎性意识的初醒,朦胧、混沌,说不清道不明,不是恋却有点,不是爱也有点。胡兰成性意识的觉醒伴随着义母的身姿。

胡兰成说:"今世里她(义母)与我的情意应当是用红绫袱衬

着,托在大红金漆盘子里的,可是如何堂前竟没有个安放处,她这才觉得自己的身世真是委屈,比以前她所想的更委屈百倍。"(《今生今世·韶华胜极》)

其实,恋母也可以叫恋姐。胡兰成说在中国"倒是母亲像姐姐"(《今生今世·韶华胜极》)。意思是平等无隔。两代人成了同辈人,情结是极易形成的。

正是恋母情结,使胡兰成在张爱玲面前像个孩子,将自己做过的风流事一五一十地拿出来,既是有意的又是无意的。说有意,是说他在炫耀,希望得到大人的夸奖,也讨大人的欢心——有这样人见人爱的儿子,做母亲的自然很得意很高兴;说无意,是说他光顾着炫耀了,竟忘了坐在对面的是妻子而不是母亲,等发现对方脸色不对,一愣怔,方察觉出不着调。

是女人就有母性。张爱玲说:"女人纵有千般不是,女人的精神里面却有一点'地母'的根芽。可爱的女人实在是真可爱。"(《谈女人》)所以对于丈夫的炫耀,刚开始她并不太在意,使胡兰成竟误以为"她倒是愿意世上的女子都喜欢我"(《今生今世·民国女子之六》)。胡兰成是真糊涂。

两人就是这样的错位。张爱玲要的是父亲式的丈夫,得到的却是儿子式的人;胡兰成要的是母亲式的妻子,得到的却是女儿式的人。命运跟他们开了个玩笑。

胡兰成与张爱玲,一个恋母,一个恋父,再一个差距摆在那里。

然而这不是他们自己选择的吗?如此聪明的两个人怎么出了如此可怕的岔子?用胡兰成的一句话来解释,这样说:"千万年里千万人之中,只有这个少年便是他,只有这个女子便是她,竟是不可以选择的,所以夫妻是姻缘。"(《今生今世·韶华胜极》)

这句话是从张爱玲那篇《爱》化来的,遇到的人是谁,那是命运,你的选择不过是命运的操作。你坠入情网,感觉好极了,一切如所愿,认定就是她(他),这个她(他)其实是你的某些感觉的无限放大。就像胡兰成那样,正是由此形成的对张爱玲的偏爱使他找出种种理由说服自己,无条件地接受对方。这样的选择看似自主,实际上是不自主,是你对机遇送到面前的人的不由自主的加工,所以又是不可选择。不可选择就是命运,就是姻缘。

第二章 破　裂

这里讲的胡兰成与张爱玲的差距及不同，属于极相违，是根本无法化解的。两人距离如此之大，关系还能维持吗？铁定的维持不了。极相违与极相顺一样，必然导致生灭转换，也就是原有的灭亡新生的出现。胡兰成与张爱玲所结成的包括夫妻、恋人乃至朋友的共同世界势必解体，两人将分别踏上自己的又一程人生之路。

1. 变局

胡兰成与张爱玲婚后三个月，前往武汉接收《大楚报》。

他对妻子说："我去办报是为了钱，不过也是相信对国家人民有好处，不然也不会去。"（《小团圆》）钱自然是一个因素，因为他俩缺钱，胡兰成离婚欠了一笔债，爱玲又要还母债，再加上形势对胡兰成极为不利，须为今后计，他们的资金缺口还真不小。这是明面上的，更深的考虑是胡兰成试图杀出一条出路，为自己积累更多资本，以便在日后交涉中向胜利者讨要高价。姑姑张茂渊"直见性命"，一语道破，说，胡兰成像要做皇帝的样子。不错，他去武汉名为办报，实则是打天下。对此《今生今世》毫不隐晦。

胡兰成的身份有点怪，名义上是汪政府官员，却又不听命于政府，他的合作方是日本人，经费也是从日方筹来的。虽说只是一份报纸的社长，但地位几乎与辖地湖北省的军政首长并列，风头很是强劲。他的直接支持者是华中宪兵队本部的福本准将，遇上麻烦就由他出面协助。

他的野心非常大。如意算盘是：用三个月把报纸办好，然后筹办政治军事学校，之后再建设政权，开创所谓的新朝，走的是一舆论二武装三政权的路子。这是国共两党的成功经验，胡兰成依葫芦画瓢。其中关键的也是胡兰成最感兴趣的是办军校，他要效法当年孙中山办黄埔军校，毛泽东办红军大学。他总结汪政府的教训，其中最致命的就是缺乏民间起兵这一环，所以处处受制于人，硬不起来。办校地点已经选好了，设在武昌大学（今武汉大学），经费正与日方协商，由日军拨还一部分淮盐给胡兰成经营。这也是从历史上得来的经验，当初曾国藩就是靠着朝廷给付的淮盐来解决湘军部分军费的。武汉是华中核心，经济实力仅次于上海，直接面对的是蒋介石政权所在地重庆，战略位置比汪政权所在地南京还重要，如果一切如愿，他胡兰成就是第二个汪精卫。要不姑姑张茂渊为什么说他要做皇帝呢。

然而晚了。这时不是包括武汉大会战在内的日军节节胜利的1938年的下半年，而是日本穷途末路的1944年的年底。不要说开创事业了，就是连正常生活也成了奢望。胡兰成最经常做的一件事是跑防空，盟军飞机三天两头来轰炸，日军束手无策。丢炸弹和机枪扫射暂且不提，光是飞机发出的声音就让人受不了。俯冲时的呼啸最为可怖，而头顶上空盘旋的嗡嗡声亦是无法忍受的折磨，让人随时担心它俯冲下来要你的命。刚开始大家还在城里东躲西藏，后来飞机来得多了,一出动就是上百架,没个躲处,只好跑到乡下。最严重的一次几乎倾城而逃,整整一个星期,街上不见黄包车,连警察都没一个。胡兰成的精心策划和宏大方案严重受阻。

上海也不平静。张爱玲来信说那里开始防空灯火管制,她和姑姑一起做黑布灯罩,爬上桌子遮在灯泡上,嘴里念道:"我轻轻挂起我的镜,静静点上我的灯。"诗作者沈启无,周作人四大弟子中被革出师门的那一位,如今给胡兰成当副手到武汉办报。妻子在严酷环境下表现如此轻松,让胡兰成好生羡慕,他做不到,他满腹的世俗事物。

胡兰成回过上海,最长的一次有一个多月,抓紧时间与妻子在一起,总的感觉是"浩浩阴阳移"。两人站在阳台上,西天的晚霞将要烧尽,缝隙处现出一道暗青,清森遥远。胡兰成告诉妻子,时局不妙,来日大难。爱玲极为震惊,答:"叫我真是心疼你。"(《今生今世·民国女子之八》)又说,"我恨不得把你包包起,像个香袋儿,密密的针线缝缝好,放在衣箱里藏藏好。"胡兰成说:张爱玲这么讲,"不但是为相守,亦是为疼惜不已"(《今生今世·民国女子之八》)。

两人商讨对策,胡兰成做了最坏打算——逃亡。他认定自己能躲过这一劫,只是最初两年须隐姓埋名,终有一天即便隔着银河也要夫妻相聚。爱玲说那好,名字就叫张牵,叫张招也行,"天涯地角有我在牵你招你"(《今生今世·民国女子之十》)。

这次回来,其实胡兰成有机会另做选择。他曾经解救过一个重庆特工廖越万,此人当上了重庆方面杭州特工站主任。胡兰成送侄女青芸去杭州完婚,廖越万夫妇天天上门请安,廖太太主动以娘家人身份给青芸梳妆。此时汪精卫已死,部属人心惶惶,投靠重庆已成半公开的秘密,前来找廖越万疏通的大有人在,然而胡兰成却不为所动。说不上他是高傲还是迂腐，或是对他的事业寄予厚望，总之他放弃了这个机会。但这个人他也没有白救，廖越万后来参与上海接收，没少照应胡兰成一家。

胡兰成返回武汉，筹备他的军校。在池田协助下，原定11月间开办。没等到，8月15日日本宣布投降。胡兰成不甘心，策动武汉独立。他联络了一批汪伪军人，又从日方要来一万人的装备，准备成立军政府。后见大势已去，自己又染上登革热，便放弃了计划，吃了碗一个叫周训德的女孩做的热干面，扔掉手枪，伪装成伤兵，混上日本一艘专门运送伤员的轮船逃回上海，结束了他在武汉野心勃勃的九个月，同时也就此退出政治舞台。

我们转到《小团圆》。大规模清算汉奸活动即将开始，胡兰成名气不小，上海认识他的人又太多，他决定南逃。在张爱玲那里只住了一夜，多一天都不敢耽搁。天热得像在蒸笼里，又是一张单人床，尽管努力了半天，还是进入不了佳境。下雨了，一片沙沙声。爱玲望望窗外，没心没肺地冒出一句：我真高兴自己不用出走。对妻子的这类话，胡兰成早就习以为常了，笑道，你未免太自私了吧。她确实自私，知道丈夫逃亡需要钱，也觉得应该问一声，但就是不开口，因为母亲就要回来了，还母债更要紧。她还打算战后继续完成学业，香港大学曾允诺送她到牛津做研究生，也需要用钱。

两人心情都很糟。爱玲突然产生一种错觉，昏暗灯光下，五六个像教徒一样全身裹在长袍里的女人剪影，排成一列走到他们面前。她知道这是丈夫先前的女人，让人恐怖，却又带着安然，因为自己也身在其中，有一种既成事实的宁静。不知怎么，爱玲脑子里又冒出西方学者讲的性姿势滑稽的话，想一想确实滑稽，便大笑起来。胡兰成刚刚提起精神，让她笑得泄了气，只好勉强做，张爱玲一阵恶心,差点吐出来。

这一夜真乱。

胡兰成的目的地是诸暨斯家。这家人是他的老朋友。他在杭州读中学时有一个要好同学斯颂德,胡兰成曾在他家长住,几乎成了另一个儿子。后来斯颂德走上职业革命家道路,追随陈独秀参加第四国际,任中国托派的中央委员。因在狱中自首,被开除出党。日本侵华,斯颂德办刊物宣传抗战,受挫回家,经受不住一连串打击,疯了。此时胡兰成已经发迹,出资把他送进医院,一年后斯颂德去世。战争期间,斯家迁回诸暨,胡兰成多有照应。

然而诸暨毕竟离得太近,风声也很紧,最后大家商定去温州。斯家四儿子的岳父住在温州,斯家老太爷的姨太太范秀美的娘家也在温州。于是在范秀美的陪同下,胡兰成逃往温州,改名张嘉仪,住进范家。范家十分贫穷,房子是租来的,只有一间,范秀美和她母亲,加上胡兰成,三个人挤在一间屋子里过日子。费用由胡兰成负担,他随身带了一两黄金,大约可维持一年衣食。

胡兰成是 1945 年 9 月份离开上海的。没多久,张爱玲就受不了了。《小团圆》写道,她曾从一个撤离的德国人那里为丈夫买了一件"午夜蓝"呢大衣,本来是预备逃亡时用的,事到临头却忘了给丈夫带上。她责怪自己失魂落魄,也确实失魂落魄,这段时间什么也干不成,一个字也写不出。她觉得非常孤独,特别需要亲人,一定要见见胡家人,于是便来到美丽园胡宅。青芸见是张爱玲,脸上笑着招呼,心下着实诧异,这个小婶婶很少登门的。没说两句话,张爱玲就哭了,她从来没有在丈夫跟前落过泪,如今面对他家人却哭了。张爱玲变得特别脆弱,斯家四儿子来送消息,她又哭了。见她难过,来人告诉她不妨去看一看。

于是翌年 2 月,张爱玲与斯家四儿子夫妇搭伴,前往温州。正所谓胡兰成亡命温州,张爱玲千里寻夫。

一路非常辛苦,交通不畅,有时竟要乘坐独轮车。她这辆车走在前面,空旷的天地间她整日跟铜盆般的太阳脸对脸,晒塌了皮,磨破了尻骨。独轮车推上山间狭窄小路,一边是青溪,另一边是淡紫色大石头,像舞台上的布景。张爱玲想,这条路五个月前丈夫走过,现在妻子又走一遍。到了丽水,弃车换船,顺瓯江而下。远远望见温州城,张爱玲觉得眼前放出光辉,像是含着宝珠——丈夫就在那里。

《今生今世》这样写,胡兰成见是张爱玲,大吃一惊,脱口道:你来做什么?还不快回去!妻子千里迢迢地赶来看他,他不高兴,甚至连感激都没一句。胡兰成说他不是责备妻子,而是自责,自己落魄不说,还带累别人,害得妻子一路颠簸,张爱玲哪受过这等罪。

胡兰成对外说爱玲是他妹妹,找了家旅馆住下,不敢夜里留宿,只在白天陪她。虽然结婚已有两年,但聚少离多,亲热中带些生分。突然窗外牛叫,爱玲说,牛叫好听,马叫也好听,马叫像风。

张爱玲目光还是那么毒。旅馆二楼楼梯口供着一尊财神,紧挨着张爱玲房门。来来往往多少遍,胡兰成不觉得什么,张爱玲告诉他那尊像雕得好。再看时,果然好。说是神像,却无神相,分明是个走码头、做南货的温州老板,或者是在轮船上混饭吃的宁波大班,浑身的酒色财气,一脸的世俗相。令胡兰成不由感叹,张爱玲看东西真是有如天眼。

进寺观罗汉,一尊尊看下去,在一尊塑像前站定。相貌并不怪异,也不凶狠,但令人感到杀气逼人,像是要杀绝无明,也杀绝文明,极具艺术感染力。张爱玲大惊失色,拉着丈夫后退几步,说,啊,怎么这样可怕,完全是超自然力量!寺旁空地,一队新兵进行操练。张爱玲又大惊失色,拉着胡兰成便走,说:他们都是大人呀,怎么做这样可怕的游戏!

住了二十天,张爱玲必须走了。临行前一晚,张爱玲到胡兰成住处,一直坐到深夜,仍舍不得离开。她本想多住一些日子,无奈丈夫生怕出现什么闪失,一个劲儿地催促,只好忍痛离去。

第二天胡兰成送妻子登船,细雨蒙蒙,有些阴冷。一声汽笛,船要开了,胡兰成上岸,回身招招手,去了。爱玲撑着伞,站在船舷,对着滔滔江水,哭了。一个立在船上,一个走在路上,两个孤独的身影。铅色的天空飘着雨,有些风。

张爱玲走后一个多月,温州开始突击检查,虽是为了对付共产党,但让胡兰成非常紧张,担心连他这个汉奸顺带挖出来。他说这时的自己恰如欧阳修的两句诗:"黄鸟飞来立,动摇花间雨"。那天一个士兵在门前探头探脑,范秀美吓个半死,立即与胡兰成离开温州,回到诸暨斯宅,躲进楼上一间屋子。房门反锁,不要说走出院子,就是屋门都不敢出。这一藏就是八个月,逃亡的滋味真不好受。

这么下去终不是办法,胡兰成决定返回温州,从上海绕道坐船走海路。在上海见了张爱玲最后一面,这时已经是1947年的年初了。

回到温州,胡兰成仍住在范秀美娘家。闲来无事,便去图书馆阅读,写几篇小文投稿,发表在《温州日报》副刊上。看到报上一首古诗,出于结识当地精英的考虑,胡兰成和了一首,就此认识了温州文化界巨擘刘景晨。胡兰成执师礼,受益匪浅,同时也增加了安全感。为前途计,便留意结识国内精英,以张嘉仪的名义给哲学家和社会活动家梁漱溟写信。梁赞许他的观点,并介绍给同仁,惊讶哪里冒出个张嘉仪。

经刘景晨介绍，胡兰成受聘温州中学，在9月新学年开学那一天，他登上了讲台，算是恢复了教师老本行。胡兰成绝路逢生，异常感激。说："我是妖仙，来到人世的贵人身边，避过了雷霆之劫。人世最大的恩是无心之恩，父母生我，是无心，四时成岁，是无心的，白蛇娘娘报答许仙，那许仙当初救她也是无心的。"（《今生今世·永嘉佳日》）然而他仍旧保持高度警觉，温州中学拨给他一间宿舍，他把四周看了个遍，随时准备跳窗越墙而走。

半年后，胡兰成转到淮南中学任教务主任。这所学校在雁荡山。这更对他的心思，那里是山高皇帝远。也正是在这里，他见到了"天下起兵"的队伍——共产党的一支游击队，里面有个指导员曾在淮南中学教过书。从他身上他知道了共产党为什么越做越大。

1949年年初，胡兰成调回温州中学。正赶上张爱玲编剧的电影《太太万岁》公演，他跟着学校看的包场。进入5月，温州解放。胡兰成发自内心地高兴，他认为解放军跟自己政见相同。他研究中国历史，结论是不存在土地问题上的疑问，早在中华文明形成时，原则就已经确定了，那就是井田制。所以现在只须平分土地，承袭文明传统，中华大地上的阴霾即可一扫而空。

然而事情的发展越来越让胡兰成看不懂，日益无法忍受城里那些左派的作风，觉得他们太不民间，于是给范秀美母亲留下一点钱，便离开了温州。此时是1950年2月末。胡兰成在温州和诸暨总共生活了大约四年零五个月。

2. 第三者

政局变动对胡兰成和张爱玲关系的破裂当然有作用，但不是关键的,仅仅提供了外部条件而已。这意思是说,即使政局不发生变动,他们也一定要告吹。为什么?因为出现了第三者。

第三者共有三名,两女一男。两女是胡兰成的情人,一男是张爱玲的情人。按生情的时间顺序,两女在前,一男于后。

(1)周训德

第一位女的名周训德,胡兰成叫她小周,是汉阳医院的护士。时年十七岁,小胡兰成二十二岁。两个人相处差不多九个月,没有同居,只是在胡兰成将要逃离武汉的最后日子里,因胡一病不起,需要有人日夜服侍,才不避众人住在一起。

胡兰成到武汉,当地从汉阳医院拨出房子作为《大楚报》上层的住所,在一次与医院联欢的茶话会上,胡兰成认识了小周。初见并不觉得这姑娘有何不同,只是朴实,素面朝天,着一身蓝布旗袍。慢慢熟悉了,方发现妙处,可以用混沌两个字来表示。她不高不矮,不胖不瘦,不圆不方。按胡兰成的话,"生得瘦不见骨,丰不余肉",胡兰成说:"小周的美不是诱惑的,而是她的人神清气爽,文定吉祥。"也就是小清新加上小稳重。他甚至拿六朝铭志中的话来比拟:"若生天上,生于诸佛之所;若生人世,生于自在妙乐之处。"引号中的这些话均出自《今生今世》的一节,标题叫"竹叶水色",意思是本色而质朴,没有遭人世污染。这层意思也属于老庄讲的混沌。与胡兰成对张爱玲的领略一样,他在小周身上也感到了艳。听她说话,他觉得"非常艳";见她流泪,他觉得"艳得激烈";忍泪作笑,"比平日更艳得惊心动魄"。

张爱玲见过周训德照片,《小团圆》说她腮颊生得圆嘟嘟的,一双弯弯的笑眼,有点吊眼梢,不长的头发朝里卷。身材微胖,胸部丰满,穿一身雨过天青的竹布旗袍。

胡兰成与小周的相互介绍也颇具意味,那是在一天晚上的长江边上。胡兰成问她名字,答:周训德。胡兰成接口道:我叫胡兰成。话音未落,盟军飞机在江对面投下炸弹,巨大的声浪沿江水波涛直滚到这边岸上,像一连串霹雳。胡兰成借景发挥,说初次问名,就有这般惊动。(《今生今世·竹叶水色》)

于是两人结成了战时情侣,爆炸的隆隆声始终伴随着他们。最险的一次差点丧命。那天两人正在胡兰成房里,飞机来了,先是机枪扫射,打得屋瓦横飞,接着是巨大的机身掠过,翅膀险些把屋顶掀翻。胡兰成正愣怔着,小周上前拖住便走,进入灶间角落,用自己的身躯挡在前面。胡兰成一句感激都没有,大恩不言谢,其实是没法谢,说什么做什么在这样的举动跟前都轻飘飘。

胡兰成问小周为什么跟他好,她想了想说:为的跟你朝夕相见。也确实如此。端午节放假,大家都回家过节,小周也回去了,但只待了一个上午,下午便赶回来陪伴爱人。胡兰成说她是"人归娘家、心在夫家"。两人天天都要见面,一时不见,就要相互寻找,所谓"刻骨相思"。胡兰成要小周说"我爱你",小周死活不肯开口。胡兰成患登革热,卧床不起,茶饭不进,小周悲恸,呼道:"兰成,我爱你!"胡兰成觉得他们两人很熟很亲,不是今世才相识,前生已经在一起了,打从开天辟地起就有他们这对情人。

即使分别后,这种感觉也一直萦绕在胸。正月初五是小周生日,别后的第一个正月初五胡兰成在温州,他前往准提寺在观音菩萨座前为小周上香祈祷。以后每逢这个日子,胡兰成必拜观音祈愿,在雁荡山教书时的那一天还做了一首诗,末尾两句是"莫怨天涯相思苦,地上亦有斑斑竹"。斑竹,带有褐色斑点的竹子。传说舜帝到湖南九嶷山除恶龙,久未归还,他的两个妻子娥皇和女英前去寻找,到了九嶷山才知舜帝已亡,大恸,哭了九天九夜,双双死在舜帝墓旁。她们的泪水滴在竹子上,浸染成斑,后人称斑竹,所谓"斑竹一枝千滴泪"。胡兰成逃到日本,仍旧不忘礼拜观音,这天寻到观音堂,投下一枚铜币许愿,但愿它落下时的声响惊动三世十方,为万里之遥的小周送去福音。

国民政府接收武汉,小周以汉奸嫌疑被捕。胡兰成从报纸上得到消息后,非常自责,出资请斯家四儿子前往武汉找人搭救,把小周带到温州。未果。胡兰成跑到水边,拿一根竹枝在沙滩上写两个人的名字。急了,他竟想去武汉自首,把小周换出来。逃到香港后,胡兰成竟然打听到了小周新址,给她去信,居然收到回信。原来小周被关押两个月后释放,失望中嫁给了《大楚报》的李姓编辑,被带到四川,不想此人已有妻子。胡兰成立即寄去路费,让她来香港,却被退回,自此杳无音信。

胡兰成对周训德的感情是真挚的。《今生今世》有一篇名"汉皋解佩",写胡兰成在武汉的九个月,以此命名,就是为了纪念小周。汉皋是一座山,在湖北襄阳西北,相传古时有人在这里遇见两位女子,解下身上的玉佩赠予他。

胡兰成留给小周的可不止小小玉佩,而是十两黄金(后被国民政府武汉当局全部没收)。比一比,他给张爱玲的才四两金子,相差可不是一般的多,而留给自己的只有一两。他打出五年时间,说这段时间里政局将大变,让她忍辱负重,到时候苦尽甘来,他来接她。胡兰成逃回上海,能扔的都扔了,只有小周的照片藏在身上,后来南逃,便把照片交给侄女青芸保存。

胡兰成爱周训德什么呢?

除了清新质朴外，主要是两点。

一是民间。小周与张爱玲不同，她没有上海女性的时尚和张扬，更不像张爱玲那样是高高在上的人尖子，让人倍感压力，她很平凡很家常，用现在的话说就是邻家女孩，跟她在一起很放松。但她为人处世却非常认真，一丝不苟，认为做事就是做人。穿一件棉布衣服，洗得也比别人的干净，烧一碗菜，捧在手上亦端端正正。她有爱心，对工作极其负责。医院有个病人不行了，没有亲属守护，半夜她被叫醒去服侍这个人。病是嫌，死为凶，很不吉利，她是新来的见习护士，刚满十七岁，是不该轮到她来做的，但她强忍着恐惧，硬是来到他床前。张爱玲也有过类似经历，当初她干吗呢，躲在厨房里给自己烧奶喝，任凭病人呼唤，就是不露面。小周常常夜里被叫去接生，周围的人都认得她，到江边散步，走一路应答一路。胡兰成说，听那声音只觉一片艳阳，而身边的这个小佳人就像新湿的沙滩，脚一踏便印得出水来。

一是传统。写诗的沈启无说周训德"一身都是理数"，意思是干什么都依照道理去做。正因为行事方正，胡兰成说她"鲜洁"、"亮烈"，为人处世清清爽爽。张爱玲也清爽，但她的理太个人化，所以总是失于苛刻。小周不同，她的理是大众之理，传统之理，不是仅从自己出发，而同时也为对方着想，说话行事给别人留出余地，真正做到了前面说的胡兰成和张爱玲议论的"谦畏礼义人也"。胡兰成不喜欢副手沈启无，在小周面前不时地说他的不是，小周不生气也不附和，只是默默听着。其实她是有资格跟着说的，此人曾挑拨她与胡兰成的关系。

小周敬爱亲人。她的生母是妾，家里另有夫人，小周对外称嫡母。按照传统礼数，夫人为正，小周算是她的女儿，故称嫡母。小周十四岁时嫡母去世，小周怀念她，每次跟胡兰成说起，跟生母一样的亲。不光是对嫡母，其他亲人也一样，对家里人总是含笑说话。小周的生母叮嘱女儿要报胡兰成的恩，这时胡兰成没有送给小周任何东西，也没有帮过她家，母亲说的恩是情义。

明理者宽。小周心胸开阔，按胡兰成的说法"她的人不霸占"。胡兰成跟她聊张爱玲，她觉得挺好。问她嫉妒否，她回答说：张小姐应嫉妒我，我不该嫉妒她。胡兰成回上海探亲，小周笑吟吟地说，这是应该的，家里人盼着你呢，你回去也看看张小姐，也看看青芸，也看看小弟弟、小妹妹。接着叹道，这里你就不要回来了。她不是说反话，是真心的，觉得胡兰成应该待在上海。当然有时也使点小性子，说起张爱玲酸酸的，毕竟是女人，而且只有十七岁。

刚开始时胡兰成对小周说，你做我的学生吧。过些日子，说你做我的女儿吧。又过了些日子，说你做我的妹妹吧。再过了些日子，觉得还是不对，诗云："子兮子兮，如此良人何！"没有办法，说你做我的老婆吧。有张爱玲的前例管着，胡兰成与周训德也没有举办婚礼，想必连婚书都没有。胡兰成说："我们虽未举行仪式，亦名分已经定了。"（《今生今世·汉皋解佩》）他说，他们不光是夫妻，还是亲人，同时也是知音，"高山流水，我真庆幸能与小周为知音"（《今生今世·汉皋解佩》）。武汉有古琴台，历史上第一知音俞伯牙与钟子期的故事就发生在这里。

胡兰成爱周训德爱得有道理，绝非唐璜式的解闷、玩弄和猎奇。他们之间是真爱。

如果用胡兰成与张爱玲相悖的三个方面来衡量他与小周，除了第三个方面性关系相似外——小周对胡兰成可以说是恋父——前两个方面都截然相反。不考虑其他，只限于这三个方面，可以说周训德比张爱玲更适合胡兰成口味。

（2）范秀美

第二位女的名范秀美，胡兰成最初称她范先生，后来当着人面也这么叫，背地里喊秀美。《今生今世》没有为范秀美单独设篇，她的故事散见"天涯道路"、"永嘉佳日"、"雁荡兵气"三篇。杭州城附近有个临安蚕种场，范秀美在这里当技术指导员，经常给农户做咨询指导，乡下人尊她为先生，家里人也这么称呼她，胡兰成从众，跟着叫。

范秀美的身世与胡兰成的义母春姑娘有点像，也被卖给人做妾。这个人就是斯家老太爷、胡兰成学友斯颂德的父亲。胡兰成年轻时就认识范秀美，那时他长住斯宅，论起来范秀美算是长辈。有时相遇，她叫一声胡先生，胡兰成张不开嘴叫姨娘，因为她太年轻，仅仅比胡兰成大一岁，而且貌美，"生得明眸皓齿，雪肤花貌，说话的声音娇亮使人惊"。范秀美十八岁上老太爷去世，斯家没有赶她走，这点比春姑娘强。她不甘心在家吃闲饭，二十三岁时进杭州蚕桑学校学习，毕业后到蚕种场做工。

范秀美自己没生孩子，把斯家人当亲人。日军侵华，杭州沦陷，蚕种场停业，她随斯家返回诸暨，采茶种地，还跑单帮做生意，与斯家男人共同维持一家老小的日常开销。胡兰成逃出上海投奔诸暨斯家，重见范秀美。她不像从前那样秀美，一场大病使原本白净的皮肤变黑了，还留下吐血的后遗症，不过身体尚无大碍，尽管黑一点，却给人以健康之感。

胡兰成选择温州作为逃亡终点，跟范秀美有直接关系，因为她的娘家在温州。既然是奔她的关系去的，自然也就由她护送。这点路程在今天不算什么，但在当时可谓山高路远，困难重重。从诸暨到金华除了他俩外，还有斯家四儿子，从金华到温州就只有他们二人了。后一程路途水旱并用统共五天，坐黄包车走陆路用去三天，到丽水乘船改水路走了两天。

陆路多山，须下车步行，他们边走边聊。渐渐熟了，两人不再以客相待，胡兰成把范秀美当姐姐，她也就接受了。随后胡兰成讲起他的经历，从小到大一一道来。接着就讲他的婚姻，越讲越私密，便讲到小周，一桩桩细细述说。在他的带动下，范秀美也谈起自己，谈斯家，谈蚕场。接着便谈到了报恩。恩人就是身边的这位胡兰成。抗战期间，斯家五儿子到上海，胡兰成给了他一笔钱，这小子有商业头脑，都买成俏货，大部分贩到重庆，狠狠赚了一单，做本金开了一家农场。小部分留在斯家，就地出售，生意非常好。当时斯家困难，每天等到日落时分，就用卖货的利润去买米，由此挨过难关。范秀美说：胡先生的恩，将来别人不还，我是一定还的！一下子拉近了关系，如果说从前是干亲的话，那么现在则多了层恩亲。胡兰成别提多得意了，"我心里窃有所喜，是范先生把我当作亲人"（《今生今世·天涯道路》）。

为什么得意？因为女人正一步步走进他设的局。作为孤身逃亡者，他特别需要一个可靠而知心的伙伴，而情人最为理想，他的局就是把范秀美发展成情人。比方在女人面前讲自己的情史，就带有轻薄成分，等于向对方发射信号。他的目的很明确："我在忧患惊险中，与秀美结为夫妇，不是没有利用之意。"（《今生今世·天涯道路》）于是胡兰成继续深入，问范秀美这些年可有爱人。回答是没有，但有一个男友，接着便讲他俩的事。胡兰成问为何不嫁给他。回答是那人没魄力，而男人总要有魄力才好。胡兰成大喜，心说有魄力的男人送上门来了。

第三天晚上，不知胡兰成如何运用的魄力，两人在丽水的小旅馆里开房，"结为夫妇之好"。这时胡兰成三十九岁，范秀美四十岁。女人生得年轻，外人都说她二十出头。正是在这一夜，女人告诉了男人自己做姑娘时的名字：秀美。也自打这日起，胡兰成私下叫她秀美。那时，中国女人的名字是秘而不宣的，胡兰成母亲的名字除了他父亲，包括儿子在内的人就都不知道。范秀美说，既然已经如此，我要来蛮的了，今后必跟牢了你！太好了，正中胡兰成下怀。

后来的事情我们上一节大致涉及了。到温州后，他们住进范母的出租屋。胡兰成改名张嘉仪。胡兰成与张爱玲商量过的，胡兰成逃亡期间使用张牵或张招做姓名，现在张姓保留，名字弃用，代之以嘉仪。嘉，美好，仪，向往。这两个字是范秀美给她的干儿子起的，胡兰成照搬过来。牵与招有深意，饱含着张爱玲的痴情，现在改用范秀美义子的名字，看来胡兰成是不打算让张爱玲牵他招他了，一心在范秀美那里向往美好。胡兰成挺自得，说："用老婆取的名字，天下人亦只有我。"（《今生今世·天涯道路》）

这期间张爱玲来过，后来胡兰成和范秀美避走诸暨，再后来胡兰成一人回到温州，秀美留在诸暨。胡兰成获得教职，秀美也回到复业的蚕种场做工。秋天蚕种场歇业，秀美到温州探亲，住进温州中学提供的宿舍，学生和教师都喊她张师母。胡兰成调任淮南中学教务主任，秀美跟他一道去雁荡山。来年二月开春，秀美返回杭州蚕种场。再见面的时候，已经是两年之后，地点是杭州。此时胡兰成离开温州北上找出路，途经杭州，见到秀美。前程无定，两人都心事重重，感情似乎也淡薄了。胡兰成说，亡命以来还从未像现在这样失意过，"连在身边的秀美，我亦快要想不起来她是个似花似玉人"(《今生今世·雁荡兵气》)。

最后的场景是胡兰成从上海坐火车去香港。因为戒严,火车快开了才放送行人进站,只见一群人蜂拥而入,其中有秀美。胡兰成从车窗中探出头,两人只说几句话,汽笛便响了。女人慌忙递进一个包袱和两桶罐头,车轮动了,秀美跟着跑几步,抓住胡兰成的手握着,车轮越转越快,一松手,她的人便迅速朝后退去,只看见一方手帕在挥舞。

到日本后,两人还保持了一段书信来往,再后来就不知道了。

胡兰成眼里的范秀美是个美人,说她"立着如花枝微微倾斜,自然有千姣百媚"(《今生今世·天涯道路》)。与张爱玲和周训德一样,范秀美也给他以艳的感觉,"她这样一个本色人,偏是非常艳,好像游仙窟里的"(《今生今世·雁荡兵气》)。这是把她比作飞天一类。胡兰成说,最动人心神的艳姿他平生见过两次。一次是在上海张爱玲寓所,他站在阳台上,爱玲捧茶从屋里出来给他,腰身一斜,望着他的脸,眼睛里都是笑。另一次是范秀美,当时他俩避走诸暨斯宅,胡兰成躲进小楼,秀美给他送饭,也是立在门口,半进不进,倾身对他一笑,比戏文中的俏丫头来得还艳。

与对张爱玲和周训德不同,对她们胡兰成是没有功利目的的,特别是对张爱玲,他寻求的是爱情"圣杯",而对范秀美,他的感情就没那么纯粹了,包含利用的成分在里面。但随着两人关系日益加深,爱的成分越来越大。胡兰成曾写过一首古风,表达他对秀美的思恋,末尾两句是:"与君天涯亦同室,清如双燕在画梁。"(《今生今世·雁荡兵气》)用了一个清字。

范秀美吸引胡兰成的地方其实跟周训德一样,即民间和传统,但具体表现有所不同。

先看民间。范秀美最突出的是她的不突出，简明、自然。胡兰成说她这个人只是本色，放在哪儿都能打成一片。她不做作，无城府。胡兰成从上海投奔诸暨斯宅，这时他们还只是半熟。她反应很平淡，该怎么样还怎么样，从地里干活回来，短衫长裤，拖过小竹椅随意坐下，沉静如水。她待人真挚，见胡兰成的衣服脏了，便要他换下，拿到河边洗，而胡兰成也像小孩子似的跟了去。胡兰成说："她是女性的极致，却没有一点女娘气，我是第一次有这样的女性以朋友待我，这单单是朋友，就已壮阔无际。"（《今生今世·天涯道路》）

没有女娘气的另一证明是担当。丈夫去世后，她学习技术出去做工，自己养活自己。战时斯家生活困难，她拿出私房钱跑单帮做生意，赚了钱便补贴家用，最后连本钱都换了一家老少的吃食，胡兰成说她洒然，有情有义。大家商量送胡兰成去温州，他本以为范秀美要避男女嫌疑而推掉，不想她竟一口答应下来。胡兰成说："她是女心婉约，但又眉宇间有着英气。"（《今生今世·天涯道路》）她就这样活得理直气壮。用今天的话说，范秀美是女汉子。

与张爱玲相比，范秀美要亲切得多。张爱玲也本色，但那是我行我素，难免让人觉得各色。张爱玲也担当，但那更多是感情上意识上的，牵呀招呀之类，再多就没有了，丈夫亡命，她竟庆幸自己不用出逃。

再看传统。范秀美命苦，父亲是个酒鬼，败了家，最后穷得把女儿卖掉了。然而到了初八上新坟那天，秀美却去父亲坟前拜扫，而且拉着胡兰成这个准女婿一道去。胡兰成感慨万分："只觉恩怨都已解脱，千种万种复杂的感情，到底还是止于礼，人世就明净悠远。"（《今生今世·永嘉佳日》）与范秀美相对照，张爱玲差得太多。要说对不住女儿，范父远远超过张父，但范秀美牢记的是生养之恩，而张爱玲耿耿于怀的则是父亲的失职。

范秀美没有生育，斯家兄弟中的老四交给她带，说做她的儿子。老四娶亲是在战争期间，那么艰难，范秀美不仅出钱，还硬是拿出一只金手镯做聘礼，因为婚礼时新郎新娘要请她上座受礼，"她亦是把人世之礼看得这样贵重"（《今生今世·天涯道路》）。

范秀美本是斯家老太爷的妾，斯家待胡兰成如子侄，如今胡兰成与范秀美成了情人，心里很是不安。范秀美宽慰道，你与斯家只是名义上的子侄，这么做不算犯上，况且我只属于我自己，这一点斯家也明白。跟了胡兰成，范秀美有了归宿，说这下自己做人称心了，因为"中国文明是'夫妇定位'，她在人世就有了位"（《今生今世·雁荡兵气》）。

胡兰成重民间重传统，这一点他与范秀美就思想文化交流可能不如他与张爱玲，但在感情上却更笃实、更本色。跟爱周训德一样，胡兰成爱范秀美也爱得有道理，是认真的，绝非耍一耍。

胡兰成与范秀美结为夫妇，跟与周训德一样，也是口头上的。胡兰成许诺，一旦形势好转，便置办喜酒，白头偕老。秀美说，到时候有张小姐、周小姐，我自己住到杭州，你来看我即可。对范秀美的问题，胡兰成还真没法回答。他跟这个结婚，跟那个结婚，就从来没有仔细想过女方的感受。妻子只能有一个，其他人只好做妾。做妾的肯定不乐意，做妻子的就高兴吗？这个时代有哪个女人心甘情愿于共夫？

胡兰成希望秀美做姐姐。前面说过，胡兰成认为中国的母亲是姐姐式的，他的这个愿望实际上表达了恋母情结。然而秀美不干，这个比胡兰成大一岁的女人说，我还是做妹妹吧。

如果说胡兰成对张爱玲的爱是敬爱，对周训德的爱是怜爱，那么对范秀美的爱就是依恋。

（3）桑弧

第三者中那个男的叫桑弧。《小团圆》用了不少篇幅写他。桑弧是土生土长的上海人，原名李培林，桑弧是笔名，用来发表电影剧本。后来笔名成了通用名，本名倒没人叫了。跟张爱玲结识时他年近三十岁，正是男人最具吸引力的年龄，张爱玲将满二十六岁，也是女人最好年华。

他们是在1946年夏天相遇的，距离张爱玲从温州回上海过去了三个多月。因为心情极糟，营养又不好，本来就瘦的她更瘦了。文华影业公司相中了她的创作能力，搞了个聚会，请她参加。因为被小报攻击为文化汉奸，战后她没有参加任何聚会。她照了照镜子，虽然瘦，但毕竟年轻，便穿了件宽宽大大的喇叭袖洋服，打起精神去了。来的人不少，一个男人一屁股坐在她旁边，动作大得夸张，像是演戏。这人张爱玲见过，没有说过话。他穿一件毛烘烘的浅色爱尔兰花格子呢上衣，似乎是借来的，套在身上很不自在，他稚嫩得令张爱玲诧异。这人就是桑弧。他一言不发，好像不知道怎么开口，就这么干坐着。虽然没交谈，但给张爱玲留下的印象挺深。

三个月后他们再度相见。这回是在张爱玲家，桑弧跟另一个人一起来的。张爱玲拿出了她创作的第一个电影剧本《不了情》。后来改编成小说《多少恨》。这部电影文华影业公司交给桑弧导演。于是两人的接触慢慢多了起来，经常一起交流意见。

桑弧是个苦孩子，十六岁上父母双亡，跟兄嫂过日子。为减轻家里负担，他早早就出去做工。小职员喜爱文艺，平时写点小文什么的。后来认识了京剧泰斗周信芳，又通过他结识电影导演朱石麟，开始鼓捣电影剧本。还真就成功了，二十五岁时写出《灵与肉》，由朱石麟导演拍成影片，之后又担任几部电影的编剧，从一个文艺青年一跃而成影界大腕。他的经历有些像张爱玲，都是少年不如意，又都是通过自我奋斗在很年轻的时候便获得成功。

桑弧的身材也像张爱玲，高高瘦瘦的，两人站在一处倒很般配，不像胡兰成比爱玲矮一块。桑弧的脸型跟胡兰成一样同属横宽类，但看上去要甜净，不像胡兰成那般泼辣。胡兰成是三角眼，桑弧浓眉大眼长睫毛，鼻梁高高，很是出众。张爱玲特别注意到，他额头正中的头发凸出个小花尖。不知道张爱玲是否听说过，民间传言头发长成这样的人克父母，双亲早亡。

差不多半年之后，到了1947年春末，《不了情》封镜。预演时张爱玲和姑姑一块儿去的。张爱玲不满意，认为制片方改动得过于牵强。片子将放完，张爱玲起身退场，她不喜欢虚礼，预演之后的庆贺想起来就怕人。桑弧另座，眼睛一直注意四周的反应，特别是对张爱玲，发现情况不对，立即追出来，在楼梯上拦住了爱玲。笑着问：怎么走啦？看不下去？那笑充满了期待。张爱玲勉强做出笑容，道，改天再谈吧。桑弧近前一步说，没怎样糟蹋你的东西呀！一向谨小慎微的人如此大胆，看来真的急了。他站得过近，几乎挨住她身体。张爱玲赤脚穿一双凉鞋，男人宽大的裤脚罩在她脚背上，痒咝咝的。站在一边的姑姑都不好意思了。这时剧场中传出人们说话的声音，显然片子放完了，桑弧张望一眼，忙着进去招呼，张爱玲这才脱身。

有了这次合作，张爱玲与桑弧来往越来越密切。爱玲发现自己变了，变得比前一段漂亮了，那时她从温州看望丈夫回来，身体和精神都不好，人又瘦又干，现在完全恢复过来，长圆的脸蛋竟微微泛出红润。

这位年轻导演帮助她从阴影中走了出来，他们成了情人。

张爱玲与胡兰成的事大家都知道，桑弧当然也知道，但他仍想亲耳听她亲口说个明白。便问，你到底是好人还是坏人？意思是不是汉奸老婆。张爱玲没有正面回答，笑着说，你怎么像小孩子看电影，一有人出场，连忙问是好人还是坏人。桑弧满腹狐疑，因为通过接触，这个女人一点也不坏。看着对方眼里陡然闪现出希望，张爱玲心里直皱眉头。桑弧经历有限，加上未能深入到对方的精神世界里，当然不清楚这件事对张爱玲的伤害有多大。被人骂成汉奸是一个方面——也许是逆反心理吧，她的立场还真出了点岔子，从前她最爱看美国电影，战后不看了，因为对胜利者怀有"一种轻微的敌意"——另一个方面是心理上的自卑，觉得自己已经不洁了，成了"败柳残花"（《小团圆》）。

终归还是被桑弧知道了。张爱玲的解释很委婉，说是准备跟胡兰成结婚，才发生的性关系，意思是自己在这件事上很严肃。然而桑弧还是不依不饶，是啊，哪个男人听了这样的事心里能好受？便把气出在女人身上，质问道，这不是献身吗？张爱玲心里一阵憎恶，几乎要痉挛了，拼命压下去。又解释道，上次他来，一点事都没有，连手都没有拉过。指的是胡兰成从诸暨返回温州路过上海，来看她。桑弧突然气壮，高声道，一根汗毛都不能让他碰！张爱玲差点笑出来，不知道是笑桑弧稚嫩还是笑自己低声下气。

桑弧虽然比张爱玲大五岁，但看上去比她年轻。为了能够配得上跟前这位英俊小生，她开始往脸上抹粉。就像当初炎樱导演照相，桑弧在身旁导演搽粉。这里再搽些，桑弧指着说。本来这个部位是打算留一点晶莹的，女为悦己者容，爱玲听话地照做了。其实她不愿意抹粉，觉得脸上仿佛盖了层棉被，透不过气。有时候发现桑弧脸色不对，偷偷取出小镜子瞧一眼，原来是粉膏掉了。每次桑弧来，爱玲都要做面部冷敷，使皮肤紧缩而显得年轻。偏偏姑姑在家，不好当着她的面开冰箱取冰块，只好去浴室拿凉水冲，偏偏又被姑姑撞上，两人都挺尴尬。真累，可有什么法子，谁让自己是残花败柳呢。可怜的张爱玲，如此悲催。

既然如此，张爱玲为什么要做桑弧的情人呢？

第一位的原因自然是填补空缺。张爱玲急需从胡兰成给她造成的痛苦中走出来，这就需要有个人转移一下。正好桑弧出现了，他英俊潇洒，又做电影，是天下女人都想吃的唐僧肉。张爱玲坦言，就是当着桑弧的面也这样讲，正是他的那张脸吸引住了她。张爱玲重清洁，桑弧不仅生得甜，而且生得净。

第二位的原因是初恋感。少女时期的张爱玲曾经错过一次恋爱，对方是表哥，被她回绝了。后来每当想起又总是于心不甘，那朦胧破晓的滋味一定很好。表哥跟桑弧年龄相仿，尽管比爱玲大几岁，但看着比表妹还年轻。也可能还有其相像的地方，比如语气、举止、脾气之类。桑弧是表哥的替身，仍旧是填补。总之他俩在一起，张爱玲的感觉很静、很纯，不像胡兰成注入那么多的性。桑弧拥着爱玲，喃喃道，你像只猫，很大的猫。这是拿她当伴侣，在一起慢慢地消磨时光。张爱玲说："她对他是初恋的心情，从前错过了的，等到了手已经境况全非，更觉得凄迷留恋，恨不得永远逗留在这阶段。这倒投了他的缘，至少先是这样。"（《小团圆》）

为什么说投了桑弧的缘？因为他压根儿就不打算跟张爱玲结婚。他始终心存疑虑，放不下她跟胡兰成，放不下社会对她的态度，也怀疑他们今后的生活，甚至怀疑她的感情。一次两人在一起，桑弧的头枕在她腿上，她抚摸他的脸，不知道怎么，竟悲伤起来，只觉得"掬水月在手"，完全是水中捞月，希望在指缝间哗啦啦漏掉了。

他们经常谈起一个外国影星,他的眼神很有特征,一点诚意也没有,桑弧突然开口,说自己喜欢他那毫无诚意的眼睛。张爱玲一凛,心像被针猛地刺了一下。她多么希望他们之间能够完全信任啊。有时候晚了,怕进屋的时候打搅已经睡下的姑姑,又舍不得分手,便坐在公寓的楼梯台阶上,像小孩子一样。爱玲自嘲说,我们应该叫"两小"。桑弧接过道,两小无猜。提议去刻一枚图章。如今两小在场,无猜在哪儿? 太难了。

桑弧也主动提过结婚。那是张爱玲两个月没有来月经,爱玲告诉桑弧八成是怀孕了。男人强作笑容,压低了声音说:那也没什么,不行就宣布……下面两个字没有说出来,女人明白,是结婚,他到现在还不敢说。女人落泪了,道:我们这样开头也太惨了。她的意思男人也明白,因此而结合无异于强迫。男人嘴里说着"那也没什么",但看得出来,他很无奈,很慌张。赶往医院检查,没有怀孕,是子宫颈折断过,胡兰成惹的祸。虚惊一场。

终于一天,桑弧要结婚了。新娘不是张爱玲。桑弧来见张爱玲,心神不定地绕着圈子踱来踱去。张爱玲笑了笑,问他什么时候结婚。他也笑着,很尴尬,回答是已经结了。看来他是害怕举行婚礼的时候张爱玲去闹场,没有通知她,匆匆办了事。他也太小瞧张爱玲了。当然张爱玲不可能无动于衷,想起她的这位情人偎依在别的女人怀里,别提多别扭了,"心里像火烧一样"。她奇怪,脑子里怎么就从未出现过胡兰成跟别的女人在一起时的场景。

其实,桑弧还真取代不了胡兰成在张爱玲心中的地位。那天桑弧刚走,姑姑张茂渊对张爱玲说,瞧他坐在那里倒是真漂亮。爱玲答,我怕是对他太认真了。姑姑"直见性命",摇摇头,不屑地说,到不了你对胡兰成那样。

桑弧确实没法跟胡兰成比。不说诚意和学识，单是聪明劲儿就差着一截。桑弧总觉得张爱玲高深莫测，因为她说的那些他根本理解不了，睁大眼睛天真地问，喂，你在说些什么？张爱玲当然也觉得桑弧挺高大——女人喜欢仰视自己的情人——那是一起看电影，见桑弧那种内行的样子便不由肃然起敬，但也仅仅是佩服而已，就像普通人惊讶电工的高超技术一样，而对胡兰成则是崇拜，恨不得做他脚下的尘埃。还有阅历，这点连桑弧都看出来了，对爱玲说：你大概是喜欢老的人。他不说年长而说老，要是年长自己就在里面，而老则把自己排除在外。

张爱玲爱桑弧吗？不能说不爱，但说喜欢似乎更合适，他是替身演员。可以说是非常喜欢，然而再喜欢终归也还是喜欢。

这场情事无疾而终，从1947年春夏到1951年上半年，静静地保持了四年，不算短。他们合作了两部影片，《不了情》和《太太万岁》，张爱玲编剧，桑弧导演。她还参与了桑弧任编剧和导演的《哀乐中年》的写作。

对于这段恋情，张爱玲这样总结：桑弧的事"她从来没懊悔过，因为那时候幸亏有他"（《小团圆》）。想起桑弧，眼前便切入这样的镜头：一个男孩被父亲抱着坐在黄包车上，风大，又对着脸。大人拉过围巾捂住儿子的嘴，叫道："嘴闭紧了，嘴闭紧了！"——桑弧讲给爱玲听的，这个孩子就是他，那时父亲还在。

一个漂亮的大男孩。

3. 决绝

周训德和范秀美的出现对张爱玲的打击是致命的。《小团圆》

235

中描述了这一心路历程。

其实张爱玲相当开明,他知道男人的特点,更清楚自己的丈夫。她早就讲过:"一般的说来,女性的生活不像男性的生活那么需要多种的兴奋剂,所以如果一个男子公余之暇,做点越轨的事来调剂他的疲乏、烦恼、未完成的壮志,他应当被原谅。"(《谈女人》)因而当她从胡兰成到武汉后的第一封来信中得知有位周小姐的时候,只是玩笑式地说了句自己可是最嫉妒的女人,委婉地提醒丈夫当心,同时表示她很高兴,因为有这样一个十七岁的小护士在身边,丈夫的生活不至于太枯燥。张爱玲所谓的调剂就是聊聊天,谈谈学问,散散步,一块吃个饭看个电影,最多调调情,不能发生性关系,如果一不留神偶尔越线,也绝不可以动真情。话虽这么说,但另一方面,她又着实有些心虚,自觉不自觉地感到这个女孩子是个危险。所以当胡兰成问炎樱一个人是否可以同时爱两个人时,张爱玲眼前一黑,差点晕过去。她最怕丈夫对小周动真格的。

胡兰成在妻子面前从来不避讳谈小周,讲她的美,她的上进,就连给他胡兰成洗衣服都洗得那样干净,还说要存钱送她去上学。日本投降,本来说过不希望战争结束的张爱玲这回来了个一百八十度大转弯,心说这下可好了,胡兰成这个准皇帝垮了,那个傍大款的小丫头片子铁定躲得远远的。不承想人家是真爱,胡兰成逃离武汉前两人上演了一出生离死别。是胡兰成南逃时住在爱玲寓所的那一夜亲口对她讲的。她猜他们八成发生了性关系,尽管她不愿意也不敢这么想。因为小周横在那里,虽然是临别前仅有的一夜,爱玲怎么也提不起兴致。

草草做完后,丈夫睡熟了,背对着妻子。张爱玲竟动了杀心,差点激情犯罪。她太失望了,由失望转恨。厨房里有刀,两把,一把切菜，一把切西瓜。西瓜刀窄长，比较顺手。对准汗津津的褐色脊背一刀刺去，就结束了。他现在是遭到通缉的人了，拖下楼梯往街上一丢，看她青芸有什么办法。不行，张爱玲心里摇摇头。她读过侦探小说，百密一疏，总会露出破绽，警察会把她抓走，因对不起你的人而死太不值当，因他坐牢也犯不上。丈夫翻了个身，面对着妻子，她不愿看他那张市井泼妇式的脸，也转过去，背对着他。

张爱玲太大意了，也太自信了。她有个中短篇《等》，其中有句对话，是一个女人对另一个女人说的："我不是不知道呀，庞小姐！我早猜着他一定是讨了小。本来男人离开了六个月就靠不住——不是我说！"写这篇小说的时候正是胡兰成去武汉。这么明白的人怎么偏偏放在自己身上就糊涂了？她是自欺，心存侥幸，不敢正视现实。

自欺归自欺，毕竟有了心障。胡兰成从武汉回来带钱给张爱玲，说这些钱放在你这里。"你这里"三个字非常刺耳，似乎还有个"她那里"。这话本来没什么，可现在却让人别扭。胡兰成从武汉逃回上海，跟张爱玲要他写给她的信，说是写他们的事情用作资料，还把她写给自己的信都拿出来还给她。这件事本来也很正常，写作确实需要资料，然而现在也让人生疑。这说明两人的关系早在这一夜之前就已经出现了裂痕。

"有了爱的婚姻往往是痛苦的。"（《心经》）胡兰成走后，张爱玲很迷茫，心神不定。斯家四儿子负责传递信息，见张爱玲落泪，建议她去趟温州。女人摇摇头。过了一会儿，男人忽然不经意地露出一句：听胡先生说话，倒是想小周的时候多。女人淡淡地"哦"了一声，其实心里已经火烧火燎开了锅。本来还摇头的，现在当即决定去温州。路再远山再高水再深也要去，一定去必须去。她要当面讨说法。

张爱玲千里寻夫,有一大半是因为周训德。她已忍无可忍。

到了温州,周训德的问题没解决,又冒出个范秀美!

斯家四儿子有心计,他说动张爱玲去温州,周训德不过是幌子,目的是破坏胡兰成与范秀美。范秀美是他父亲的姨太太,也是他名义上的母亲,出了这样的事,斯家以及他本人都不高兴,所以必须及时制止。张爱玲去了管用吗?

范秀美给张爱玲的第一印象是"很俊秀"。淡白脸(虽然病后变黑,但仍比一般人白净),没烫头发,中等身材,朴素的旗袍上套件深色绒线衫。张爱玲估计她三十几岁,但看上去要年轻得多。她虽然静静地坐着,但眼睛没歇着,偷偷地打量张爱玲。张爱玲一看就知道其中有事,但她不怪胡兰成,因为逃亡在外的人应该有个依靠。她仍旧在自欺,宁愿相信她只是丈夫的红颜知己,没有走到建立性关系那一步。

不知出于什么心理,胡兰成竟然把范秀美带到张爱玲住的旅馆。说了几句话便冷了场,为解除尴尬,张爱玲夸范秀美好看,说给她画像。画了一只眼睛,张爱玲停下笔,对胡兰成说,这眼睛倒有点像你。胡兰成的脸顿时沉了下来,范秀美走了。张爱玲话里有话,两个人在一起时日久了,因为共同的生活在举止上表情上习性上自然会呈现相似的地方,人们称之为夫妻相,要不胡兰成怎么不高兴呢。

张爱玲终于摊牌了。据《今生今世》,她要胡兰成表态,是要周训德还是要她张爱玲,说如果你选择小周,我可以走开。范秀美没提。她一次只能在一条战线作战,况且范秀美眼下是胡兰成的唯一依靠和安慰,她不忍心让丈夫累累若丧家之犬。

胡兰成坚决不做这种二者必居其一的抉择。说,你在我心目中至高无上，是没有什么能够比较的，如果进行选择，不但委屈你，也对不起小周。张爱玲寸步不让，说还是请你选择，即便骂我不讲理也罢。又说：你我的婚约上写着"愿使岁月静好，现世安稳"，你给我安稳了吗？胡兰成辩道：时局如此动荡，我跟小周有没有见面的那一天都不知道，你何必一定要我表态呢！见事已至此，张爱玲叹了一口气，说：你到底不肯。我想过了，假使我不得不离开你，也不会寻短见，也不可能再去爱别人，我——，只是枯萎凋落了。胡兰成恻然无语。他能怎么办？听着挺严重，但他不相信张爱玲会离开自己。

用今天老百姓的话说，胡兰成真够轴的，一点变通都不肯。小周在他心目中太神圣太纯洁了，他不能让心中的圣地受到点滴污染。他还做了一件轴事，承认他跟范秀美的关系，再看张爱玲的表情，已经说不出话了。

张爱玲走了。她是个失败者，不仅败给了周训德，也败给了范秀美。温州之行是失望之旅、伤心之旅。张爱玲泪洒温州。

胡兰成何以如此残酷？他这么说："我待爱玲，如我自己，宁可克己，倒是要多顾顾小周与秀美。"（《今生今世·天涯道路》）意思是先人后己，重人轻己，张爱玲是妻，属于己，而周训德和范秀美则属于人。或者张爱玲为大，周训德和范秀美为小，大的让小的。他可真会分配。

回到上海，张爱玲陷入深深的痛苦中。"那痛苦像火车一样轰隆轰隆一天到晚开着，日夜之间没有一点空隙。"（《小团圆》）让她痛苦的当然是负心汉胡兰成。走在马路上，耳畔飘过店家收音机播放的京戏，声音非常像胡兰成，泪水立即涌上眼眶。坐在饭桌旁，她想起胡兰成寄人篱下，新鲜蔬菜都变了质，吃到嘴里像湿抹布，又像纸。她做了一个梦,梦见小时候的一个朱漆小橱柜,自己往面包上抹酱,准备带给胡兰成,而他就藏在隔壁一座空房间里。张爱玲茶饭无心,姑姑见又是一碗饭没动,说:你这样"食少事繁,吾其不久矣"!吃得那样少心思那样重,再这样下去,命就没了。

可不是吗,那天张爱玲在街上,猛地看见橱窗里一个苍老的瘦女人迎面走来,吓了一跳,定睛细瞧,竟然是自己,都不认识了,她有好几个月没来月经了。她说自己不会自杀,但这念头还是冒出来过,不过终于按了下去。她给胡兰成写信倾诉自己的痛苦,他不是装傻就是辩解。这个男人离她越来越远。

张爱玲又见过一次范秀美。其时胡兰成避走诸暨斯宅,范秀美到上海看病,胡兰成带信要爱玲帮她。看什么病张爱玲没问,他们现在的情况如何也没问,只是在家里招待她吃了顿便饭。饭桌上见她食不下咽的样子,张爱玲心底本能地涌起一阵厌恶。其实范秀美是来打胎的,她怀了胡兰成的孩子。不能当着斯家人的面在诸暨做手术,只能住到上海胡宅,他们现在没有收入,胡兰成便安排青芸带着范秀美来找张爱玲。张爱玲也没有钱,快两年了,她非常失落,很少动笔,写出的东西也不像样。但忙还是要帮的,她拿出一只金手镯给青芸,让她换成钱。青芸通过妇科护士找到一位医生,出高价使范秀美顺利渡过这一关。

胡兰成不知趣,给爱玲的信里大秀他与范秀美的爱情,还说爱玲应该嫉妒她。一副孩子向母亲炫耀撒娇的模样。张爱玲又好气又好笑,心说全然弄错对象。但还是回了信,还托斯家四儿子给躲在诸暨的丈夫带去香烟和剃须刀片。香烟抽掉了,刀片舍不得用,胡兰成把它压在箱底,说如同放在自己心灵深处。

姑姑张茂渊知道了胡兰成跟周训德和范秀美的事,下结论说:

他也太滥了。用张爱玲的话叫"糟咪咪，一锅粥"（《小团圆》）。

滥人来了。1947年初，胡兰成离开诸暨返回温州路过上海，来找爱玲。一见面，胡兰成觉得妻子变了，迟疑了一下说，你这样美。刚坐定，电话响了。桑弧打来的。这时他们虽然还没有发生恋情，但走得很近。桑弧是土生土长的上海人，不说国语，所以张爱玲也讲上海话。三言两语赶紧讲完，爱玲回到客厅。胡兰成搭讪道，你讲上海话的声音很柔媚。丈夫话里有话，妻子态度不大自然，空气有点紧张。连姑姑都察觉到了，做饭时对爱玲轻声道：我觉得这次你对他跟以前不一样。

晚饭后，张爱玲和胡兰成回到卧室。聊了会儿熟人情况，张爱玲突然问他跟小周是否发生过性关系。胡兰成点头承认，说是在他逃离武汉时自己强迫她发生的。胡兰成将责任一股脑地揽到自己身上，生怕别人把这个女孩视为别有用心。见爱玲不说话，胡兰成便拿出周训德的照片递过来，张爱玲看过又递回去。话题岔开，聊了些别的。看看爱玲神色缓和了一些，丈夫要妻子坐到身旁，爱玲听话地挨他坐下。丈夫要妻子脱掉外衣。空气凝固了，身边的这个人尽管挨得那么近，但爱玲觉得虚笼笼的，她看见自己从棉袍里钻出身，露出里面的丝背心。胡兰成的眼睛狠狠地盯住妻子的胸部，那里似乎比从前丰满了一些——他猜她有了情人。张爱玲坐不住了，像是忘记了拿什么，起身离去。

这一夜张爱玲住在客厅，再也没进卧室，躺在床榻上很快入睡了。她是个干净人，实在忍受不了"一锅粥"，脏兮兮的，让人厌恶。她想起母亲的一句话："你不喜欢的人跟你亲热最恶心。"（《小团圆》）母亲说的是她的丈夫、张爱玲的父亲，那时母亲对父亲已经没有感情了。如今女儿面对同样的情形。

睡梦中被人摇醒,天光已现。是胡兰成,他俯下身子亲她。爱玲伸出双臂围住他的脖子——这动作跟他们初次接触时一样——突然泪流满面,叫了声"兰成"!

胡兰成很囧,强作笑容。张爱玲心中一震,断定他不爱自己了。因为爱是自然的流露,是不会窘迫的。想到这儿,张爱玲抽出手臂,拉过棉袍蒙在头上。完了,最后一次机会如灵光一现,闪了闪便消失了。

张爱玲进卧室给胡兰成送早餐,发现抽屉被翻了个底朝天,纸张乱七八糟地堆在桌面上。张爱玲惊讶极了,不相信这是一直把礼义挂在嘴边的胡兰成干的。看好了,看你查得出什么。张爱玲挑战地望着眼前这个男人。"她一直什么都不相信,就相信他。"(《小团圆》)现在她不相信他了。

这个矛盾闹得够大的,要是放在别的夫妻身上早就打翻了,但在胡兰成和张爱玲那里绝不会出现哪怕稍微激烈一点的冲突。两个人都不会吵架,有了怒气怨气便强压下去。胡兰成对此似乎很有些遗憾,说:"世上的夫妻的,本来是要叮叮堆堆,有时像狗咬的才好,偏这于我与爱玲不宜。"(《今生今世·永嘉佳日》)

青芸来接叔叔,送他上船。张爱玲把准备好了的二两黄金拿出来,交给青芸。胡兰成在旁边看着,不动声色。

胡兰成走了。这是他们最后一面。以后再也没有见过。

回到温州后,胡兰成来过几封信,诉说心中的委屈,说自己吻爱玲而爱玲却不回应,实在令人惆怅,接着声明自己永远爱她。张爱玲回信很短,一封信里说:"我觉得要渐渐的不认识你了。"(《今生今世·永嘉佳日》)

这时桑弧正在逐步深入张爱玲的生活。在两人确立情人关系大约一个月后，1947年的6月10日，这个时间胡兰成记得清清楚楚，因为正是这一天他收到了张爱玲的决绝信。

信中写道："我已经不喜欢你了。你是早已不喜欢我了的。这次的决心，我是经过一年半的长时间考虑的，彼时唯以小吉故，不欲增加你的困难。你不要来寻我，即或写信来，我亦是不看的了。"（《今生今世·永嘉佳日》）

小吉是小劫的隐语。胡兰成陷于劫难，张爱玲念及夫妻情分不忍诀别，现在看到灾星已退，遂提出分手。这封信一点余地都不留，斩钉截铁，完全是张爱玲母族的做派。看来她的感情已然全部彻底地肃清，连爱字都不屑用，代之以喜欢。这是两人交往的底线，连喜欢都没有了，也就无须来往，所以不要来找也不要来信，就是写信来也不拆看。真绝，所有进口封得死死的。

胡兰成刚看第一句，便觉得晴空一声霹雳，然而这声巨响只震在耳边，却没有在心中激起波澜。他也奇怪自己的心思竟然如此平静。不是因为他有预感，提前做好了精神准备，他感觉好得很，非常的自信，根本想不到会有这一天。他的平静来自于一种习惯，就是无条件地接受和服从张爱玲的意见，只要张爱玲说了，那就是好的。对这个决定也一样。胡兰成放下信，走出屋子，阳光如水，天地一派清润静正。

他觉得张爱玲的表现非常好，真的非常好，他欣赏他赞叹，如此清坚决绝，简直可以跟佛家禅宗的公案相比。唐朝有个僧人名从谂，因住赵州观音院，俗称赵州和尚，简称赵州。那时他还是个伙夫，一日烧饭，瞥见文殊菩萨坐在饭锅上，挥舞饭铲便打，叫道"文殊自文殊，和尚自和尚"。胡兰成说，张爱玲就是今日之赵州，清洁无染，绝不允许自己落于"雾数"，于是上演了这场干净利落的诀别。想到这儿,胡兰成回到屋里继续写他的《山河岁月》。

然而胡兰成毕竟没有成佛,终究还是放不下,苦楚隐隐袭上心头。因张爱玲有言在先,无法直接去信,便给炎樱写信,大意是自己对张爱玲一片赤诚,不想有心栽花花不成,真切希望爱玲能体谅他的苦心。他知道这女子识不得几个汉字,又故意写得古奥难懂,想必她一准会拿给张爱玲解读。胡兰成估计得对,据《小团圆》,炎樱确实去找爱玲,并问怎么办。爱玲说你的任务完成了。炎樱明白,没回一个字。

张爱玲不想看胡兰成的信,不光是内容,文字也无法忍受。总是"好的"与"不好"那一套,令她又厌恶又好笑,几乎要叫起来。从前那么崇拜他的文章,如今这般厌恶,反差如天壤。

关于这封诀别信,还有两个情节。

一个是这封信桑弧看过。因为担心桑弧有压力,张爱玲特别声明,这封信早就写好了,跟他桑弧一点关系都没有,不过是让他了解点情况。的确是这样,在她跟胡兰成见最后一面之后,就写了这封信,放在抽屉里已经有小半年。但加了一层意思,这是因为前一天张爱玲解释与胡兰成破裂的缘由时,桑弧冷笑着来了句:原来是为了吃醋。指的是跟小周争宠闹意气。新加上的话是:"我并不是为了你那些女人,而是因为跟你在一起永远不会有幸福。"本想再写上"没有她们也会有别人,我不能与半个人类为敌"(《小团圆》)。这是说他太滥,本性难移。读起来像是赌气,便算了。张爱玲清楚,说是跟桑弧没关系,"究竟不免受他的影响"(《小团圆》)。

另一个是随信汇来三十万元,这是从剧本《不了情》和《太太万岁》的稿费中拿出来的。相当于后来胡兰成做教务主任的一个半月的工资,可以买六百斤稻谷,加工成米,足够一个成年男子活一年。此前张爱玲虽然没有收入，仍旧给胡兰成寄过几次钱，胡兰成在温州能够活下去，包括范秀美在内，有一半靠的是张爱玲的汇款。除了这些钱，范秀美做手术用掉一只金手镯，又给了青芸二两黄金，总数正好对上胡兰成送与张爱玲的四两黄金。至此他们在经济上算是扯平了。事后胡兰成算过，的确如此，兴许张爱玲付出的还要多一点（见《今生今世·瀛海三浅》）。张爱玲做人真是清爽，的确如胡兰成所言，经济来往上绝对两清。其实张爱玲拖到这时才宣布绝交，经济上也是一个原因，她要等到把钱的事完全解决了再行动。

对于与胡兰成的这段恋情和婚姻，张爱玲说："他们至少生活过。她喜欢人生。"（《小团圆》）很淡定，无怨无悔。胡兰成以及他给她带来的喜怒哀乐已经融进了她的生命，爱生命就要接受这一切。

他们在1944年初春相识，暮春相爱，夏秋之交结婚，1947年初夏分手。婚姻关系持续不足三年。他们聚少离多，如果去除胡兰成在武汉和温州、诸暨的时间，他们在一起的日子也就六七个月。然而却是中国文坛上最吸引人们眼球的永远说不完道不尽的一段恋情与婚姻。

胡兰成与张爱玲关系的破裂，时局变动是外因，性格上、意识上、性取向上的相悖及其所促成的婚外情是内因；周训德、范秀美、桑弧是推手，其中桑弧扮演了压垮骆驼的最后那根稻草的角色；总体上看，就肇始和发展而言，胡兰成是主因，就决断而言，张爱玲是主因。

慢慢地，胡兰成也就释然了。"爱玲是我的不是我的，也都一样，有她在世上就好。"（《今生今世·永嘉佳日》）"人生聚散是天意，但亲的只是亲，虽聚散亦可不介意。"（《今生今世·雁荡兵气》）胡兰成拿姻缘之说来解救自己，从阴霾中走出来。为此他甚至认为，凡是英雄美人，一定不如意。譬如屈原放逐、昭君出塞就是如此。这里潜隐着大众的情感和意愿，仿佛英雄不遭流放就够不上英雄，美人不遭磨难就够不上美人似的。民意就是天意，所以这里又有着上天的安排（见《禅是一支花·第四十则》）。这分明是说，他胡兰成与张爱玲的分离不以个人愿望为转移，非人力所能抗拒。其实离也不是全离，人走了，亲情留下来。只要还有亲情，人就牵着。

因为情分还在，张爱玲的影子时不时地出现在胡兰成眼前。"我仍端然写我的文章，写到《山河岁月》里的有些地方，似乎此刻就可以给爱玲看，得她夸赞我。有时写了一会，出去街上买块蛋糕回来，因为每见爱玲吃点心，所以现在我也买来吃，而我对于洋点心本来是不怎么惯，爱玲还喜欢用大玻璃杯喝红茶。"（《今生今世·永嘉佳日》）放不下，还是放不下。

1950年3月，胡兰成离开大陆去香港，行前曾去过张爱玲寓所。他犹豫再三，又想去又不想去。想去，是道别，要亲眼看看才放心。不想去，是怕碰钉子，张爱玲有言在先，来了也不见。他了解他的这位前妻，是一定做得出来的。他们在一起时曾谈过《西厢记》，说起张生去郑家看望崔莺莺，没见到，张爱玲说"她当然不见"。况且在自己与她的关系上他也没有什么打算。但胡兰成最后还是去了。他是讲究礼义之人，又是情种，一定得去。

他来到赫德路192号爱丁顿公寓，上到六楼，站在65室门前。一个妇人开的门。胡兰成说见张爱玲小姐。妇人摇头，说没有这个人。再问，说她是半年前搬来的，从前的情况不清楚。

物是人非，让人顿生苍凉。胡兰成边走边回望，还是那间阳台。他和爱玲常常在这里说话，眺望西天的晚霞，俯瞰下面沉沉的上海，市声高一声低一声地传来。爱玲捧茶给他,那姿容真艳。还记得他们目送侄女青芸,青芸说他们像在天上。如今阳台——张爱玲阳台——人去台空,只有风儿吹过。这时耳畔响起一首广西民歌:

  哥是连妹有真情,
  水遥山远也来寻。
  虽然水淡情义重,
  虽然淡水也甘心。

  过去了,一切都过去了,火变成了水,清净而平淡。

第六篇
余 续

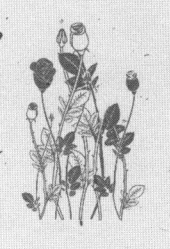

第一章　胡兰成

胡兰成抵达香港的时间是1950年的4月份。这个地方国共两党都管不到，用不着再隐姓埋名，遂恢复了本名。

香港只是他的中转站，他的目的地是日本，要投奔的是过命朋友池田。他这是冒险，两人失去联系足足五年，池田那边什么情况一无所知，但他固执地相信，这家伙肯定在，叫一声天地皆应。香港人生地不熟，要筹备资金，还要摸清去日本的门道。用了五个月的时间，从熊剑东太太等人那里筹得了路费，疏通了偷渡日本的渠道，于是把身上仅有的钱买了一只三钱重的金戒指以备上岸兑换，然后化装成水手模样，混上一条船，瞒天过海到了日本。这时是1950年9月中下旬。

终于联系上池田。这位仪表堂堂西服革履的前外交官如今一身短打扮，脚踏草履，头戴斗笠，活脱脱的引车卖浆者流。他现在的职业就是推着小车沿街叫卖水果蔬菜。日本战败，美军占领下能有这么一个营生得以养家糊口够幸运的了。池田把胡兰成接到清水市的家里住下，施展外交本领，根据胡兰成所长，为他联系到一份工作，担任《每日新闻》的撰稿人，同时安排他去各地演讲，收入足以使胡兰成衣食无忧。胡兰成笔头和口才都很过硬，做这些轻车熟路，空余的时间还有不少，便报了个班学日语。这一年胡兰成已过四十四岁，学习一定很吃力。

在池田家住了半年，1951年3月胡兰成从清水迁居京都。除了写稿就是到处演讲，真是优哉游哉，引来一片羡慕，就连大政客自由党总裁绪方竹虎都说，像胡先生这样吃喝不愁又能写自己想写的文章，我实在羡慕。当然也有麻烦，不是来自日本，而是来自台湾。国民政府在日本有个代表团，自然不能容忍一个被通缉的汉奸如此张扬，便警告《每日新闻》和外务省有关人员，要求不采用胡兰成的稿件，不安排他演讲，同时与美军司令部交涉，要求日方警察部门调查胡兰成。来来去去一年多，也没能把胡兰成怎么样。后来胡兰成借何应钦访日之机前往游说，以广泛团结人才打动他，这才作罢。

这年7月底，胡兰成换了住处，新房东的女儿名一枝。胡兰成是风流荡子，风流，风动水行也，他是走到哪儿就风流到哪儿，如今风流到了日本人家。

一枝三十露头，已婚，有孩子，出身士族。嫁的丈夫不般配，属于范秀美说的"没魄力"那一类，是入赘女婿。与中国风俗一样，入赘是一件让人抬不起头的事。如果说一枝是牡丹，她丈夫就是荆棘，差别不是一般的大。一枝皮肤白皙，但长相一般。胡兰成说，他喜欢的就是一般，因为更能体现"人生的现实"，他愿意跟这样的女人一道生活在世上人家里。

胡兰成有句名言，我们前面引过，是讲他对于女人与其说是爱不如说是知。知可以解作知心、相知、知己，也可以解作知长短、知弱点、知要害、知需要，也就是知己知彼百战不殆的知。除了了解一般情况，胡兰成还进行实地侦察，趁一枝打扫他的房间，壮着胆子问丈夫对她如何，一枝非常坦诚，回答说很冷漠。胡兰成有了底，便开始行动了。他请一枝和她母亲看电影,黑暗中动手动脚,一枝居然没有拒绝。这离胡兰成做房客仅仅三天。

很快胡兰成就如愿了,把这个日本女人发展成情人。这年胡兰成四十五岁。照他说,这个时候他与一枝,双方都没有长远考虑,也谈不上爱情,两个人就是想在一起,就像中国民间的旧式婚姻,双方互不相识,洞房花烛夜单是喜气而不见激动。通俗地说,他俩这叫抱团取暖,完全出于生理需要。想一想,他们相识只有三五天,语言又不通,很多时候要靠用笔写在纸上连猜带蒙,这么短的时间,几乎没有什么交流,怎么建立感情?

没有爱不要紧,女人是沃土,只要男人浇灌,爱情会很快发芽生长。半个月后胡兰成去外地演讲,给一枝寄回一张明信片,只是报告行期。女人看了又看,藏进胸口贴肉的小衣里,算着日子等男人归来。女人坠入了情网。

胡兰成也一样,他迷恋上了这个女人。白天家里没人,只剩一枝和胡兰成。做罢家务一枝梳妆,胡兰成放下笔,跑到一枝房里坐到旁边看她梳妆。一枝下厨房,他又放下笔,追到厨房看她做饭。一枝整理箱子,他站在一边,看她叠衣服。一枝配眼镜,他陪着去。一枝去市场买菜,有时他也跟着,看她怎么与人打交道。他最喜欢看的是一枝穿和服,说和服是美在外面,艳在里面,穿的时候和脱的时候都散发着女体的清香。他就这样整日黏着她。

两人日渐情深。胡兰成在自己屋里写文章,一枝猛地进来,惊他一惊,等男人反应过来,她已经坐在身边了。男人拥抱她,她叫一声:我的好人!端详着男人的脸,说,你若叫我死,我就死;真的,你说一声,我现在就去死。胡兰成与一枝,借用俗滥了的一句话说是先结婚后恋爱。

还别说，胡兰成还真跟一枝提出了结婚的事。在他心目中，两人已经是夫妻了，他自问道，两人这样天天在一起，不是夫妻是什么？一枝也拿他当丈夫待，买菜回来，总给他带些好吃的，比如一串葡萄什么的，用的是她的私房钱。然而胡兰成的提议却遭到断然拒绝。一枝说，不可以，我是人妻。又表示，像现在这样就挺好。胡兰成以为是自己诚意不够，一枝说不是的，是胡兰成欠考虑，像他这种情况的人要在日本待下去，这么做很危险。

一枝说得对。自己与一枝的私情胡兰成就没敢告诉池田。胡兰成曾向池田打听一个人的情况，池田说此人与别人的妻子同居，破坏他人家庭，语气很是不屑。胡兰成由此联系自己，池田正直无私，如果给池田知道一定不会原谅。当时的日本社会极其严苛，那些越轨的人别想有好日子过，不想受辱只有自杀。所以胡兰成对自己与一枝的事格外小心，结婚一事也不敢追得太紧，完全看一枝的态度。

一枝没有离婚，她是一个规矩守旧的人。他们就这样偷偷摸摸地在一枝家过了两年。后来胡兰成搬出了一枝家，两人又保持了一年的情人关系。再后来胡兰成离开京都回到清水，最初还有通信来往，一枝生怕胡兰成发生经济困难，还寄去饼干。再后来联系就断了，音信皆无。胡兰成没有找过她，说是出于敬重。他与一枝的关系总共持续了三年。

胡兰成只向一枝要过一件东西：一块布——那是她做新娘时做包袱用的，上面绣着金线凤凰。胡兰成也拿它当包袱皮用，包裹《今生今世》的稿子。胡兰成陪一枝给她的亡父上过坟，大概是以准女婿的身份吧。张爱玲曾说日本女人风流，比不上中国家庭主妇有品性。不尽然，一枝就是重情重义之人，浩浩如天，不比周训德和范秀美差。胡兰成幸运,遇上的都是好女人。

想起一枝,胡兰成眼前便浮现出这样的情景:一个女人在前厅为家人做针线,手下是一块廉价衣料,她量来量去,珍重得很,因为是给亲人缝制的。下午的阳光斜斜照进来,院子静静的,可以听到远处隐隐的市声。胡兰成说:一枝做人有礼敬。

胡兰成终于结婚了。女方叫佘爱珍。

佘爱珍跟他一样也是个亡命客,所谓同是天涯沦落人。除此之外,他们还有着共同的经历,都是汪政府的人,是老相识了,不是一般的熟,而是相当的熟。胡兰成当年为偷渡日本共筹得一千二百元港币,其中佘爱珍出资二百元。

胡兰成笔下的佘爱珍,高挑身材,皮肤雪白,脸若银盆;眉毛清淡,眼睛黑白分明,眼珠如点漆,眼白如秋水,不带一丝红筋。留着张爱玲说的S头,不搽口红,不着花衣,喜欢穿玄色或青灰色旗袍。她的华丽贵气是骨子里带出来的,虽是女身,却无女人腔,举止言谈劲头十足,从里到外洋溢着大丈夫气概。胡兰成赞赏她的美,认为美就美在女人男相。

胡兰成说,佘爱珍的美是从性命中洗练出来的。父亲是富商,她打小就能干,像《红楼梦》中的薛宝钗,不要说下人了,就是哥嫂都敬重她,遇事跟妹妹商量。做人也像薛姑娘,极通人情,尽管得势,但明白什么事都不能一人独占,一定要给别人留条路,所以大家都服她。然而她对自己的事却糊涂,十九岁时怀了孕,只好给对方做二房。后来儿子死了,她便回到娘家,不久便嫁给了吴四宝。这吴四宝可是上海滩令人闻风丧胆的魔头,所谓的"白相人"老大。白相人,套用今天的话,好听点叫江湖中人,不好听叫地痞、混混、恶棍。胡兰成对吴四宝印象不错,说他是"民国世界上海白相人中第一条好汉"。为什么夸他？因为这爷儿们敢跟租界当局分庭抗礼，而黄金荣、杜月笙都做不到这一点。吴四宝是粗人，佘爱珍大丈夫气，又是女校毕业，便让她参与帮会里的事。

那么胡兰成怎么跟佘爱珍成了同事？原来汪精卫回到内地组建伪政府，手下无一兵一卒，连警卫人员都没有，便打上了吴四宝的主意。双方一拍即合，白相人成了负责政府安全、维持地方治安的武装力量。当时负责这一摊的部门人称七十六号机关，吴四宝任警卫大队长，他的人马实际上是这个机关的主体。佘爱珍本来就管着帮会里的事，如今自然而然便转到了七十六号机关。胡兰成喜欢串门交朋友，跟吴四宝一见如故，由此也就结识了佘爱珍，经常到吴四宝家消磨时光。佘爱珍不是只动嘴，还经常出现场，亲身参与和指挥打砸抢，说她是女汉子委屈了她，应该说是女魔头。

七十六号机关闹内讧，吴四宝被李士群借日本人之手毒杀。佘爱珍哭得昏天黑地，数度晕厥。胡兰成前去吴府拜祭，家人求他劝解。他附在佘爱珍耳边说了句话，便抱起她穿过花园登上楼梯走进卧室放到床上，胡兰成说就像当年他娶玉凤为妻时抱她进屋。佘爱珍恢复过来后，手下徒弟要找李士群报仇，被她生生压下了，说怀疑李士群根本就是瞎猜，还说好花让它自谢，意思是让事情自然发展。其实是担心李士群进一步行动，斩草除根。

她还真等到了。熊剑东与李士群争权，胡兰成出主意让熊剑东效法李士群当初的做法，熊剑东以其人之道还治其人之身，借日本人之手毒杀了李士群。胡兰成也可以向佘爱珍交代了，原来他附在她耳边说的话是："不要哭了，将来我会报仇"。李士群死后，人们拿他的家人出气，被佘爱珍止住，说男子汉怎么可以为难孤儿寡母。

日本投降，有人劝佘爱珍把财产过户到戴笠亲信名下以求得保全。佘爱珍嗤之以鼻,列了张清单上交政府。胡兰成佩服得五体投地,说"她失败亦如金石掷地一声响"。佘爱珍被判处有期徒刑七年,关进牢房。上海临近解放,她获保释出狱,飞到香港,三年后来到日本。

挺传奇的是吧,别看今日亡命客,每个人身上的故事都能写一本书。

当胡兰成知道一枝与自己不可能结婚后,便瞄上了佘爱珍。对于这位女强人,胡兰成的心态跟当年对范秀美一样,利用之心有余,真情实意不足,图的是有个依靠。用他自己的话说是"说真也真,说假也假"。说真,是真想结婚,说假,是假情假意。

佘爱珍住在东京,胡兰成从清水来看她。一见面就叹气,说路上火车过铁桥,他差点从车上跳下去。这套老掉牙的追求女人的招数,胡兰成自己都觉得恶心,事后想起来羞愧得汗毛倒竖。然而佘爱珍却偏偏吃这一套,回答说你不可以这样,我今后还要指望你呢。言罢女魔头的脸上竟然泛起微微红晕,眼波荡出媚态。胡兰成见状立即动手,佘爱珍在前面跑,胡兰成在后面追,几个回合下来女人也就从了。女强人也是女人,女人一旦以身相许,心也就跟了过去,况且佘爱珍是白相人,讲究的就是你敬我一尺我敬你一丈;所以心意来得分外坚决,不久后胡兰成与佘爱珍便结成夫妻。这时是1955年春,胡兰成四十九岁,佘爱珍五十二岁。

胡兰成对佘爱珍说,我与你是缘。佘爱珍回道,我与你是冤。不是冤家不聚头。佘爱珍性子硬,胡兰成又缺乏诚意,时常口出恶言,责怪对方不懂自己,婚后头两年双方很不协调,远不如胡兰成与张爱玲等人。但佘爱珍让着他,过着过着,假的成了真的,日久生情,就像胡兰成与范秀美以及一枝,渐渐地胡兰成离不开佘爱珍了。妻子帮他誊清手稿，服侍他割了盲肠，为了补贴家用还开了一间酒吧。"夫妻的名分女子比男子更分明的承受。"(《今生今世·韶华胜极》)胡兰成终于承认他跟佘爱珍经过风风雨雨"两人成了一条性命"。不只活着时是一条命，死后也是一条命，胡兰成曾留言，死后与佘爱珍合葬。

  胡兰成心目中佘爱珍是姐姐，不是因为佘爱珍大三岁，而是总体感觉。前面说过，胡兰成有一个认识，以为中国的母亲像姐姐。所以拿妻子当姐姐，实际上找的是对母亲的感觉，说佘爱珍是姐姐，等于承认她这个妻子同时也具有母亲的意味。胡兰成有恋母情结，常常以此来要求情人和妻子，以致孩子向母亲炫耀般的在给张爱玲的信中大秀他与范秀美的恩爱，那种错位的别扭和反感令人无法忍受。这下好了，胡兰成的恋母情结终于在佘爱珍身上实现了，这也是为什么胡兰成在与佘爱珍结婚后，他的风流史便画上了句号的一个主要原因。

  对于胡兰成的几位女人，佘爱珍不喜欢周训德，叫丈夫"快快息了此念"。对范秀美印象好，夸这个女人善良。也许正因为如此，佘爱珍才表示与范秀美势不两立，说如果她来自己就走——佘爱珍有自知之明，估计自己不是对手。唯独对张爱玲，佘爱珍是真心的惋惜。认为胡兰成与张爱玲本来就应该在一起，说两个人都喜爱写文章，天生的一对夫妻。她催促丈夫写信，给张小姐赔不是，重新和好，还自告奋勇地出面说和，活像白相人调解矛盾。她真的给张爱玲写了一封信，当然胡兰成不会让她寄。

  胡兰成把梁漱溟战时在重庆举办的"勉仁书院"的勉仁二字拿来用在佘爱珍身上，说她会做人，还说她是理智的女人，连感情都具有"理性的干净"。

佘爱珍催促胡兰成给张爱玲写信并非空穴来风，而是事出有因。1957年底，胡兰成接到张爱玲一封信。信寄到池田处，由他转交。两年多前池田曾去香港，张爱玲当时还没有去美国，胡兰成托他前去探望，没见到，留下地址。

所谓信其实是一张明信片，公开的，以示关系一般，很有公事公办的味道。上面连上下款都省略了，写的是："手边如有《战难和亦不易》、《文明的传统》等书（《山河岁月》除外），能否暂借数月作参考？"明信片是从美国寄出的，后面用英文附有美国的地址和姓名。胡兰成手拿明信片，那字迹太熟悉了，尽管没有署名，但一眼就认出是张爱玲，却又不敢相信是真的。她要的两本书是胡兰成办报时写的社论，后集结出版。《山河岁月》香港市面上有，据小报消息，有人问张爱玲对此书的评价，她不置一词。这让胡兰成很是不平，虽然你的文章好，但我进步很大，新作不见得就输给你。然而找来张爱玲的新书《秧歌》和《赤地之恋》一看，立马泄了气，还是不如人家。

胡兰成的回信不光有上下款，还随信寄去近照。信中写道："爱玲：《战难和亦不易》与《文明的传统》二书手边没有，唯《今生今世》大约于下月底可付印，出版后寄与你。《今生今世》是来日本后所写。收到你的信已旬日，我把《山河岁月》与《赤地之恋》来比并着又看了一遍，所以回信迟了。兰成。"这里胡兰成耍了个小心思，故意强调对照着看，说这可以让爱玲心里发慌，此人太厉害了，应该挫一挫她的锐气。胡兰成的感觉可真好，他以为张爱玲跟他一样，其实他是自作多情。他在张爱玲心目中早就没有多少分量了，而且人家根本不屑于跟他一比高低。

信寄出后无回信。这时张爱玲与赖雅已经结婚一年多。他们夫妇财务状况很差,张爱玲急于写东西挣钱,看来她是在抓题材,胡兰成的这两本书兴许能够提供一些启发和帮助。

其实张爱玲与胡兰成分手后,张爱玲始终还在胡兰成心里。很长一段时间他都反应不过来,习惯上爱玲还是他的妻子,之后才猛地一惊,意识到他们已经不是夫妻了。他后悔。读汉武帝时李延年的诗歌:"北方有佳人,遗世而独立。一顾倾人城,再顾倾人国。宁不知倾城与倾国,佳人难再得。"是啊,张爱玲去了,是找不回来的,她在心中留下的位置任何人都无法填补。他知错了,骂自己是叛徒。

更多的时候是怀恋。在温州教书时,班里有个女生长得与爱玲有几分像,胡兰成每次见她都要想起爱玲。同事说起学生拔河,他想起爱玲来温州时对训练新兵的批评。独自坐在范秀美母亲的破败院子里,一阵心酸,又想起爱玲。到日本后逛商店看见女式和服,在菜市场看见海鲜,也要想起爱玲。写完《今生今世》,又巴巴地想要是爱玲知道该有多好。胡兰成在精神上跟张爱玲已经连为一体了,这辈子别想分开,他说就像她小说里比喻的"两个尸首背对背拴着,沉到底"(《禅是一支花·第三十二则》)。

1958年底,《今生今世》上册出版,胡兰成立马给张爱玲寄去一本。屈指算算时间,该有回信了。他心里起急,不光是想恢复跟爱玲的联系,更等着对方的评价,期盼着能从她那里听到一两句好话——这本书不仅是胡兰成倾全力打造的代表他最高水准的著作,而且里面单独为这位举世无双的才女辟出一篇,名《民国女子》。看看早就过了日期,胡兰成以为收不到回信了,一个劲儿地埋怨自己,不该在信中写些夹七夹八的话去撩拨她,不想信来了,这回有上下款。写道:

兰成：

　　你的信和书都收到了，非常感谢。我不想写信，请你原谅。我因为实在无法找到你的旧著作参考，所以冒失地向你借，如果使你误会，我是真的觉得抱歉。《今生今世》下卷出版的时候，你若是不感到不快，请寄一本给我。我在这里预先道谢，不另写信了。

爱玲　十二月廿七

　　称谓尚留旧日痕迹，但正文无一字有感情，个个像在冷水里浸过，这是把过去冰封雪藏了。像她那封决绝信一样，路被封得死死的，一点余地都不留。如果再给她写信，那就是不知趣也不知礼了。

　　张爱玲怎么看《今生今世》特别是关于她与胡兰成的那部分，我们下一节谈。

　　两人刚刚恢复的一丝联系被张爱玲彻底掐断了。责任在胡兰成，他不该心存不良之念从而在信中表现出浪子做派。

　　1959年9月，《今生今世》下册出版，胡兰成遵嘱寄给张爱玲。张爱玲有言在先，不着一字。

　　自此本书出齐，《今生今世》面世后反响强烈，特别是在台湾。

　　对此书的赞美主要集中在两个方面：一个是文化思想，一个是文字。其中诗人余光中的说法很有代表性，他肯定这本书"处处与外国文化作对比，时有灼见"。对文字更是称赞，说："句法开阖，吞吐转折回旋，轻松自如。遣词造句，每每别出心裁，与众不同。"青年女作家朱天文这样描述《今生今世》的读后感："石破天惊，云垂海立，好悲哀。"

　　当然也并不是人人都欣赏胡兰成的文字，台北《文艺月刊》的主编张放就不喜欢，认为别扭难懂，始终不向他约稿。

对《今生今世》的批评主要集中在它的政治倾向。汪精卫的"和平运动"实乃投敌卖国，胡兰成追随汪精卫做汉奸，是民族的罪人，这是历史的审判，板上钉钉。然而胡兰成却不忏悔反省，反而处处狡辩，为汪政府和自己开脱。任何一个中国人，只要稍具民族情感和良知，对他的这种态度都不能接受。

对《今生今世》的文化观，人们也提出了批评。胡兰成高扬中华文化，这完全正确，但他走过了头，认为传统文化什么都好，西方文化什么都不好。这种对己全盘肯定对人全盘否定的民粹主义观念和情绪极其有害，特别是在中国大步迈向现代化的今天，很容易走向反面，成为阻碍民族进步和社会发展的负能量。

意见归意见，影响归影响，《今生今世》的问世使胡兰成名声大振，很快便获得了文化巨擘的地位。台湾的中国文化学院向胡兰成发出邀请，1974年5月，胡兰成离日赴台任文化学院教授。然而好景不长，反对胡兰成的声音渐渐增强，终于左右了舆论，认为这个不知悔改的汉奸没有资格教育台湾青年，喊出了"汉奸胡兰成速回日本去！"于是文化学院于1975年10月停了胡兰成的课，函告他说：最近接获校内外各方反应，对阁下留住本校多有强烈反感，为策本校校誉与阁下安全，建议阁下自本校园迁出。辗转一番后，胡兰成接到台湾作家朱西宁邀请，搬到朱家隔壁，迎来了他生命中的又一个高峰。

朱家是台湾当代文学界的一大奇观。朱西宁祖籍山东临朐，随国民党军队退守台湾，以上校军衔退役。他自幼爱好写作，从军后仍笔耕不辍，终于成为著名作家。其妻刘慕沙亦非等闲之辈，是日本文学翻译家。更厉害的是他们的三个女儿，名朱天文、朱天心、朱天衣，年纪轻轻便各以佳作给自己打下一片天地，颇有张爱玲当年出道时的气象。朱西宁最推崇的中国作家就是张爱玲，编选"中国现代文学大系"，涉及小说家九十八位，张爱玲名列第一，送她八个字："万古常空，一朝风月"。有其父必有其女，朱氏姐妹也是十足的"张迷"，爱屋及乌，自然不会放过胡兰成。胡兰成旅台教书，朱西宁曾两次带领女儿登门拜谒。

见胡兰成有难，朱家出手相援。为了使胡兰成有一个舒适的环境，朱西宁拿出几千元置办家具，然后将房子"租给"胡兰成，饮食起居均由朱家照料。胡兰成与朱家为邻是1976年4月底，住了整整六个月。这时胡兰成已经七十高龄，为报答朱家深情厚谊，也为了宣传自己的学术，他给朱氏姐妹授业解惑，听讲的还有其他一些文学青年。最初大家的想法是，见不到张爱玲，见见胡兰成也好。渐渐深入进去，竟被这位老先生迷住了，既崇拜他的学识，也钦慕他的风度。为了讨他的欢喜，有的已经具有知名女作家头衔的学生竟然大段背诵张爱玲的文字。胡兰成的形象迅速生长，已然一代宗师，学生们称他"胡爷"、"兰师"，还有叫他"嘉仪"（胡逃亡温州时用假名张嘉仪）的。

胡兰成的影响绝不仅仅限于文字、技巧等表面，而是深入到观念、精神层次，赋予灵魂以新的声音和色彩。这里讲一件事和一个人。一件事是以朱家父女为核心的台北"三三"文学社团及其刊物《三三集刊》，虽然是在胡兰成离台后才出现，但始终被他的影子笼罩着。据朱天文回忆，《三三集刊》除了最后一期，每期胡兰成都做点评，用很薄的航空信纸写得密密麻麻。胡兰成被视为"三三"的灵魂。一个人是朱天心。她写了本书叫《花忆前身》，讲她与胡兰成的师生缘分，认定胡兰成是她的前身。她的获首届时报文学

263

百万小说奖的长篇小说《荒人手记》，被认为与胡兰成存在着"千丝万缕的对话关系"。有人说，朱天文是张爱玲与胡兰成的"骨肉薪传"，所谓的"张腔胡调"。随着胡兰成逐渐走强，张爱玲与胡兰成的地位此消彼长，终于胡调超过了张腔。这下胡兰成得意了，比试了一辈子，最后在台湾的这个作家群里压倒了张爱玲。

胡兰成的文化观也影响着学生和读者的政治态度。爱中华传统文化无疑强化着爱国意识，这于反对台独具有潜移默化的教育意义。

1976年11月，胡兰成离台返日。他在日本实际上是有事情可做的。除了给媒体写文章和演讲，他从1966年起，受聘于梅田学堂任讲师，讲授《论语》。梅田女士是筑波山土地的所有者，她专门为胡兰成建造了一座名为六角堂的高两米的陶塔，以示敬意。胡兰成的书法在日本拥有众多知音，其中不乏各界巨子，有诺贝尔文学奖得主，有政界领袖，有工商界大亨。早在1968年日本就举办过"胡兰成之书"书法展。日人这样评价他的书法：优雅中蕴含峻烈，柔美中透出刚劲，有时美得非常华丽，令人想起人生永远的寂寥。据说他的书法一字价值数万日元。然而他不愉快，因为日本人再怎么样也不可能完全懂得他。

其实他往台湾跑，是因为乡愁——大陆回不去，只好权以台湾代之。他喜欢写信，逃亡温州时给梁漱溟写信，谈文化建设。到日本后给蒋介石写信，后来给蒋经国写信，大陆改革开放后给邓小平写信，谈建国理念。他说："我多爱这人世，愿意此刻就可以为它死，若说爱国，这就是我的爱国。"（《中国文学史话·礼乐文章》）

胡兰成1981年7月25日在东京病逝，终年七十五岁。墓碑的一面镌刻生前手书"幽兰"二字。

吊唁者每人领到一张印有胡兰成手书"江山如梦"的字帖，上附胡妻佘爱珍的说明。这样解释：内附的"江山如梦"是亡夫多年来萦绕于怀的感慨，在晚春的一个夜晚忽然吟出的。所谓江山，是指故国的山河，扬子江和泰山。不，就我看来，是指故国本身。所谓梦，就是空、是色、是善、是美、是真、是遥、是永久的理想。敬请收下，以追忆胡人。

故国山河对胡兰成是一个梦，集真善美于一身，遥远而恒久。

胡兰成 1950 年离开香港，在外生活三十一年。他没有加入日本国籍，始终是中国国民。他是一个旅居异国的漂泊者，一个荡子。有土不能回，有亲不能近，有国不能归，命运以这样的安排来惩罚他的失节，对一个以弘扬中华文化为历史使命的人来说，这个惩罚够重的了。

第二章　张爱玲

张爱玲没那么幸运,与胡兰成相比要曲折得多。

早在胡兰成到爱丁顿公寓来找张爱玲的两年前,她就搬离了。为了省钱,她换过两处房子,到了1950年初,终于在卡尔登公寓301室安顿下来。她离不开公寓,仍与姑姑同住。

战后张爱玲的日子一直不好过,舆论把她列为文化汉奸,还时不时地把胡兰成扯出来羞辱她。总沉默着也不是回事,借小说集《传奇》增订本出版,张爱玲在序言中说话了。关于文化汉奸,张爱玲这样答复：她的文章从不涉及政治,也没有拿过任何津贴。唯一的嫌疑是日本人搞的所谓"大东亚文学者大会",第三届会议曾经请她以代表身份出席,报上也登出了名单,她回函予以拒绝,所以汉奸问题跟她扯不上。关于胡兰成,她的答复是：这是私生活,跟政治无关,更何况私人的事本来用不着向大众剖白,除了对自己家长之外没有解释的义务。有理有据,软中带硬,到底是张爱玲。

进入电影剧本创作后,张爱玲的状态慢慢恢复了。1950年初,开始写作长篇小说《十八春》,在报纸上连载,反响热烈。以这篇小说为标志,张爱玲进入了长篇小说创作期。7月间新中国召开上海第一届文艺代表大会,张爱玲应邀出席。代表们向革命看齐,女的列宁服,男的中山装,唯独张爱玲特殊,身着旗袍,外罩带网眼的白绒线衫,极其扎眼。

这似乎是个意象,张爱玲与新政权既有相合的一面又有不合的一面。按照张爱玲的思想意识和性格,是很难适应形势发展要求的。获悉香港大学复学的消息,张爱玲写信申请回校继续完成学业,获得批准,这是她回到自己所熟悉的环境的最便捷的途径。在发表了一篇配合新形势的中篇小说《小艾》后,张爱玲于1952年7月离开上海去香港。这一年她三十二岁。一个名作家,又是这般年龄,进大学读本科未免有些滑稽。

学校对张爱玲真不错,续上她的优等生资格,发给一千元助学金。然而她毕竟没有收入来源,无法坚持学业,扛了不到一个学期只好辍学。这时炎樱在日本,张爱玲前往投奔,无法立足,三个月后又回到香港。美国新闻署在香港设了一个新闻处,张爱玲联系到一些翻译业务,聊以为生。张爱玲一边从事翻译,一边搞创作,两个长篇小说《秧歌》和《赤地之恋》就是这一时期的成果。其中以土改为题材的《秧歌》被誉为经典。张爱玲英文好,读大学时已经过关,来港后又有很大提升,开始用汉英两种文字写作,所以《秧歌》和《赤地之恋》同时有了英文版。

1955年秋,由美国新闻署香港新闻处工作人员麦卡锡作保,三十五岁的张爱玲移居美国。自此生活在美国,直到1995年秋去世,在美国度过了整整四十年。比在中国(含香港的五年多)的时间还长六年。

张爱玲在美国的生涯有下面几个情况应该说一说。

张爱玲的第二次婚姻。

张爱玲是以难民身份进入美国的。别说,她还真是难民,没有存款没有财产没有工作,在美国举目无亲,连住处都无法解决。好在有炎樱,她已经在美国,经她介绍,张爱玲在纽约救世军举办的职业女子宿舍栖身。幸好张爱玲还有一个作家头衔,美国人认。半年后她获得爱德华·麦克道威尔写作奖金,于1956年3月搬进位于新罕布什尔州山林间的麦克道威尔文艺营,她可以在那里生活两年。麦克道威尔是位作曲家,这座文艺营由他的遗孀玛琳·麦克道威尔建立。

这里住了不少穷作家,其中一位叫费迪南·赖雅(Ferdinand Reyher),德国后裔。赖雅是左翼人士,他不是共产党,但同情革命和红色政权。赖雅属于张爱玲欣赏的聪明人,成名很早,二十几岁时就发表了堪称重量级的剧本和小说,后专门为好莱坞编剧,收入颇丰。然而在张爱玲来到文艺营时,他早已过气多年,很久没有作品,差不多被遗忘了。这位中国女子的到来使他看到了希望,以极大的热情迅速靠拢过来,孤寂的张爱玲也同样需要一个朋友、一个伴儿,结果仅仅两个月,他们就成了情人。这一年张爱玲三十六岁,赖雅六十五岁。然而在他们一同过夜后仅仅三天,赖雅在文艺营的居住期就到了,他没有能力把情人带走,不得不暂时分开。

赖雅在火车上拿出张爱玲给他的信,里面放了二百美金。张爱玲当时那么困难,所有的希望都押在小说上,而她的小说能否写完能否发表能否赚钱完全是未知数,文艺营结束后她去哪里居住拿什么付房租也是未知数,这种情况下仍拿出钱来资助他人,这需要多大的决心和勇气。

一个多月后,张爱玲也离开了文艺营。她发现自己怀了赖雅的孩子。赖雅觉得他们无力承担这个孩子,要求女人打胎。张爱玲本来就不喜欢孩子,也就同意了。

这年的 8 月,张爱玲与赖雅结婚。爱玲母亲汇来二百八十美金送给赖雅作为认亲礼。新娘穷,新郎更穷。他是名副其实的无产者,跟流浪汉差不多,仅有的一个女儿也不带他一块儿过,他属于社会救助对象,每个月领受五十二美元福利金。起初他们把家安在新罕布什尔州的彼得堡,1958 年秋搬到旧金山,三年后移居华盛顿。

这对新人怎么生活?只能靠女人的稿费勉强度日。张爱玲母亲在女儿婚后不久去世,留下不少祖传的古董,实在不行就卖几件,最大一笔竟然收入六百二十元,张爱玲写一个电影剧本才挣一千元。他们过得很拮据,房屋租金是最大负担,一个月要八十几元,吃饭只能对付,几乎天天吃意大利馅饼,花费不到一个美金。

婚后仅两个月,赖雅便中风了,这是老毛病,虽然抢救过来,但时好时坏,身体状况始终很糟。张爱玲背上了沉重负担,不只要挣钱养家,还要照顾病中的丈夫。中国女人真是奇迹,一向自私的张爱玲这时突然爆发出巨大能量,变得极其为他,对丈夫关怀备至,安慰他鼓励他,给他按摩后背和脚。赖雅在日记中特别强调,说她"带着对父亲的仰慕"。张爱玲完全彻底地做到了不离不弃,即便是到迈阿密大学任驻校作家,也带着赖雅。特别是在丈夫瘫痪而大小便失禁的那些日子里,妻子每天几次更换床单,跪在浴缸边一件件清洗衣物。赖雅真幸运,摊上了这么好的妻子。

人们愤愤不平。美籍华裔学者夏志清说:"张爱玲生命里最重要的三个男人都是对不住她的。"(夏志清:《张爱玲在美国·序》)其中一人即为赖雅。之所以这么讲,主要理由就是台湾学者刘绍铭解释的"'又穷又老'晚年'失禁'",明知自己患中风症,却不跟张爱玲事先讲明。

赖雅确实拖累了张爱玲,但从另一个角度看,赖雅的出现又极大地唤醒了张爱玲的母性,从而把她立体地全面地展现出来,使我们得以看到一个人性丰满的具有高尚人格的张爱玲。她是一个超级才女,一个少有匹敌的世界级作家,一个献出全身心的爱从而尽职尽责的模范妻子,一个普普通通的中国女人。

这里不妨摘录一封张爱玲给赖雅的信,一窥这位模范妻子的真实生活和情感。为了挣钱,当时爱玲在香港编写电影剧本。摘抄如下:

一想到我们的小公寓,我心里就深感安慰,请把钱花在持久性的用品上,不要浪费在消耗品上,如果你为了我去买这些用品,我会生气的。不过,一个二手的柳橙榨汁机不在内。我急需的是一套套装、一套夏天的西服、一件家居服和一副眼镜,大概不超过七十美元,可是要等两个星期才能做好,还得先付钱。我想把母亲的箱子从彼得堡运来,不是为了我自己的感情,而是想在华盛顿变卖里面的东西,换点钱过日子,这件事不急。高兴点,可爱的家伙,吃些好东西滋养自己。很高兴你觉得暖和,我可以看见你像只大玩具熊一样坐在乔家壁炉前的地板上。附上我所有的爱给你。

爱玲

张爱玲真心爱她的丈夫。她去世时人们发现,房间里有数的几本书里,就有赖雅的亲笔签名书。

设想一下,如果胡兰成知道这些当做何反应?八成会顿足捶胸,悔恨交加。

1967年秋,赖雅去世。张爱玲第二段婚姻结束,这年她四十七岁,这段婚姻持续了十一年。此后的余生需要她一人独自走完。

另一个情况是人们对张爱玲的帮助。

刘绍铭说:"可幸的是,她性格虽然孤绝,不近人情,却得到几乎跟她无亲无故的男人倾心倾力的照顾。""张小姐虽然'命苦',但我们这些算不上她'知己'的'张迷'在这'寒咝咝'的世界中也算对她不薄。"(刘绍铭:《张爱玲与夏志清——"你知道我多么感激"》)

下面我们看看这些无私帮助她的人。

宋淇、邝文美夫妇。1952年夏张爱玲到香港,为美国新闻署香港新闻处做翻译工作,认识了同事邝文美,很快就与邝文美和宋淇结为好友。他们夫妇非常喜爱张爱玲的作品,在创作上给她许多支持,生活上和精神上也诸多关照。张爱玲到香港写剧本,就是宋淇安排的。从1957年到1964年,张爱玲几乎一年创作一个剧本。可以说这对夫妇为困境中的张爱玲提供了一条生路。更具意义的是,宋淇把张爱玲介绍给夏志清,为她接通了走向新纪元的大道。张爱玲非常信任宋淇夫妇,把自己的钱交给他们打理,连户头用的都是邝文美的名字。张爱玲生前立下遗嘱,一切私人物品留给宋淇、邝文美夫妇。

夏志清。耶鲁大学博士,中国现代文学专家。宋淇知道他在写作中国近代小说史,便把手头能够找到的张爱玲小说集《传奇》和散文集《流言》寄去。这两个版本都是盗版,可见当时张爱玲的处境多么尴尬。"五四"以来的作品夏志清读了不少,有好的,但拙劣的居多,令人很是郁闷。翻开书页眼睛扫下去,感觉跟当初胡兰成一样,"全身为之震惊",想不到中国文坛竟有这样一个奇才,水平足以跟西洋第一流作家相比。(夏志清:《张爱玲的小说艺术·序》)

夏志清一下子就成了"张迷"。他这个"张迷"是全方位的，不光迷张爱玲的文字，还迷她的绘画和服装设计，迷的程度超过了胡兰成。胡兰成欣赏张爱玲的服装，但对她的绘画只是被动性接受。夏志清最大的功绩就是把张爱玲写进他的《中国现代小说史》，给予相当于鲁迅的地位，认定张爱玲的《金锁记》是中国自古以来最伟大的中篇小说。《中国现代小说史》是具有世界影响力的学术巨著，自此中国现代文学研究进入西方视野，人们才知道中国有个张爱玲。这种情况反过来又推动着国内的张爱玲热。夏志清还利用自己的影响为张爱玲作品的出版奔走呼号，终于说动台湾的皇冠出版社，使张爱玲的后半生获得了经济保证。做了那么多事，张爱玲过意不去，提出给夏志清经济补偿，被一口回绝。套用旧小说的话，刘绍铭说夏志清是张爱玲名副其实的"恩公"。

　　刘绍铭。学者、散文家，夏志清《中国现代小说史》的中译本译者。刘绍铭治学严谨，文字功底深厚，发表了许多研究张爱玲的专著和文章，是公认的"张学"大家。他不光是张爱玲热的有力推手，还为她的生计操劳。刘绍铭是在1966年夏天的一个学术会议上见到张爱玲的，当时她非常困难，没有固定收入，还得照料瘫痪的赖雅。刘绍铭曾在迈阿密大学工作过，便联系到他昔日的"老板"，介绍张爱玲去他那里当"驻校作家"，每月可得一千美金。张爱玲带着赖雅在迈阿密大学待了差不多八个月，解决了一时之难。

　　庄信正。台湾旅美学者，作家。他是与刘绍铭一起在那次学术会议上见到张爱玲的，跟刘绍铭一样是个十足的"张迷"，视张爱玲为师，到处写文章推介她。庄信正主动承担起照顾张爱玲的职责，为她跑腿办事，处理日常事务。张爱玲有什么事，比如搬家之类，一个电话庄信正便到，有时还拉上妻子一道过来。

林式同。台湾人，在美国做建筑。他是庄信正的朋友，由于居住地的变动，庄信正无法照料张爱玲，便托付给林式同。林式同与文学隔行，连当时风靡华人世界的三毛都不晓得，对张爱玲的作品也没有多少了解。受人之托忠人之事，张爱玲的最后十余年，均由林式同打理。对于这个分外职责，他真可以说做到了鞠躬尽瘁，以一个建筑师的精细帮助张爱玲联系房子、张罗搬家、办理各种文件。作为张爱玲遗嘱执行人，他极其认真地整理遗物，分类打包，寄给在香港的遗产继承人宋淇、邝文美夫妇。张爱玲在美国的银行存款也是林式同一手处理的，经过复杂而严格的手续将存款取出汇往香港。

　　为张爱玲提供帮助的人不少，尽管他们做的没有庄信正、林式同那么多，但同样是无私的。那么张爱玲又怎样表现的呢？仍旧是孤绝冷漠。她内心充满了感激，但因为秉性放在那里，外表上怎么也热不起来。对于夏志清这个恩公，见面不超过三次，而且都有他人在场。跟林式同见面最多，但也只是有数的几次，而且匆匆忙忙，说完事就散。林式同从庄信正手中接过照料张爱玲的任务，拎着一牛皮纸袋的资料文件去见她，敲门，无应答。再敲，同时自报家门，说电话约过的。良久，里面才传出声音，说，我衣服还没换好，把东西放在门口请回吧，谢谢！直到一年半后，林式同才见到张爱玲。那是在一家汽车旅馆的会客区，时钟指向约定时间，张爱玲出现了，仿佛飘出来。交代完要办的事，张爱玲便站起身，林式同也忙站起，瞄一眼墙上的钟，只走了一格，五分钟。人情上如此，经济上的好处更谈不上。他们这些人里谁也不是富翁，但没有一个人想过从张爱玲这里捞取好处，也没有一个人拿过她一文报酬。从他们身上，我们看到了中国传统文化的魅力和人格的高尚。

再一个情况是事业。

有句话叫"人离乡贱",张爱玲的遭遇提供了一个鲜明厚实的注脚。

张爱玲早在高中一年级便立下壮志,扬名英美,风头盖过林语堂。如今她来到了美国,信心满满,仍旧沿袭自己作品在国内顺风顺水的思维定势,认为她的英文著作在欧美市场大行其道是一定的。然而她错了。洋人不习惯不喜欢或者说不懂得她的作品,中西文化毕竟相隔,而她的小说和散文无论是题材、故事、人物以及语言又都那么的本土化,所以没有一家出版商对她的作品感兴趣。张爱玲代表作是《金锁记》,她以英文进行加工,名《Pink Tears》(《粉泪》)。一家著名出版公司的退稿信这么写:"所有的人物都令人反感。如果过去的中国是这样,岂不连共产党都成了救星。我们曾经出过几部日本小说,都是微妙的,不像这样 squalid。我倒觉得好奇,如果这小说有人出版,不知道批评家怎么说。"(见刘绍铭《张爱玲与夏志清——"你知道我多么感激"》)是的,按照冷战思维,所有揭示旧社会背景下人物命运的东西都意味着对共产党的歌颂。让张爱玲这个出走的"难民"怎么说!

出版受挫,生活无着,张爱玲向美国的华裔学者们求助。刘绍铭为她联系迈阿密大学任"驻校作家";夏志清又为她联系柏克莱加州大学中国研究中心任研究员,先前做这份工作的不是别人,正是庄信正,她接的是庄信正的班,此时是1969年。这个工作不多也不重,就是解释中共政治术语的专用词汇,也就是"文革"期间的新名词。张爱玲的领导叫陈世骧,研究中国文学的教授,他是北大毕业生,大陆学者张中行的同学,不只是大学同学,还是师范学校的同学。这么好的工作,张爱玲只做了两年便被陈世骧解聘了,认为她不能胜任这份工作。真是奇怪，语言天赋如此之高的人，竟然连流行名词都解释不清，可能吗？然而还就是发生了。

也该着张爱玲不顺，偏偏这两年大陆上纲上线，媒体小心翼翼，没有什么新名词。张爱玲没有办法，提交的报告中在讲明这个特殊背景之后，勉强附了两页纸的名词解释。陈世骧阅读了报告，又拿给别人看，大家都不满意，打回去重写。张爱玲修改后，陈世骧仍说看不懂。张爱玲笑着说：加上提纲、结论，一句话读八遍还不懂，我简直不能相信。陈世骧有些生气，说：你是说我不懂啦？张爱玲顶上来：我是说我不能想象你不懂。陈世骧笑了，反唇相讥：一句话说八遍，反而把人绕糊涂了。张爱玲提出那就找专家看看。陈世骧答：我就是专家！于是张爱玲丢掉了工作。这是她的第一份也是最后一份社会工作。表面上看她遭解聘是业务问题，其实内里是人际关系问题，她太清高了，受不得一点委屈，根本没有耐心与人沟通。

回过头来还得麻烦那些帮助她的人。张爱玲的要求很低，说是找点小事做，城乡不计。刘绍铭写道："不知道她心目中的'小事'是哪一行业。她拒人于千里，不合在办公室当秘书。她体格如'临水照花'，没气力到麦当劳卖汉堡。"（《张爱玲与夏志清——"你知道我多么感激"》）所以还得回到她的老本行——写作。

然而张爱玲明显在走下坡路，而且下滑得厉害。到美国后，只写了两本书，一本是上面提到的《粉泪》，后经自己译为中文，名《怨女》；一本是《半生缘》。严格说来，这两本都不能算创作，前一本是《金锁记》的再加工，后一本是《十八春》的再加工。当然还有《色戒》，但这个短篇是在香港构思的，跟《秧歌》和《赤地之恋》一样，同属她初离大陆时的作品。创作生命的下行，不能说明她才华的衰退。不是的，1976年出版的《张看》依然好看。也许不像四十年代出版的《流言》那么灵动，那么才气纵横，但其中创作于美国的几篇如《谈看书》《谈看书后记》，更深沉老辣，更炉火纯青，呈现出另一种风格，是她对所推崇的纪实小说的成功实践。这里想说的是，张爱玲旅美后好作品不多，责任不在她本人，而在于时代。她脱离了给她注入艺术生机的环境、传统、语言、读者，纵有天才也无奈。不妨假设一下，她留在大陆就能保持创作势头吗？同样不能，《小艾》就是最有力的证明，小说描写旧社会的那部分尚过得去，到了写新社会劳动者翻身得解放，就力不从心了，她写得吃力，读者读得也吃力，一些地方简直没法读。之所以如此，原因与上同，语境变了。所以说张爱玲的衰毁是时代的悲剧，渺小的个人面对汹汹大势无能为力，身不由己。

最后，还是她的作品解救了她——台湾的皇冠出版社一本接一本地推出张爱玲旧作，而且给付的稿酬相当丰厚。上世纪六十年代末，张爱玲财务状况好转，终于走出困境。到她去世时，存款至少有三十五万美金。写到这里不由想起胡兰成一句话："爱玲是吉人，毁灭轮不到她，终不会遭灾落难。"（《今生今世·民国女子之八》）

还有一个情况属于本书的主题，就是与胡兰成的关系。

先引用两句话。一句是："女人一辈子讲的是男人，念的是男人，怨的是男人，永远永远。"（《有女同车》）另一句是："一个男子真正动了感情的时候，他的爱较女人的爱伟大得多。可是从另一方面观看，女人恨起一个人来，倒比男人持久得多。"（《谈女人》）前一句是张爱玲的原创，后一句是她转述别人的话。张爱玲是女人，这两句话用在她身上也同样合适。

上世纪五十年代末，张爱玲与一个美国妇女爱丽丝过从甚密，常常一起散步聊天。从张爱玲那里爱丽丝听到了她的第一任丈夫的事，这个男人很能够欣赏她的文章，也能够欣赏她的服装设计，可就是伤透她的心，从此让她关闭心门，与爱无缘。

胡兰成的《今生今世》出版后，曾寄给张爱玲。读后她很不高兴，于 1966 年冬给夏志清的信中说："胡兰成书中讲我的部分缠夹得奇怪，他也不至于老到这样。不知从哪里来的 quote（引用）我姑姑的话，幸而她看不到，不然要气死了。后来来过许多信，我要是回信势必'出恶声'。"又说，"三十年不见，大家都老了。胡兰成会把我说成是他的妾之一，大概是报复，因为他写过许多信来，我都没回信。"

《今生今世》的出版商叫沈登恩，是台湾颇具实力的远景出版公司的老板，也是一个"张迷"，经宋淇介绍跟张爱玲挂上了钩。也是好意，书出来后他也寄给张爱玲一本，并且代胡兰成向张爱玲致意，还说欢迎张爱玲在他这里出书，胡兰成愿意作序。一下子激怒了张爱玲，严词回绝，中断了与远景出版公司的联系，致使沈登恩失去了与张爱玲合作的机会。

对胡兰成，张爱玲终于不能原谅，怨气不消，恨意不解。胡兰成的任何想法和打算，包括像沈登恩这样的闯入者的任何设计，都是一厢情愿的想入非非，张爱玲降下的是铁幕，刀枪不入，百毒不侵。

张爱玲 1959 年冬收到美国入籍通知书，1960 年夏在旧金山加入美国国籍。

张爱玲 1995 年 9 月初去世，终年七十五岁。她死在洛杉矶西木区一幢公寓的一间出租屋里，不知道具体日期，因为是在人去世几天后才被发现。

尽管张爱玲早就不再贫困，但习惯已然养成。她的生命和生活走的是简化道路,年龄越大生活越简单,最后连家具、厨具都压缩掉了,房间里只剩下一张窄窄的行军床和一张小折叠桌,一把折叠椅和一架折叠梯,还有一台摆在地上的十几英寸的电视机。纸箱子倒是堆了不少,既装东西又当写字台用,我们看到的一些作品八成就是在纸箱子上产生的。房间里储备最多的是灯泡,她怕黑怕冷清,电灯整夜亮着,梯子想必是为了更换灯泡而置备的。电视机从早开到晚,她常常失眠,要靠电视的声音催眠入睡。

9月19日张爱玲遗体在洛杉矶惠捷尔市的玫瑰岗墓园火化。9月30日为她举行了一个小型悼念,遵照骨灰撒到任何空旷地方的遗嘱,张爱玲骨灰撒入太平洋。远隔重洋,对面就是故土中国。

当代中国作家、学者叶兆言说:"张爱玲的一生,就是一个苍凉的手势,一声重重的叹息。"

这个手势中最着力的一道,这声叹息中最厚重的一道,那头系着的肯定是胡兰成。就像张爱玲从前曾经做过的一个梦,她在这边,胡兰成在那边,牵着手。那是在山间,青色的山,红棕色的小木屋,碧蓝的天,金色的阳光投下摇曳的树影。她的几个孩子在松树下跑来跑去。胡兰成出现了,捉住她的手,把她往小木屋里拉。她忽然羞涩起来,本能地抵抗着。一个在这头使劲儿,一个在那头使劲儿,两只手臂拉成一条直线。她醒了,快乐了很久很久。

这是《小团圆》的结尾。他们终于团圆了,在梦中。

后　记

2013年入夏,我正忙着编写一套丛书,突发重症,住进医院。经转院手术治疗,病情缓和。感谢上苍,让我渡过了这道坎。术后身体虚弱,便以闲书打发时光。无意中得到一本张爱玲的散文集《流言》,未看几行,大惊,世上竟有如此美文,再读,不只文字好,见识亦不同凡响,服矣。常听人说起张爱玲,知道她是上世纪四十年代上海女作家,写过小说编过剧本。隔行如隔山,听一耳朵也就过去了。直至接触她的作品,方晓得厉害,后悔自己怎么没有早一些读她,白白错过了享受美的大好时机。庆幸中居然有些感激这场病,否则还真读不到这么好的东西。

我成了一个"张迷",一个迟到的张爱玲粉丝。

从张爱玲那里知道了胡兰成。读罢张爱玲,接着读胡兰成。也是只看几行,也是大惊,世上竟有如此美文和洞见。不由得骂自己,怎么这般孤陋寡闻,这般浪费生命,大有相见恨晚之意。

我又成了一个"胡迷",一个迟到的胡兰成粉丝。

差不多四个月,我一边养病一边把能够找到的张爱玲和胡兰成的作品与资料过了一遍,越发地折服,不由萌生一个念头,写一本关于他们的书。提笔写了几段,又放下了。主要是两个原因,一个是接到了新的写作任务，另一个是底气不足。我不是搞文学的，小说散文虽然也读一点，不过是出于消遣，从未深入进去过，对文坛的事以及这方面的写作不摸门道，心里一个劲儿地犯嘀咕，生怕说外行话惹人笑话。

2014年入夏，手头工作告一段落，写胡兰成与张爱玲的念头死灰复燃。我是外行我怕谁？得，豁出去了，不行拉倒，便硬写了一节。之后发给出版界好友王钦仁先生，他看过后认为可以写。在他的鼓励下，用了将近三个月的时间完成了这本书，终稿那天恰逢中秋月圆，好日子。

这三个月可以说是最愉快的三个月。写作是苦差事，又赶上盛夏，但写这本书却没有一丝一毫的辛苦感。是啊，终日泡在美文里与智者对话，快乐还来不及呢，哪来的烦苦。

本想按照传记体裁进行，不想写着写着便突破了框框——创作者没有自己的生活，当张爱玲企图以《小团圆》向世人展示自己人生镜头的时候，突然发现，根本无法原封不动地把生活直接呈现出来，"需要加工，活用事实"（夏志清：《张爱玲给我的信件》，第七十四封信）。夏志清的解释是"'事实'不宜如实写来，而应加以'活用'"。由于有加工，所以张爱玲特别强调《小团圆》"根据事实这一点"（夏志清：《张爱玲给我的信件》，第七十四封信）。有了这一条垫底，我也就释然了，这也是我写作此书的原则：根据事实，加以活用。

因种种原因，书的出版受挫。彷徨之际，人民文学出版社的郭娟女士看了书稿，这才有了这本书的面世。

感谢王钦仁先生，没有他的鼓励，这本书写不成；感谢郭娟女士及人民文学出版社，没有她和她的同事们的支持，这本书出不了——是他们使我得以将一件恰当而珍贵的礼物献于爱人面前,以表达我深深的歉疚,从而成全了我的一个夙愿。

书名的前半部分得自现代出版社崔晓燕女士的创意,她嫌原书名过于尖儿,便顺手从张爱玲那句名言中截取"低到尘埃里"几个字加在前面,特此致谢。

好人一生平安。

高　路
2016 年 3 月

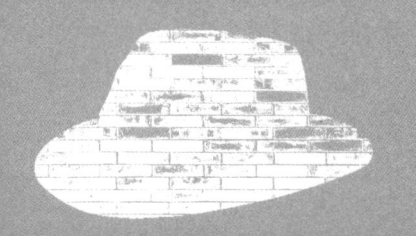